Retratos

EDLA VAN STEEN

Retratos

L&PM
EDITORES

Texto de acordo com a nova ortografia.

Capa: Ivan Pinheiro Machado
Revisão: L&PM Editores

CIP-Brasil. Catalogação na fonte
Sindicato Nacional dos Editores de Livros, RJ.

S825r

Steen, Edla van, 1936-
    Retratos / Edla van Steen. – 1. ed. – Porto Alegre, RS: L&PM, 2013.
    272 p. ; 21 cm.

    ISBN 978-85-254-2912-4

    1. Escritores - Entrevistas. 2. Intelectuais - Entrevistas. I. Título.

13-01322   CDD: 928.699
                         CDU: 929:821.134.3(81)

© Edla Van Steen, 2013

Todos os direitos desta edição reservados a L&PM Editores
Rua Comendador Coruja, 314, loja 9 – Floresta – 90.220-180
Porto Alegre – RS – Brasil / Fone: 51.3225.5777 – Fax: 51.3221.5380

Pedidos & Depto. Comercial: vendas@lpm.com.br
Fale conosco: info@lpm.com.br
www.lpm.com.br

Impresso no Brasil
Inverno de 2013

Sumário

Autran Dourado 7
Cyro dos Anjos 17
Dias Gomes 33
Fernando Sabino 54
João Antônio 69
João Cabral de Melo Neto 81
Jorge Amado 92
Lêdo Ivo 104
Lygia Fagundes Telles 121
Mario Quintana 136
Menotti Del Picchia 149
Moacyr Scliar 156
Nelson Rodrigues 165
Octávio de Faria 177
Otto Lara Resende 188
Plínio Marcos 205
Rachel de Queiroz 224
Vinicius de Moraes 241

Autran Dourado*

Se você tivesse que traçar um perfil de Autran Dourado, o que diria?
Que sou um mineiro aplicado. Nasci no dia 18 de janeiro de 1926, numa cidade que eu não conheço, Patos de Minas, porque logo meu pai, que era juiz, foi transferido para Monte Santo, fronteira com São Paulo. Estudei ainda em outra cidade mineira, São Sebastião do Paraíso, onde estive interno durante um ano, tempo suficiente para sentir profundamente o que era uma vida reclusa. O que talvez tenha mais me marcado nessa época foi o fato de não ter frequentado nenhum grupo escolar. Eu tinha uma professora particular, uma espécie de mãe para mim. No colégio, a violência imperava, e eu era o mais novo da turma. Havia alunos de até 22 anos. Alguns tinham que ser desarmados porque usavam garrucha, revólver... no colégio, imagine! Essa mudança repentina de tratamento, de vivência, foi muito chocante para mim.

Daí as suas *Histórias do Internato*?
De uma certa maneira. Eu usei a experiência transmudada, evidentemente, porque não sou eu, claro, você como escritora sabe disso, a gente transmuda e transforma as suas próprias experiências.

Você começou a escrever exatamente quando?
Sei que comecei a escrever muito cedo. Cedo demais da conta. Hoje eu acho que comecei a escrever no momento em que não o fazia mais por obrigação, uma composição escolar, por exemplo. Aquela minha professora particular era muito rigorosa e exigente. Para você ter uma ideia, eu li o *Coração*, de Amicis, no terceiro ano primário. No quarto, li *Eurico, o Presbítero*, de Alexandre Herculano.

---

* Autran Dourado (1926-2012) nasceu em Patos de Minas, Minas Gerais. Contista, romancista, jornalista e memorialista.

Você começou escrevendo prosa ou passou pela fase da poesia?
Não. Tentei fazer, talvez, um ou dois poemas, não mais. Eu sempre quis escrever prosa. Nunca fiz diário também. Com quinze anos eu tinha quase pronto um romance que joguei fora. Era coisa de menino, realmente. Mas, aos dezessete anos, eu havia escrito um livro de contos que não foi publicado porque Godofredo Rangel, que era como meu pai – isso está na minha biografia – leu os originais e disse: "Felizmente você não é precoce. Guarde o livro, continue lendo e escrevendo. Aprenda a ler em inglês e francês porque com o português só a sua formação literária será insuficiente." E me deu uma relação de livros. Eu, aplicadamente, lia o dia inteiro na Biblioteca Pública de Belo Horizonte, que ficava em frente ao Grande Hotel. De lá, da janela, eu via passar os grandes escritores paulistas, o Oswald de Andrade, o Mário de Andrade. Por timidez não me aproximei do Mário, o que deveria ter feito. Eu via o Mário cercado por Otto Lara Resende, Fernando Sabino, Paulo Mendes Campos, Etienne Filho, Wilson Figueiredo, Hélio Pellegrino, essa gente toda. Eu podia ter me aproximado do Mário e não me aproximei.

Em que época foi isso?
Em 1944, acho, quando assisti a uma espécie de Semaninha de Arte Moderna que o Juscelino promoveu na biblioteca. Em plena ditadura o Juscelino mandou fechar a porta e disse: "Vocês ficam aqui, de porta fechada, e falem o que bem quiserem". O Juscelino sacudiu a cidade, que era muito acadêmica. Como prefeito do Benedito Valadares ele levou o Niemeyer, o Portinari e o Burle Marx para fazer a Pampulha... Bem, naquela Semana havia debates à tarde na biblioteca, e eu ia assistir às conferências. A figura provocadora de Oswald de Andrade me impressionou muito. Numa conferência que, se não me engano, está no *Ponta de Lança*, ele, que se dizia "casaca de ferro do Partido Comunista e do proletariado", atacava contraditoriamente o Jorge Amado e outros, malhava o Otto Maria Carpeaux, que era considerado de direita, ao contrário da posição radical de esquerda em que ele morreu.

Nessa conferência, Oswald atacou também o Alceu Amoroso Lima. O Otto Lara Resende, que era um rapaz novo como eu, talvez um pouco mais velho, respondeu ao Oswald, defendendo o Carpeaux. Então, o Oswald, com grande presença de espírito, ficou o tempo todo gozando e provocando o Otto, que chamava de Otto Lara Maria Resende Carpeaux. Aquilo me impressionou tremendamente. Era o oposto da minha concepção de escritor, uma concepção meio de caramujo, bastante fechada, de rapaz interiorizado. Naquela época, eu era muito calado, não tinha amigos literários. Quem me apresentou aos primeiros escritores foi o Sábato Magaldi, que era meu colega na Escola de Direito. Ele e o Francelino Pereira. Tirante o Sábato, eu estava mal acompanhado! Naquela Semaninha, através do Oswald de Andrade, descobri que o escritor também podia ser um homem de ação. O Oswald era um grande agitador, um homem de presença marcante, o responsável pelo sucesso da Semana. Era a primeira vez que Belo Horizonte via arte moderna. E a cidade reagiu com violência. Principalmente ao "Galo" de Portinari e a um quadro do Milton da Costa, que foi cortado com gilete.

Quando é que você saiu de Belo Horizonte?
Em 1954, para fazer a campanha eleitoral do Juscelino. Depois fui secretário de imprensa dele, na Presidência da República, de 1955 a 1960.

Vamos voltar à sua literatura. *Teia*, seu primeiro livro de contos, é de 1947. Existia mercado editorial naquele tempo?
Em 1947 estava saindo o *Ex-Mágico*, de Murilo Rubião, o *Sagarana*, de Guimarães Rosa. Não havia editora, não. A gente mesmo publicava o livro, ou se cotizava entre amigos. Nunca imaginei que existissem leitores. Achava que o importante era mandar um exemplar para o Carlos Drummond de Andrade, o Aníbal Machado, o Murilo Mendes e a crítica. A primeira vez que vi um livro meu comprado foi *Tempo de Amar*. Eu vinha num bonde e, de repente, uma jovem, sentada ao meu lado, estava lendo um livro. Olhei, por curiosidade, e descobri que era o *Tempo de Amar*. Puxei o sinal do bonde e desci imediatamente.

Como se comportava a crítica com um estreante?
Existiam poucos títulos, a crítica em geral era condescendente e escrevia artigos enormes. Vou contar um caso: quando eu publiquei

meu segundo livro, *Sombra e Exílio*, saiu um artigo no *Minas Gerais* de duas colunas, assinado por Y, que era o pseudônimo de Carlos Drummond de Andrade. Eu reagi com as observações feitas, mas para mim era a glória. A gente conversava citando versos do Drummond, falava seus poemas o dia inteiro. A poesia dele era para nós uma espécie de segunda língua. Anos mais tarde, eu já morava no Rio, havia uma coisa esquisita entre mim e o Drummond, como se os nossos anjos da guarda não se combinassem. Eu não conseguia ser amigo de Drummond, o escritor, o homem de letras que eu mais admirava e admiro até hoje. Conversando com o Emílio Moura, que era poeta e amigo dele, eu pedi que ele apurasse o problema. O Emílio conversou com o Drummond e me esclareceu: o Carlos acha que ele escreveu uma vez um artigo de que você não gostou. Um enorme mal-entendido.

De *Sombra e Exílio*, o segundo livro, você também pagou a edição?
Não. A partir do segundo não paguei mais.

Qual foi o primeiro livro seu que alcançou sucesso de público?
A Barca dos Homens. É muito difícil ter um êxito. Eu levei quinze anos, de 46 a 61, para estourar com um livro. *Teia* é de 47, *Sombra e Exílio*, de 50, *Tempo de Amar*, de 52, *Três Histórias na Praia*, de 55, que hoje está no *Solidão Solitude, Nove Histórias em um Grupo de Três*, de 57, e *A Barca dos Homens*, de 61. Este foi um livro mal compreendido. Considerado um documentário do Nordeste, só porque, por necessidade narrativa, ele se circunscreve a um determinado ambiente, uma ilha imaginária, um determinado espaço, uma determinada ação e um determinado personagem. Tive, inclusive, uma grande dificuldade com o editor, o meu amigo Fernando Sabino, que queria que eu ponteasse, botasse aspas, sinal de diálogo etc., para facilitar e ajudar o leitor. Eu não queria ajudar leitor nenhum, e o livro acabou saindo bem; não com a velocidade que o Fernando Sabino queria, mas acabou esgotando a edição. Hoje, um livro meu esgota rapidamente. O *Risco* no *Bordado* está em sétima edição, outros em sexta, assim por diante. Eu fico até espantado.

O seu livro de maior tiragem é o *Uma Vida em Segredo*, não é? Qual foi o menos bem recebido pelo público?
Partindo do ponto de vista de vendagem, *Solidão Solitude*. Não sei por quê.

Em *Poética do Romance* você fez observações sobre uma "orelha" que o Fausto Cunha escreveu...
São perigosíssimas as orelhas de livro no Brasil. Devia ser proibida qualquer apresentação crítica. É uma orientação, uma violentação do leitor. Um crítico pode escrever o que quiser num jornal, mas não em orelha de livro. No caso de *Ópera dos Morros*, o Fausto Cunha dizia que eu dava um salto perigoso vindo na vertente do Guimarães Rosa. Ele estava errado. Se houve alguma inovação minha, se é que a gente inova alguma coisa, seria na parte sintática, e não na semântica, que é a parte rica do Guimarães Rosa. Uma crítica pessoal, opinativa demais como a do Fausto Cunha gerou uma série de equívocos, até que o Franklin de Oliveira, por conta própria, chamou atenção sobre o engano. Independente disso, o *Ópera dos Morros* teve dificuldades em ser aceito.

No que consistiam essas dificuldades?
Certas novidades técnicas. No Brasil sempre houve uma espécie de solilóquio, mas não o que os americanos chamam de *stream of conciousness* e que os franceses apelidam de "monólogo interior". Eu fui um dos primeiros a usar a técnica do fluxo da consciência, o que espantou, escandalizou um pouco. O diálogo incluso, o diálogo dentro da própria narrativa, o sujeito vendo, falando e pensando ao mesmo tempo, criou alguma dificuldade de leitura. Mal comparando, com uma distância infinita, hoje qualquer rapaz de Física lê com facilidade o *Discurso sobre o Método*, de Descartes. *A Literatura em Terreno Baldio*, por exemplo, é de grande utilidade para os autores que vieram em seguida e que aproveitam aquela experiência, aquela técnica. Tudo o que se aprende é técnica.

Muita gente coloca você na geração de 45. O que acha disso?
É verdade, me colocam *ex-officio* na geração de 45. A minha obra, apesar de uma certa preocupação formal, um certo tipo de narrativa – a partir de *Tempo de Amar* –, quebra os cânones de 45.

Nunca os aceitei. O Rosa, que estreou em 46, não é da geração de 45. Nem a Clarice. O Dalton Trevisan é muito mais geração de 45 do que eu.

Para você, qual é o bom autor?
É o que procura criar a sua maneira de escrever para que não o confundam com outros autores. É o que procura criar o seu próprio mundo. O do Proust no *À la Recherche...* não se confunde com o mundo de ninguém mais.

E o bom romance?
É aquele que encerra um grande mundo. Ficou mais fácil e ao mesmo tempo mais difícil escrever um romance depois de Proust, na França. Todos nós escrevemos melhor – acredito mesmo que se escreva contra ele – depois do Machado de Assis, no Brasil.

Você lê pelo prazer da leitura ou...
Eu sou um mau leitor, embora goste de ler. Sou um mau leitor porque me preocupo em *como* o romance está sendo escrito, na estrutura, nos efeitos que o autor está querendo tirar. No dia em que eu deixar de escrever, volto a ser um bom leitor. Quando alguém me pergunta: "Para quem você escreve?", respondo que só me preocupo com isso depois do livro pronto. Enquanto estou escrevendo, fico tão envolvido com o problema das palavras, do ritmo, da composição, que sou incapaz de pensar em alguém lendo o livro.

O que seria para você o ritmo?
Ritmo é uma coisa muito difícil de explicar. Há um livro inteiro de Giscard sobre ritmo. É o fluxo de certas tônicas, com certas harmonias e desarmonias. Quando a gente não acha o ritmo, não acha o romance, acaba jogando fora as quinze ou mais páginas iniciais.

Cada autor não teria seu próprio ritmo?
Cada autor tem seu próprio ritmo e cada livro desse autor tem seu próprio ritmo. A não ser que você queira fazer uma fórmula. Para mim, por exemplo, seria facílimo hoje, depois de quinze títulos publicados, escrever vários livros, inclusive os que vendessem bem. Mas isso não me interessa.

Como é que você trabalha, Autran? Parte de uma ideia já amadurecida ou...
O meu processo para escrever é engraçado. Eu parto em geral de uma ideia súbita – não gosto da palavra inspiração pelo que há de romântico nela. Quando me vem a ideia súbita, eu tiro imediatamente papel do bolso e tomo nota, em taquigrafia, porque fui taquígrafo profissional. O meu ímpeto inicial é correr para casa e começar a escrever o romance. Aí eu me digo: calma, devagar. E vou deixando passar o tempo, vou esperando que aquela ideia germine dentro de mim e vou tomando notas, vou lendo, vou fazendo desenhos geométricos que me deem uma visualização da estrutura do livro. Esse espírito dura uns seis meses mais ou menos. Depois que eu tenho os planos prontos, os desenhos da arquitetura do livro, então eu me preparo, verifico que preciso de uns dois ou três anos pela frente para poder escrever... então eu escrevo diariamente, quatro ou cinco horas. Gosto de escrever a lápis e em taquigrafia, porque eu sinto mais a palavra.

Você manda alguém datilografar depois, ou...
Não. Quem é que entende a minha taquigrafia? Eu mesmo bato à máquina e, ao traduzir o que está escrito em taquigrafia para a linguagem datilográfica, eu vou corrigindo e vou mudando, vou reescrevendo. Deixo decantar um pouco e volto a reescrever tudo outra vez. Do *A Barca dos Homens* eu fiz sete versões.

Os personagens costumam surpreender você?
Os personagens não surpreendem, o ritmo sim. Essa coisa de que o personagem pegou o autor pelo pescoço, que o empolgou e roubou a história, eu acho muito engraçada... O autor faz o personagem. O ritmo sim, às vezes altera o personagem e obriga talvez ao aparecimento de um outro. O personagem é uma metáfora.

Você sempre parte da realidade?
O autor usa o real para dizer o irreal. A realidade funciona para o autor como a tinta para o pintor.

E a palavra?
A palavra é um dos apoios. Para o romancista a palavra não existe sozinha (talvez exista para o poeta). Tanto a realidade como a palavra servem apenas como instrumentos de trabalho.

Você prefere escrever na primeira ou na terceira pessoa?
Às vezes escrevo na primeira pessoa e passo para a terceira. Ou escrevo na terceira e passo para a primeira. Essa mudança de pessoa é muito importante, é um exercício excelente, dá uma boa visão. Você escreve, por exemplo, uma coisa na terceira pessoa e a impressão que você dá ao leitor é de primeira. Não é só uma simples mudança de tempo de verbo não. É de ponto de vista. *A Metamorfose*, do Kafka, foi escrito na terceira pessoa, quando deveria ter sido na primeira. Daí a estranheza do livro. Mas, ai do autor que não é estranho...

Você ainda costuma mostrar originais para amigos?
Eu costumava mais. É bom na fase do aprendizado. Quando a gente acha o seu mundo, descobre as suas coordenadas, não tem mais sentido mostrar... Nada mais pode ser alterado. Já não tem importância.

O que é que você chama de aprendizagem do escritor?
A tentativa, a procura de domínio perfeito dos seus instrumentos. O que vem a ser o ponto mais perigoso do escritor. Porque de duas, uma: ou ele continua naquilo que ele aprendeu, se ele chegou ao ponto máximo do aprendizado, e vai horizontalmente naquilo que ele aprendeu e se academiza – porque há várias formas de academismo, há até naqueles que se pensam vanguardistas –, ou então ele procura esquecer o que aprendeu (mas que não esquece, porque está tudo no inconsciente) e continua uma nova aprendizagem. É muito cômodo para um autor continuar a fazer sempre o mesmo livro. Eu desconfio muito quando estou indo bem demais e escrevendo muitas páginas, daí eu paro e dou uma travada na emoção. Paro e deixo para o dia seguinte. Não quero nunca perder o domínio da técnica.

Quando foge uma palavra, o que é que você faz, consulta o dicionário?
Depende. Ou deixo o espaço em branco para procurar depois, ou vou ao dicionário, porque acabo achando uma palavra melhor do que a primeira que me ocorreu ou não encontrei. Gosto muito de dicionários, eu tenho vários, principalmente antigos. Um dos que mais gosto é o do Moraes, de 1813. Não tem muitas palavras, mas é excelente. Não é do tipo ave tal, da família de não sei o quê. Ele diz assim: é uma ave que tem o bico torto e quando vai dar comida para os filhotinhos faz isso e aquilo.

Quando você trava a emoção falada há pouco, o que acontece, continua a pensar no que está escrevendo?
O ideal seria não continuar com a cabeça na coisa, deixar só o inconsciente trabalhando. Mas é muito difícil. Um sofrimento tremendo. Um, dois anos fazendo o negócio, a gente quer dormir e não consegue...

Tem o hábito de ler, nessas horas, ou...
Um ou outro ensaio. Crônicas antigas portuguesas de 1500, 1600. A linguagem é riquíssima. Lendo Fernão Lopes é que se pode verificar que grande língua seria a nossa se os portugueses tivessem dado certo.

Você tem algum texto que ainda não conseguiu escrever, que está tentando inutilmente abordar?
Estou sempre escrevendo o mesmo texto. Por isso não conserto livros já publicados. Eu ainda quero escrever *um* livro. O dia em que eu conseguir escrever mesmo *um* livro, eu paro. Por enquanto o meu livro são todos os que andei fazendo... Eu gostaria muito de escrever certas histórias, mas as melhores não podem ser escritas.

Por quê?
Por uma série de dificuldades pessoais, que prefiro não contar.

O que o levou a escrever o *Matéria de Carpintaria*?
Foi um exercício a mais. Um ensaio-fantasia. Eu quis falar na elaboração do romance. Não estava discutindo com os críticos; se às vezes os usei, foi como personagens. O autor quando publica um

livro é feito mulher da vida. Puta que monta casa e não pode escolher os clientes.

Você acha que um escritor tem alguma responsabilidade para com a sociedade em que vive?
O escritor tem uma única responsabilidade: escrever bem. De qualquer maneira, ele é sempre responsável pelo seu tempo, ele dá, quer queira ou não, um testemunho da sua época, do seu mundo. Em ficção não importa se um autor é vigarista, se é bom ou mau-caráter: ele sempre dará uma visão do seu mundo. O que ele não pode ser é sem caráter.

Há algum sentido político em *Os Sinos da Agonia*?
Eu não sou o que chamam de autor participante, mas quem quiser pode verificar que *Os Sinos da Agonia* tem sentido político. Naquela época a ditadura era violenta e isso transparece no livro.

Ter cultura, informação, é imprescindível para um ficcionista?
Boa formação e cultura, sim. Informação não. A massa de informações que hoje os aparelhos técnicos – cinema, rádio e televisão – jogam em cima das pessoas não pode ser absorvida, tamanha a quantidade. Às vezes, com cultura, uma simples olhada para um ficcionista... Tem o caso daquela escritora inglesa, a George Elliot, que escreveu um romance sobre uma família alemã. Respondendo uma vez a um sujeito que desejava saber como ela, que nunca tinha estado na Alemanha, conhecia tanto uma família alemã, ela disse: "no meu prédio, morava uma, no segundo ou terceiro andar. Durante duas ou três vezes eles esqueceram a porta da sala aberta e eu dei uma olhada..."

Você gosta de literatura?
Na verdade, eu gostava mais do que gosto hoje. Mas é uma espécie de febre. Não consigo pensar em outra coisa.

Cyro dos Anjos*

Não vamos falar da sua infância e juventude, Cyro. Tudo o que tinha para contar foi registrado em *Explorações do Tempo* e *A Menina do Sobrado*. Que tal conversarmos sobre o ato de escrever? Mas, antes, peço-lhe que trace, em poucas palavras, um perfil de Cyro dos Anjos.
Um perfil? Você começa por um pedido difícil. Para ser exato, o perfil há de abarcar o indivíduo no tempo, e eu não sei até que ponto o meu perfil de agora se assemelharia aos das quadras passadas. A gente muda como as águas do rio de Heráclito, não acha? Quando moço – dizem –, eu era alegre, jovial, conversador. Hoje me vejo pessimista, sorumbático, mais inclinado a ouvir que a falar. Sob certos aspectos não terei mudado muito: conservo-me insatisfeito com o que digo ou escrevo. Toda a vida a insegurança me perseguiu. Preocupou-me sempre a opinião alheia; agora, essa preocupação se acha acrescida de uma constante e dolorosa prospecção íntima: investigo-me, estraçalho-me. Para resumir: sou um anti-Narciso. Contudo, no plano moral concedo-me uma virtude – o esforço para não ser injusto. Maltrato-me, mas não maltrato o próximo. Ou, se inconsideradamente o faço, procuro expiar a injustiça.

Bem, você quis fugir, mas acabou me dando o perfil pedido. Vamos, agora, à prosa literária. Em *O Amanuense Belmiro* você tinha como tema "uma criatura e seu temperamento". A escolha do personagem se deveu ao seu conhecimento do funcionário público, já que também era o seu ofício?
Em *O Amanuense* procurei retratar um indivíduo, não uma classe. Na classe, o indivíduo se perde, e o que me preocupa é o homem, na sua solidão.

---

* Cyro dos Anjos (1906-1994) nasceu em Monte Santo, Minas Gerais. Cronista, romancista, ensaísta e memorialista. Membro da Academia Brasileira de Letras.

Para você, o elemento precioso do ficcionista seria uma mistura da observação da realidade exterior com...
Não vejo na ficção, propriamente, uma mistura da realidade exterior com a fantasia. A ficção parece-me apenas a interpretação da realidade, quer exterior, quer interior. Seria uma decomposição da realidade, para, com os seus próprios elementos, ser recriada, segundo a ótica do escritor.

No seu depoimento para a Semana do Escritor Brasileiro realizada em São Paulo, em 1979, você fazia referência ao transe mediúnico em que entrou para escrever *O Amanuense Belmiro*. Quer falar sobre o que seria esse transe, uma espécie de perda da própria identidade, para assumir outra?
Falei em *transe* por metáfora. O que, às vezes, o escritor experimenta é uma turbulência súbita do inconsciente, emergindo em desordem à superfície da consciência e exigindo expressão imediata. Nessa turbulência, pode suceder que capítulos inteiros, e até mesmo todo um livro, sejam entrevistos. Confusamente, é óbvio.

Você está sempre escrevendo, ou só quando se senta à mesa com esta intenção?
Salvo no caso do *Abdias*, não costumo sentar-me à mesa, pacientemente, à espera do socorro das musas. Mesmo porque estas são umas vigaristas, impingem muito produto ordinário ao pobre do escritor. E não dão nada de graça. Meretrizes de luxo, arrancam o couro e o cabelo do desventurado que se envolve com elas. Só pego da pena quando tenho, realmente, algo a dizer.

Por que tanto intervalo entre um livro e outro?
Do meu natural, sou preguiçoso e lerdo. Uma autocrítica, talvez excessiva, aumenta-me essa lerdeza. Além disso, meu voo é curto, tenho o fôlego fraco.

Já lhe aconteceu pensar numa história, com o começo, o meio e o fim, e nunca a ter escrito?
Já, quando eu morava em Brasília, aí por 1964. Dei começo a um livro cuja ação se desenvolvia lá. Fiquei só no primeiro capítulo, deixei-o de lado. Um pouco por impotência, desânimo, e outro

tanto porque, vinculando-se a fatos recentes, o tema não me permitia a liberdade de invenção de que o romancista carece. Imaginara transpor, para o romance, a impressão que me deixou o período das grandes cassações, aquela triste quadra em que, toda manhã, a gente abria o jornal, ansiosa, para saber se tal ou qual amigo figurava nos listões de cassados. Ou quando, altas horas da noite, telefonemas nos informavam que um parente fora preso ou estava *desaparecido*.

Seria esse livro um depoimento do cunho daquele que, em relação a outra conjuntura, você deu ao seu romance *Montanha*?
Mais ou menos. E nesse novo livro eu procuraria resolver problemas de técnica narrativa não satisfatoriamente solucionados em *Montanha*, onde tentei um painel amplo, em vez de usar a pintura intimista a que estava afeito.

Como você escreve, Cyro, diretamente à máquina ou faz, antes, rascunhos manuscritos?
Escrevo à mão, retoco infinitas vezes, depois passo o manuscrito a uma datilógrafa. E, uma vez datilografado, o original ainda é submetido a revisões. Parturição penosa, como você vê. Em carta a George Sand, Flaubert queixava-se de que reescrevia seis, sete vezes, a mesma página: creio que se limitava só a essas emendas ou substituições porque usava uma grossa caneta, daquelas que calejavam terrivelmente os dedos. Se escrevesse à máquina ou dispusesse de uma datilógrafa, por certo dobraria o número de refundições...

***Abdias* consumiu, parece, muito mais tempo para ser escrito do que o livro de estreia. Por quê? Qual era a dificuldade? Como conseguiu escrever *O Amanuense* em ritmo tão mais acelerado?**
Não só a elaboração do *Abdias* foi lenta. Demorada foi também a de *Montanha*, como verá. Vou falar-lhe, antes de *O Amanuense*, e isso explicará, em parte, o resto. Foi a propósito desse livro de estreia que eu aludi aquilo de escrita psicografada. Eu tinha, então, trinta anos, foi o primeiro livro, muita coisa borbulhava dentro de mim. Afianço-lhe que, até àquela altura, nunca me havia passado pela cabeça a ideia de tornar-me romancista. A comichão de

escrever, que me atacou desde a infância (desde o curso primário eu editava jornaizinhos manuscritos e cheguei a ter um, impresso em tipografia), essa comichão de escrever eu a satisfazia, na adolescência, com o exercício do jornalismo literário, em feição de crônica. Foi o compromisso de escrever uma crônica diária que me levou ao primeiro romance. Entre 1933 e 1935, eu tinha de encher, todo dia, dois palmos de coluna em grifo, corpo oito, no jornal *A Tribuna*, e, em seguida, no *Estado de Minas*, ambos de Belo Horizonte, cidade onde eu morava por essa época. Produzia uma substância vaga, indecisa, que ora pendia para a crônica, ora resvalava para o conto, quando, e com frequência, não se convertia em pura vadiagem literária, que rejeitaria qualquer etiqueta classificadora. Linhas de um lirismo desconfiado, ingênuo e brincalhão. Assinava-as com o pseudônimo de Belmiro Borba. Suponho que o prenome *Belmiro* e essa aliteração dos dois *bês* nasceram da simpatia que me inspirava a figura do velho poeta Belmiro Braga, muito querida em Minas. E o *Borba* terá sido, talvez, de inspiração machadiana. Sucedeu que os meus dois palmos de coluna começaram a se encadear tanto na matéria como no tom, na atitude. O pseudônimo virou personagem, e personagem-autor, no qual se projetava, em parte, o autor verdadeiro. De pseudônimo, converteu-se, assim, em heterônimo. Processada nas profundidades do inconsciente, a gestação de um personagem só se deixa perceber quase ao seu termo. Só nos certificamos da existência da criatura quando a vemos capaz de insubmissões, quando a sentimos rebelde ao nosso comando e, surpreendidos, notamos que ela repele certas atitudes que canhestramente lhe atribuamos e que não condigam com a sua índole, com a sua configuração moral ou intelectual. Isto é, quando já se delineou o seu caráter, e se nos impõe desvendá-lo. Belmiro saía-me da pele, mas seria difícil apurar até que ponto. Isso, no que se refere ao homem interior. O certo é que esse sósia passara a incomodar-me.

E você, Cyro dos Anjos, precisou, então, libertar-se desse incômodo sósia?
Exatamente. Mesmo porque a criatura gerada esperneava, pedia autonomia no espaço. Ademais, os amigos começaram a comentar

que eu estava, manhosamente, escrevendo um romance em fragmentos. Na verdade, nunca pensara nisso.

Assim, *O Amanuense* nasceu de um boato?
De certo modo, pois deixei correr o boato, ou porque me divertia com ele, ou porque – Deus me perdoe – não houvesse resistido à tentação da notoriedade. Publicar um livro, antigamente, dava grande prestígio. Pouco se publicava, muito pouco. Na rua, o leitor estacava, extasiado, ante aquele animal raro, o autor. De então para cá, houve, no país, sensível progresso editorial: hoje há mais autores do que leitores...

Você está brincando, mas, conforme vão as coisas, podemos chegar um dia a essa situação: mais autores do que leitores. Mas, continue com a história da gestação de *O Amanuense*.
A brincadeira e o boato me comprometeram. Os conhecidos começaram a me cobrar o livro. Alguns com simpatia, outros de modo zombeteiro. Vi-me desafiado. Criara-se um imperativo moral, e eu não queria passar por impostor. Que maçada! Minhas tarefas, no serviço público, eram opressivas, avassaladoras. Em nada pareciam com aquelas vagas ocupações que alimentam as quimeras do meu amanuense. Como saldar esse débito literário? Fui reformando a promissória. A certa altura, entrou em cena o acaso. Uma imprevista conjunção de astros veio, de repente, livrar-me, por quase dois meses, da carga burocrática que me esfolava o lombo. E sucedeu isso numa quadra em que eu andava em alta ebulição lírico-sentimental. Conjugada com a disponibilidade de tempo, a disposição de espírito facultou-me o parto. Eu que – já disse – sou lerdo de escrita, disparei, entretanto, a escrever, varando noites e noites, à custa de café requentado e conhaque, e debatendo-me em incríveis pesadelos quando, pela madrugada, me lançava na cama, tonto, exausto, sucumbido.

     Havia o núcleo inicial, a célula matriz: uma criatura e seu temperamento. Nada mais. Nenhum esquema, nenhum plano. O mais foi vindo meio desordenadamente, por decorrência do confronto desse personagem com os seres e coisas que ele via aglutinarem-se em redor dele. Amálgama da realidade de dentro com a realidade de fora, distraidamente observada, absorvida, transfigurada. Se a gestação de um personagem só se deixa perceber quase ao termo do seu processo, o mesmo se poderá dizer, creio, em relação às situações, aos episódios de um romance e sua concatenação. O trabalho da consciência lúcida será apenas de remate àquilo que foi longamente elaborado pela consciência obscura. Edgar Allan Poe dizia nunca ter sido visitado pela inspiração, e que o seu poema – *O Corvo* – se construiu com o rigor lógico da solução de um problema matemático. Mas suspeita-se que as lucubrações de *Gênese de um Poema* não passem de embromação. *O Corvo* não teria sido composto segundo as deduções do ensaio. Este, pelo contrário, foi que se baseou numa reflexão sobre o poema. Inclino-me para a opinião de Allan: o trabalho consciente do artista cinge-se a reconhecer a ideia em embrião e libertá-la, com extremo cuidado, precavendo-se para que a razão não perturbe essa resposta do corpo humano em estado de comunicação com as coisas. O artista encarna-se na Pítia e, ao mesmo tempo, se torna seu intérprete.

Eis-nos, de novo, às voltas com os transes mediúnicos...
É verdade... Que escritor não terá experimentado algo parecido, numa ou outra ocasião? Sensações, imagens, ideias vêm, então, em catadupas, mal há tempo de anotá-las. E quase nunca vêm à mesa em que, laboriosamente, o escritor se debruça. Vêm-lhe na rua, no cinema, no ônibus, no barbeiro, no banheiro. Lembro-me que um dia, ouvindo uma sonata de Mozart, concebi toda a parte final do meu primeiro livro. E Mozart nada tinha a ver com a história. Escrevendo à noite, mandando datilografar o manuscrito pela manhã, e retocando, à tarde, as páginas datilografadas, pude terminar *O Amanuense Belmiro* em menos de dois meses.

Mas você deu a entender, há pouco, que situação análoga não se teria reproduzido, quando escreveu o *Abdias*, livro que lhe foi arrancado com algum esforço...
É, como você vê... Essas coisas são complicadas. O *Abdias* me consumiu quase três anos de árduo trabalho. E *Montanha* não menos que dez. Eu próprio me pergunto qual a razão disso. *O Amanuense* foi muito mais espontâneo. Seria porque exprimia melhor as

minhas mundividências, a minha cosmovisão segundo as palavras da moda? Ao escrevê-lo, eu, trabalhando terra virgem, fui mais fecundo, mais lesto? Pode ser uma explicação, mas outras explicações, estas singelas, teriam também cabimento.

Quando comecei o *Abdias*, publicado oito anos depois de *O Amanuense*, eu voltava de um esgotamento mortal, causado por trabalho excessivo em funções públicas. Punha, sobre a mesa, o bloco de papel, fazia a mímica do ofício, a mão caía, impotente. Dias, semanas se passavam, sem que o trabalho rendesse uma só página. E manhãs havia que não me davam sequer um parágrafo. Venci pela pertinácia, como aquele padre da anedota, que abriu o breviário e, pacientemente, o leu todinho no lombo de sua mula quando, certa vez, esta, empacando, não cedeu às esporas. Na viagem seguinte, a mula se despachou, em trote largo, só de vê-lo abrir o livrinho. Fui mais teimoso do que a minha mula, e consegui terminar a obra.

Alguns críticos consideram o *Abdias* uma continuação, um reflexo de *O Amanuense*. Você concorda?
De fato, parte da crítica viu, no segundo romance, um esmaecido reflexo do primeiro. Segundo ela, o *leitmotiv* de *O Amanuense* atravessaria, também, o *Abdias*: o homem maduro, a moça em flor, o amor platônico. Outros motivos secundários também voltariam à tona: a nostalgia da infância da cidadezinha engolida pelo tempo, a prevalência do mundo infantil sobre o mundo adulto. Abdias repetiria Belmiro em situações distintas. Mas houve exagero desses críticos. Efetivamente, certas constantes repontaram no segundo livro. Mas, a essas recorrências, não escapará escritor algum que busque adentrar-se no seu mundo e, através dele, desvendar o mundo de fora. Na obra dos escritores, uma unidade subjacente sempre subsiste, mais ou menos visível. A nenhum deles será dado fugir àquele canto singular que irrompia na música do Vinteuil de *Em Busca do Tempo Perdido*. Escreveu Proust que esse canto podia parecer monótono, pois que despontava em toda composição do autor, por distinta que fosse das suas demais composições. Valia, porém, como seu documento de identidade, a sua impressão digital

atestava a singularidade de sua alma. Era o canto de sua pátria interior, pátria que ele próprio esquecera, mas com a qual se mantinha, inconscientemente, afinado em certo uníssono.

Entre *Abdias* e *Montanha* passaram-se dez anos. Quanto tempo ficou sem escrever? Ou, quanto tempo levou para elaborar o romance político?
Esses dez anos de intervalo tiveram causas várias. Mudando-me de Minas para o Rio de Janeiro, eu trouxera, na bagagem, um bom cabedal de experiência política, viva, sofrida. Essa experiência pedia transplante para o mundo da ficção. Tratava-se de vivências muito diversas daquelas que forneceram o substrato dos dois primeiros romances. Levar a trama política para um romance não me parecia fácil. Calculista, pragmática, fincada no real, tecida friamente no rasteiro da vida, a política seria talagarça rude para os delicados desenhos do romance, que se calcam nos movimentos do coração, e não nas ruminações da astúcia. A política – eu pensava – não é só apoética: é antipoética. Ainda que utilizada apenas como pano de fundo, ela contaminaria o romance, trar-lhe-ia uma infecção talvez mortal. Eu tinha na cabeça um personagem político; para fazê-lo mover-se, cumpria criar toda uma engrenagem política e, aí, o romance arriscava a se afundar. Mas a matéria teimava em procurar forma. O fio lírico, de que eu dispunha talvez fosse capaz de atravessar aquele território árido, compor o esqueleto do livro, vivificá-lo com um sopro da poesia. Ainda uma vez – tal como em *O Amanuense* e no *Abdias* – a moça em flor, o homem maduro. A cidadezinha, aí, já não é Vila Caraíbas, nem Várzea dos Buritis, mas Catas Altas do Sincorá. E o amor já não se esfuma em idealidades. Na personagem Ana Maria, o amor vai ao seu fim, atravessa-o, conhece, na outra face, o nojo.

Vila Caraíbas, Várzea dos Buritis, Catas Altas do Sincorá são nomes inventados?
Inventados. Não para despistamento – seria pueril –, mas para dar ao autor maior liberdade geográfica. A geografia é uma prisão física que, às vezes, se torna também uma prisão moral.

Como procedeu na construção de *Montanha*: fez anotações, esquemas? Baseado em quê? Como decide o nome dos seus personagens, quase sempre compostos – Ana Maria, Pedro Gabriel etc.?
Em matéria de nomes, procuro inconscientemente a eufonia, nalguns casos. Noutros, obedeço ao efeito que eles produzem em mim, segundo me pareçam graves, cômicos, líricos, angélicos, cavilosos... Vamos, porém, à primeira parte da sua pergunta. A resposta obriga-me a mencionar, antes, certas particularidades. Era-me impossível escrever, nos anos que se seguiram ao *Abdias*. Náufrago da política, eu recomeçava a vida no Rio e, já não moço, consumia-me em trabalhos de mouro, acorrentado, como um calceta, à galé burocrática. Limitei-me, por muito tempo, a tomar notas num caderno, quando ideias emergiam, caracteres, soluções se esboçavam. Em fins de 1952, surgiram condições para trabalho tranquilo. Tinha ido para o México, a serviço do Itamarati, reger um curso de estudos brasileiros, atividade moderada. Ali, refeito do desgaste sofrido, apanhei o caderno, e o livro jorrou quase por inteiro, em princípios de 1953. Foi preciso pôr de lado a ferramenta e os expedientes utilizados em *O Amanuense* e no *Abdias*. Processos, que me eram familiares, não teriam préstimo desta vez. Levar-me-iam a um longo romance, um *roman-fleuve*, que eu queria evitar, talvez por me faltar fôlego. Ao material em minhas mãos convinha outro tratamento, outro arcabouço. Infinidade de tipos que circulariam em esferas distintas. Episódios que ocorriam, simultâneos, se uniriam por mera justaposição, em dados casos. Era preciso armar um painel. E, para que este não crescesse demasiado, impunham-se cortes extensos na vida e na ação dos personagens. Habituado ao retrato psicológico, afeito a concentrar-me no estudo de poucos caracteres, à mesma luz, num só plano, vi-me compelido a procurar outras soluções.

Soluções que, no começo desta entrevista, você já me disse que não foram inteiramente satisfatórias, não é verdade?
Sim. Não saiu bem o que eu queria, como você sabe, mas é próprio da obra que ela nunca satisfaça o autor. Jamais, ao escrever, o escritor alcança aquilo que entreviu nas suas quimeras. Procurarei

explicitar os problemas que deparei e as minhas tentativas para resolvê-los.

Em *O Amanuense* e no *Abdias* a narrativa é centrada no destino de um personagem ou flui pelo prisma de uma consciência. Em *Montanha*, tentou-se captar o ser coletivo. Em vez de melodia, pretendeu-se polifonia. Visão da sociedade no seu *devenir*, através de um acordo de partidos que a coreografia política de *Montanha* – província imaginária – jamais realizaria, no seu eterno arabesco de meneios e negaças. Como, na pintura mural, algumas figuras recebem às vezes luz mais intensa enquanto outras quedam esbatidas à distância, também em *Montanha* certos personagens deveriam ter tratamento sumário, ao passo que seriam mais aprofundados aqueles que deveriam sustentar a textura romanesca. Assim, Ana Maria, Pedro Gabriel, alguns poucos figurantes políticos. Os mais seriam tipos anônimos que, uma vez cumprido o seu papel de extras, não mais tornariam à superfície do livro.

Abalançava-me a uma experiência totalmente nova para mim. Ambições de escritor menor que, sabendo-se menor, nem por isso deixa de tentar o que pressente acima de suas forças. No Rio, ainda na fase das notas e esquemas, a leitura de John dos Passos apontara-me um caminho possível. Suas soluções, porém, me pareciam por demais dissociativas, quebrariam a espinha dorsal da obra. Empreendi uma conciliação entre a sua técnica e a da novelística tradicional. Aí, deu-se o que ordinariamente acontece com os planos: o meu plano foi pelos ares, o ser coletivo despencou do esquema, a personagem Ana Maria cresceu e impôs, a certa altura, a linha de *O Amanuense* e do *Abdias*. Não forcei. Deixei que Ana Maria governasse o livro. Desequilibrava a estrutura, mas trazia-lhe dimensão nova: era a vida que brotava.

E como se comportou a crítica, com a surpresa da nova estrutura e a diferente linguagem de *Montanha*?
Já lhe direi. Sucedeu, com *Montanha*, um fato curioso: os políticos se ocuparam do livro antes que a crítica pudesse cozinhar os seus juízos sobre ele. O país estava fervendo, naqueles meados de 1956, e mal saía de profunda e extensa crise, que se agravara com o suicídio de Getúlio. Retratando ambientes e personagens da política,

o autor não tinha tido intenção de provocar escândalo. Retratara-os com a neutralidade do entomólogo, ao descrever um inseto. Mas, na efervescência daqueles dias, o escândalo foi inevitável. A fauna política, exposta no romance, oferecia, à imprensa, um prato picante. Todo dia, jornais traziam artigos, tópicos, caricaturas, notinhas maliciosas. Especulou-se durante dois ou três meses sobre a identidade dos personagens. O saudoso Aliomar Baleeiro, então líder da oposição, em discurso na Câmara, apontou a obra como testemunho da corrupção existente no país. E a história nela contada chegou até a servir de tema para uma novela em quadrinhos, espécie editorial que, na época, era novidade. Atordoado com aqueles efeitos imprevistos, o autor esperava, inquieto, a crítica. Existia, então, uma tribuna crítica, no Rio, nas capitais dos estados, e até em jornais do interior. O crítico oficial e o diletante compareciam, sempre que saía um livro. E os autores temiam os seus veredictos.

Quando a crítica veio, mostrou testa franzida, torceu o nariz. Não toda ela. Dividiu-se, digamos, meio a meio. A de nariz torcido – embora reverenciando o autor, embora mimando, com palavras edulcoradas, os romances que escrevera noutra fase – desceu o pau, descaridosa. A política não seria matéria romanceável. E, quanto à estrutura da obra, o autor fizera mal, muito mal, em deixar a sua antiga linha de produção. As inovações, por ele produzidas, eram, aliás, de eficácia discutível. Aconselharam-no a não se enredar em complicações e a voltar aos processos anteriores de sua ficção. Ao ver os ousados rumos que o romance tomou agora, acho cômicas as reservas então formuladas, pela crítica preceptoral, aos expedientes que empreguei. Diante dos contorcionismos e malabarismos a que hoje se entregam os romancistas, as novidades por mim trazidas em *Montanha*, e que tanta celeuma provocaram há 25 anos, até se mostram tímidas, inocentes, cândidas.

Diante dessa reação conservadora da crítica, você chegou a duvidar das possibilidades do tema político, como objeto de romanceamento? De modo nenhum. Ressalvadas as dúvidas que há pouco manifestei, acho que qualquer tema é romanceável. Romanceáveis são todos os aspectos da atividade humana. A política, em maior ou menor grau, sempre se infiltrou na epopeia, no romance, no teatro, na poesia. Como separar a política do homem, animal essencialmente político, como nos diz Aristóteles? Ainda há pouco, viu-se o êxito alcançado pelo García Márquez, cujo romance é político de princípio a fim, embora em termos alegóricos.

É tentado a reescrever os seus livros depois de publicados? Reescreveria *Montanha*?

Não o faria, de modo algum, em decorrência dos conselhos que certos críticos me prodigalizaram com tanta doutorice. Mas talvez gostasse de fazê-lo, em vista de outras soluções que depois me ocorreram. Não fosse a preguiça, eu refundiria *Montanha* à minha maneira habitual, pondo Ana Maria no centro da história, desde o princípio. Foi a criatura que mais me apaixonou, da pequena galeria que criei. Mas, ai de mim, estou velho para namoros, temeria conviver de novo com a personagem. Além disso, acho que livros não devem ser reescritos. Deixemos que vivam a sua vida. Ou morram a sua morte.

Em 1963, você publicou as suas memórias da infância: *Explorações no Tempo*. E só em 1979 nos deu o segundo volume, o da adolescência, publicando-o conjuntamente com o primeiro, que se achava esgotado. Ao conjunto dos dois deu o nome de *A Menina do Sobrado*. Por que decorreram dezesseis anos entre uma e outra parte das memórias?

Já lhe falei da minha natural lerdeza. Produzo devagar e a largos intervalos. Ademais, nesses dezesseis anos tive pesadíssimas tarefas burocráticas. Havendo-me transferido para Brasília, como subchefe do Gabinete Civil do Juscelino, fui depois ministro do Tribunal de Contas do Distrito Federal; não tive lazeres. Além disso, colaborava com o Darcy Ribeiro na organização da Universidade de Brasília. Sucedeu, ainda, que o segundo tomo das memórias me obrigou a pesquisas em Belo Horizonte, à leitura de velhos jornais na Biblioteca Municipal, a visitas a certos locais, entrevistas com antigos companheiros etc. Essa parte do livro não me saiu tão espontânea como a primeira. *Mocidade, Amores*, começado em Brasília em 1968, só foi acabado dez anos depois, aqui no Rio.

Interrompi inúmeras vezes o trabalho, como já expliquei. E retoquei-o, enquanto pude. Um livro, a gente o termina por cansaço, não porque se dê por satisfeito. Creio que é uma frase de Valéry.

Por que, na edição conjunta de agora, a mudança do título do primeiro volume, que, isolado, na edição anterior se chamava *Explorações no Tempo*? E esse primeiro volume, quantos anos você levou para escrevê-lo?
O título *Explorações no Tempo*, conveniente do ponto de vista literário, tinha pouco *apelo*, como hoje se diz no mundo livreiro. Fernando Sabino fez-me ver isso, com aquele olho clínico que tem para assuntos editoriais. Lendo os originais da segunda parte, e ajudando-me a decidir publicá-la conjuntamente com a primeira, Fernando perguntou-me por que não dava um título único à edição conjunta. Segui o conselho e escolhi o título de um dos capítulos finais – *A Menina do Sobrado*. E substituí, na primeira parte do volume, a designação de *Explorações no Tempo* pela de *Santana do Rio Verde*, que é pseudônimo de Montes Claros, cidade onde nasci e passei a meninice. Com esse pseudônimo não tive intenção de evitar dissabores resultantes da identificação de personagens e fatos. A razão foi outra: Montes Claros cresceu muito, é hoje uma rica metrópole regional. Nada resta ali da cidadezinha de minha infância. O Rio Verde Grande passa pelo município e, na cidade, no Alto do Morrinho, há uma capela de Sant'Ana. Eis os elementos que me sugeriram o novo nome. Achei que esse assentava mais a Montes Claros dos meus tempos de menino.

Até que ponto as suas memórias guardam fidelidade ao real? Nota-se que você romanceia, aqui e ali...
Tanto *Explorações no Tempo* como *Menina do Sobrado* são de fato livros de memórias. Há, por vezes, um ligeiro tratamento ficcional, mas na essência os fatos são reais. Fiz transposições, troquei nomes de pessoas, de lugares, levado antes pelo impulso de intensificar a realidade ou, talvez, pelo vezo de romancear as coisas. Você sabe: é difícil, se não impossível, estabelecer limites entre o real e a fantasia. Que é o real? Cada um de nós vive o *seu real*. O real é uma abstração. Bem, estou a complicar as coisas. Simplifico a minha

resposta, assegurando-lhe que, tanto no primeiro livro de memórias quanto no segundo, terei, de vez em quando, extrapolado do *real* para o *possível* processo comum no romance.

A vida de funcionário público de alguma forma atrapalhou suas atividades literárias? Vê-se...
Não há dúvida. Mas apenas até certo ponto. Parece-me que, na verdade, quando se tem algo a dizer, o livro sai de qualquer forma. Tempo, fabrica-se. E a criação é algo semelhante à gravidez, no mundo biológico: terminada a gestação, vem o parto, seja qual for a circunstância...

E a atividade de professor, que ora exerce na Faculdade de Letras da UFRJ, não é por demais absorvente?
Não, até me distrai, pois não se trata de aulas teóricas. O curso é dado em forma de seminário. É uma oficina. Uma oficina literária. Pego o texto produzido pelos alunos e o discuto com eles, do ponto de vista da estrutura e do conteúdo. Transmito-lhes a minha experiência de velho escriba. Ensino-lhes os modestos truques que aprendi no ofício.

A *Criação Literária* foi o seu único livro de ensaio publicado. O ensaio não o atrai? Por que escreveu esse?
Não tenho vocação de ensaísta. O livrinho a que você se refere não foi planejado: é uma costura de alguns dos artigos que eu publiquei em *A Manhã*, no Rio, nos fins da década de quarenta. Meu compromisso com o jornal era escrever crônicas, mas o assunto me foi escasseando, e preferi substituir as crônicas por uma espécie de resenha de livros que eu lia na ocasião. O problema da criação literária começara a interessar-me desde quando, na Faculdade de Filosofia de Belo Horizonte, um aluno me perguntou por que razão o escritor escreve... Pergunta engraçada, não? Ingênua e tremendamente metafísica, ao mesmo tempo.

Eu já havia escrito dois romances, àquela altura, e nunca me ocorrera indagar qual a motivação da atividade literária. Que impulso induzia o homem a se desviar do cotidiano para se entregar à contemplação de mundos sonhados? Qual o móvel, quais os fatores íntimos da criação artística? Convida-nos a literatura a fugir do real ou, pelo contrário, nos dá acesso a uma realidade mais profunda? Desandei a ler, sobre a matéria, tudo o que encontrei à mão. Dessas leituras saíram os artigos, e dos artigos saiu o livrinho quando, anos depois, eu vivia em Portugal, e o saudoso professor Joaquim de Carvalho pediu-me um texto para a sua *Revista Filosófica*. Do texto tirou-se uma separata, que depois foi reeditada várias vezes no Brasil. Em mais de uma ocasião, leituras posteriores me tentaram a refundir o pequeno livro, para lhe dar mais consistência e atualizá-lo com o pensamento contemporâneo, embora pouca novidade haja surgido. Mas a tarefa é pesada e receio, a esta altura, não ter forças para enfrentá-la. Já passei dos setenta e os anos pesam na carcaça. E, já disse, não tenho pendores para o ensaio.

Conte como escreveu os *Poemas Coronários*. Diga-me o que eles representam em sua obra. Acredita que a multiplicidade de linguagem é necessária ao escritor?

Poderíamos chamar-lhes *Poemas*? São uma peça de circunstância, escrita num leito de hospital e que não se destinava à publicação. Só veio a lume (felizmente numa edição de apenas cem exemplares) porque o Darcy Ribeiro, então na reitoria da Universidade de Brasília, mandou editá-la, num gesto benévolo, à revelia do autor. Havia apenas cópias mimeografadas que eu mandara tirar, para distribuição entre parentes e amigos que me assistiram em horas sinistras quando, acometido de um enfarte, eu pensava que ia morrer. Tendo, em mãos, uma dessas cópias, Darcy mandou imprimi-la no prelo da Universidade. Isso, por volta de 1963. Quando, após dois ou três meses de repouso no Rio, regressei a Brasília, até levei susto: sem nenhum aviso prévio entregaram-me um exemplar. Tão primorosa ficou a edição, que o livro até foi premiado numa exposição, em Leipzig. Como trabalho gráfico, é claro... Como peça literária, não atribuo nenhuma valia a esses poemas. Serão apenas uma espécie de testamento. Certo de que a morte me espreitava, senti necessidade de dizer algumas coisas – coisas que rejeitavam os trilhos da prosa. Então, alcei um pobre voo poético, tentando documentar a minha agonia, uma agonia lúcida, que eu recebia com lágrimas, mas conformado ou talvez conivente. Versos que saíram no ritmo do suspiro e do gemido. Escrevi-os quase imobilizado no leito, assim começaram a ceder as dores iniciais do enfarte. Minha filha Margarida ia traduzindo as garatujas, levava-as, batia-as a máquina e as trazia, no dia seguinte, para emendas que o suposto agonizante considerava essenciais. Acredito que foi a poesia que me salvou. O corpo, enfermo, foi o que me teria sugerido essa espécie de terapia para dominar a angústia, a terrível angústia.

Você ainda gosta de ler, como antigamente? O quê?
Leio, leio sempre. É o único prazer que não cansa, diz Valéry Larbaud. Não mais romances, como antigamente: agora, ensaios literários, históricos, filosóficos.

Hoje, aposentado no serviço público, quais são os seus hábitos diários?
Completamente aposentado não estou ainda. Dou aulas na Faculdade de Letras da UFRJ. Fora disso, leio, ouço música, entretenho-me no convívio dos amigos, compareço fielmente às quintas-feiras da Academia. E dou o meu giro vespertino pelo calçadão da avenida Atlântica (a melhor coisa que se fez no Rio, depois de D. João VI).

Tem algum livro de ficção em preparo?
Não. Aposentei-me inteiramente na ficção. Já era tempo. Escrevi o que tinha para escrever. E convém abrir espaço aos jovens, antes que eles o tomem à força...

Você se considera um autor realizado?
Realizado? Jamais! Quem pode julgar-se realizado? Só os ingênuos ou os gabolas. Ninguém se realiza, nem na literatura, nem noutra qualquer atividade. O homem sempre alça as vistas para algo que não está ao seu alcance. O homem é sempre um ser fracassado.

Dias Gomes *

Quando você escreve uma peça, o que vem antes: a ideia, a história ou os personagens?
Depende. Porque, pelo menos comigo, o processo de criação nunca se desenvolve do mesmo modo. Para responder, terei de rememorar como nasceu cada uma de minhas peças. Acho que cada uma delas surgiu de um jeito. Em algumas, veio a ideia primeiro. Exemplo: *O Pagador de Promessas*. Li uma notícia no jornal. Um telegrama: numa cidade da Alemanha, não me lembro o nome, um ex-combatente que havia ficado paralítico durante a Segunda Grande Guerra fizera uma promessa, carregar uma cruz até uma certa igreja, se ficasse bom. E cumprira a promessa. Foi essa ideia (que muito pouco tinha a ver com aquilo em que se transformaria depois) que deu o estalo. A essa ideia associaram-se outras, vindas da minha infância. Sou baiano, de Salvador, terra onde se faz muita promessa. Veio a imagem de minha mãe, me levando pela mão, garoto de doze anos, para assistir à missa em todas as Igrejas da Bahia – e dizia a lenda que eram 365 –, uma por dia, promessa que ela havia feito para meu irmão recém-formado em Medicina passar num concurso, no Rio de Janeiro. E veio também a lembrança de minha tia Cecília, carola de confessar e comungar todos os dias, botando uma pedrinha no sapato e andando do bairro do Canela até a Igreja da Piedade, uns cinco ou seis quilômetros, para pagar promessa. E pensei que aquele ex-combatente alemão, por estranho que possa parecer, em seu misticismo e em sua fidelidade à promessa feita, à palavra empenhada, tinha muito a ver com a minha gente e bem podia ser um homem do povo, do meu povo da Bahia, afeito a fazer e pagar promessas e obrigações as mais

---
* Dias Gomes (1922-1999) foi um dramaturgo e autor de telenovelas brasileiras.

ambiciosas, em suas transas com os santos e os orixás. E a partir daí, comecei a elaborar uma fábula. Isto é, da ideia surgiu a história e com a história os personagens. Já *A Revolução dos Beatos*, por exemplo, partiu da história. O caso verídico do jegue presenteado ao padre Cícero por um romeiro que, por ter-se recusado a comer um feixe de capim roubado que lhe trouxera um crente (também em paga de uma promessa), foi considerado santo e passou a fazer milagres. Neste caso, a história precedeu a ideia: a tentativa de encontrar uma forma de teatro popular através do sincretismo de fatos históricos com o auto do bumba meu boi do qual, inclusive, tomei emprestados alguns personagens. Também *O Bem-Amado* nasceu da história, um fato verídico que me foi contado pelo cantor Jorge Goulart, ocorrido numa cidade do interior do Espírito Santo, onde o prefeito não conseguia inaugurar o cemitério por falta de um defunto, sendo por isso acusado pela oposição de esbanjador dos dinheiros públicos, já que construíra uma coisa inútil. Mas em *O Santo Inquérito* foi a personagem que veio primeiro, Branca Dias, heroína e mártir semilendária cuja descoberta, numa de minhas pesquisas sobre as visitações do Santo Ofício no Brasil, me apaixonou. Por mais que pesquisasse, pouco consegui comprovar sobre ela (há até quem negue que tenha existido), apenas que nasceu na Paraíba e foi perseguida pela Santa Inquisição. Segundo a lenda, ela "era bela como um raio de luar", fazendo com que seu inquisidor por ela se apaixonasse, morrendo queimada num auto de fé. Como eram precárias as informações, tive de complementá-las para construir a história e colocá-la a serviço da ideia. Na verdade, o que vem primeiro não é a ideia, nem a história ou os personagens. O que vem primeiro é a angústia. Não sei se isso se passa com os outros autores. Comigo é assim. Vem aquela angústia, aquela necessidade compulsiva que me leva a um estado de infelicidade, a um descontentamento comigo mesmo insuportável. Fico chato, desagradável com as pessoas que mais estimo, caio num mau humor terrível, nem sei como minha mulher me atura. É uma espécie de doença, que parece levar ao suicídio ou à loucura. Aquela coisa martelando na minha cabeça dia e noite: "Eu tenho de escrever uma peça, eu tenho de escrever uma peça. Ou escrevo, ou morro". E de repente, tudo passa: começo a escrever.

Você falou aí que *A Revolução dos Beatos* era uma tentativa de encontrar uma forma de teatro popular inspirada no *Bumba meu boi*. Isso me fez lembrar de *Dr. Getúlio sua Vida e sua Glória*, peça que você escreveu com Ferreira Gullar e que levou ao palco uma tragédia real, o suicídio de Getúlio Vargas. Nela, vocês relacionaram o momento histórico com uma situação difícil de uma Escola de Samba cujo presidente eleito, depois de sofrer várias pressões, acaba assassinado. O que aconteceu com o gênero teatral novo, o gênero enredo, proposto por vocês?

Olha, acho que só você agora, e Antônio Callado na época, no prefácio da edição da peça, perceberam que nós estávamos propondo um novo gênero. Foi um tremendo equívoco. Tanto a crítica como o público viram a peça como um drama sobre Getúlio. O primeiro que levava ao palco a figura de dimensões trágicas do ditador. E a peça foi analisada como histórica. Tremenda besteira. Não viram que Getúlio era apenas um pretexto. Antes de Getúlio, eu tinha pensado em fazer a mesma experiência tomando como tema a Inconfidência Mineira, Tiradentes. Quando convidei o Gullar para ser meu parceiro, eu o fiz porque ele vivia metido com Escola de Samba – Tereza Aragão, mulher dele, é vidrada no assunto, e o próprio Gullar curte um bocado. Por isso eu o convidei. Também por ser ele um dos maiores poetas brasileiros, é claro. E eu pretendia escrever metade da peça em versos, e nunca me acreditei poeta. Aliás, tive a audácia de escrever uma boa parte dos versos. Alguns retocados por ele. Mas o que eu queria dizer era que as razões que me levaram a escolher Gullar como parceiro mostram que eu estava mais preocupado com a forma da peça do que com o seu aspecto histórico. Do contrário, teria escolhido um historiador. O importante em *Dr. Getúlio*, se é que a peça tem alguma importância, é a sua proposta formal, como você bem entendeu. Mas pouca gente percebeu, na época. Parece que todo mundo esperava e ansiava por uma peça histórica sobre Vargas. E alguns se chocaram porque a figura mítica e contraditória de Getúlio era sincretizada com a de um presidente de Escola de Samba. A esses, a peça deve ter parecido um sacrilégio. Outros, os antigetulistas, aqueles que haviam sofrido a repressão do Estado

Novo, esperavam uma denúncia panfletária das atrocidades cometidas pelo ex-ditador e também não ficaram satisfeitos com o tom alegórico próprio do enredo de Escola de Samba. Enfim, ninguém entendeu que o que a gente propunha era uma nova linguagem cênica, autenticamente popular e genuinamente brasileira.

Você faz anotações, desenvolve esquemas primeiro, para depois escrever a peça, ou...
Faço mil anotações, entrego-me a uma verdadeira masturbação mental, pesquisando até a exaustão a temática que vou abordar e investigando minuciosamente a vida dos personagens que vou manipular e, principalmente, buscando a forma, porque acho que cada peça tem a sua forma própria, que nasce dela mesma. Daí alguns críticos notarem o que eles, equivocadamente, chamam de "falta de unidade estilística" em meu teatro. Na verdade, o que há é uma variedade de formas, decorrente de uma inquietação pessoal (você também pode chamar de volubilidade) e da concepção de que o tema impõe a forma e não o inverso.

A diferença básica entre o prosador e o dramaturgo seria talvez...
Bom, eu acho que o teatro tem mais a ver com arquitetura do que com literatura. O dramaturgo é um construtor de peças. O processo é vertical e limitado no espaço e no tempo, tal como a construção de um prédio. Tijolo sobre tijolo, ao contrário de um romance, por exemplo, que se desenvolve horizontalmente e, praticamente, sem limitações. Daí me parece que a poesia essencialmente teatral não é a que escorre dos diálogos, mas a que se alça da construção dramática, como da beleza arquitetônica de um edifício. Radicalizei essa concepção em *Campeões do Mundo*, procurando despojar o diálogo, depurá-lo da poesia literária em favor da poesia da construção dramática. Não sei se fui entendido.

Que elementos fundamentais uma peça deve ter para que você a considere boa?
Perguntinha difícil de responder. Que é uma boa peça? Todo critério é subjetivo. Uma boa peça para mim pode não ser boa para você.

Eu perguntei a sua opinião.
Bem, vou lhe dar uma resposta meio besta. Boa peça pra mim é aquela que eu leio, ou assisto, e tenho vontade de ir para a máquina imediatamente escrever outra. A má peça me desestimula, como o mau espetáculo, me dá vontade de nunca mais fazer teatro. Porque o teatro é uma mágica. E quando o mágico nos emociona, a vontade que temos é de descobrir o segredo da mágica, subir ao palco e imitá-lo. Quando ele erra ou não passa do trivial, é um saco.

Você ouve seus personagens enquanto escreve, para que o diálogo saia fluente e natural?
Ouço e vejo, não só os meus personagens, como toda a ação dramática. Vejo-os falando e se movimentando no cenário que concebi, de uma maneira absolutamente nítida. Por isso, alguns diretores me acusam de dirigir minhas peças no texto. E se rebelam contra isso, claro, achando que estou entrando em seara alheia. É verdade, costumo me exceder um pouco nas rubricas, indicando até marcações. Mas não sei escrever de outro modo, senão vendo e ouvindo. E olhe que não sou da geração audiovisual...

Aprende-se a escrever para teatro, ou... E para a televisão?
Acho que ninguém aprende a ser dramaturgo, como ninguém aprende a ser poeta. Você pode aprender algumas regras básicas de *playwright*, mas isso não faz de você um autor de teatro. Ninguém é escritor só porque sabe gramática. Quanto à televisão... bom, esse é outro papo. Se você já é um autor, de teatro ou de romance, um contista ou um poeta, você pode aprender a escrever para a televisão. Quer dizer, para escrever para a televisão, você tem de aprender a sua técnica, tem de dominar a sua linguagem. E o diabo é que isso só se aprende fazendo. Quebrando a cara. Porque a televisão tem uma linguagem própria, que difere do teatro, do cinema ou da literatura, embora roube elementos de cada um deles. E é uma linguagem nova, surgida em nosso tempo, com novas formas de comunicação, de assimilação da cultura e de percepção estética.

Perguntei tudo isso porque você escreveu a primeira peça aos quinze anos, tendo inclusive recebido um prêmio num concurso do Serviço Nacional de Teatro, em 1939. Você já conhecia teatro profissional nessa idade?
Bom, eu tinha lido uma única peça: *A Noite de Reis*, de Shakespeare. E tinha assistido a algumas operetas vienenses encenadas pelos Irmãos Celestino na Praça Tiradentes: *Eva*, *A Viúva Alegre* etc. E tinha assistido também a algumas óperas. Minha mãe era vidrada em óperas e todos os anos comprava uma assinatura na torrinha do Teatro Municipal. Eu também adorava ópera, naquela época, sonhava até ser um dia tenor ou barítono... Verdade, eu morava numa pensão ali no Flamengo e vivia me esguelando no banheiro, infernizando a vida dos hóspedes. Bem, essa era toda a minha cultura teatral: uma das piores peças de Shakespeare, as adocicadas operetas de Franz Lehar e os melodramas de Puccini e Cia... Curioso é que não encontro na minha primeira peça, *A Comédia dos Moralistas*, nenhuma influência desses ingredientes tão heterogêneos.

Sei que você ficou órfão de pai aos três anos e que estudou num colégio de irmãos maristas, em Salvador. O que você lembra desse período? Quais os livros que leu?
O Ginásio N. S. da Vitória era (não sei se ainda é) no bairro do Canela, perto da casa onde nasci: rua do Bom Gosto. Nome que pessoas de mau gosto trocaram para João das Botas. Ao lado do colégio ficava a casa de meu tio Alfredo, que pagou a publicação de minha primeira peça. Avalie você o susto que eu levei quando, em 1960, fui a Salvador levar para Martim Gonçalves, na Escola de Teatro da Bahia, uma cópia de *O Pagador de Promessas*, que tinha acabado de escrever, e verifiquei que a escola era na casa do meu tio. Um casarão imenso onde eu passara a minha infância, brincando de picula no enorme pomar com meus primos, brincadeira que às vezes se estendia até a Roça dos Padres, hoje a Universidade da Bahia.

Você levou *O Pagador de Promessas* para Martim Gonçalves ler? Por quê?
Para ele encenar com os alunos da Escola de Teatro. Como bom baiano, eu queria que minha peça fosse encenada primeiro na minha terra, excursionando depois.

E por que isto não aconteceu?
Porque Martim Gonçalves jamais a leu. Atendeu-me num *robe de chambre* vermelho, fumando cachimbo, e disse que ia ler. Depois que saí, colocou-a numa estante. Meses após, quando o sucesso da montagem do TBC de São Paulo chegou a Salvador, ele comentou com Brutus Pedreira: "Sabe que tem uma peça de um jovem autor baiano fazendo enorme sucesso em São Paulo?" Brutus respondeu: "Sei, essa peça está ali, naquela estante". Claro, santo de casa não faz milagre...

Mas voltando à sua infância...
Tenho pouquíssimas recordações do colégio dos maristas. Fiz lá o curso primário, primeiro ciclo, como se diz agora. O que minha memória imprimiu mais fundo foi a imposição de uma fé religiosa. Ir à missa todos os domingos contava pontos. E num desses domingos saí de casa em jejum. Durante a missa, sofri uma vertigem, fui de cara no chão. Isso me traumatizou a tal ponto, que durante muitos anos não podia ficar cinco minutos numa igreja sem sentir que ia desmaiar. Talvez esse incidente tenha contribuído, de certo modo, para o meu afastamento da religião. Comecei a não ir mais à igreja e, quando ia, ficava na porta, com receio de entrar.

No entanto, a Igreja está sempre presente em suas peças, ou na maioria delas.
Talvez, justamente, porque esses anos de minha infância no colégio dos irmãos maristas me marcaram muito. Também porque todo o meu teatro contrapõe o homem ao sistema social. E é inegável o papel desempenhado pela Igreja nesse sistema, na formação do nosso povo, desde os tempos da catequese. É um dado tão importante que não posso escamotear.

Mas a Igreja sempre fica muito mal em suas peças. Isso se deve a uma má recordação dos tempos do colégio de padres?
Você está se referindo a peças como *O Pagador*, *O Santo Inquérito* e *A Revolução dos Beatos*, peças que escrevi nos anos 60. Essas peças mostram a Igreja fazendo parte de uma engrenagem social repressora, aliada sempre aos poderosos, em sua essência anticristã. E eu não podia pintar outro retrato da Igreja Católica, até aquele

momento, sem fugir à verdade histórica. Hoje, reconheço, existe uma nova Igreja. Muito embora a velha continue a existir e até mesmo a dominar sua alta cúpula. Mas houve uma mudança, uma parte da Igreja até participa direta ou indiretamente de causas progressistas, denunciando a repressão e a tortura, endossando campanhas pela libertação de povos oprimidos. O papel histórico da Igreja Católica, evidentemente, mudou.

Então você hoje não escreveria mais *O Pagador de Promessas*?
Escreveria, como não? *O Pagador* não é uma peça anticlerical. É uma peça contra a intolerância, o dogmatismo, uma fábula sobre a liberdade de escolha, temas sempre atuais. Não é a Igreja que está em causa, como instituição. E padre Olavo é apenas um símbolo de intolerância. Poderia ser uma fábula dos anos 70, anos de intolerância e obscurantismo, em que muitos Zés do Burro tombaram, querendo pagar suas promessas. Se *O Pagador* for entendido como uma metáfora, nunca perderá sua atualidade.

Você se lembra do primeiro texto que escreveu?
Acho que foi um conto ligeiramente autobiográfico. A história de um menino que só sabia correr, não sabia andar. Eu devia ter uns dez anos. Chamava-se *As Aventuras de Rompe-Rasga*. Rompe-Rasga era como meu pai me chamava porque eu, quando corria derrubava tudo, quebrava louça, o diabo. Aliás, eu só aprendi a andar normalmente lá pelos doze anos. Até aí, só vivia correndo, havia qualquer coisa nas minhas pernas, uma espécie de falta de freios. Gozado é que esse descontrole ainda me dá, de vez em quando, quando me sinto eufórico. A maneira de traduzir fisicamente a minha euforia é correr. Me lembro quando fui saber de Gianni Ratto sua opinião sobre *O Pagador*. Eu tinha acabado de escrever a peça e um amigo a levou para o Teatro dos Sete, que acabara de se formar e estreava no Municipal com *O Mambembe*. E foi lá, nas coxias do Municipal, que Gianni Ratto me falou da peça, do entusiasmo que ela lhe provocara, "um dos melhores textos que já li em língua portuguesa". Bom, saí do Municipal tão eufórico, que de repente comecei a correr pela Cinelândia. Meu carro estava

estacionado no Museu de Arte Moderna. E eu corri, do Municipal até lá, saltando canteiro e atravessando sinais. As pessoas me olhavam imaginando: ou é louco ou batedor de carteiras.

A poesia nunca tentou você?
Claro. Entre os dezessete e os 27 anos cometi alguns pequenos assassinatos poéticos. Mas tive o pudor e o bom senso de nunca divulgá-los. De fato, os poemas que passei para o papel naquela época nasciam não de um talento poético, mas de paixões reprimidas (ou não), ou dores de cotovelo mal digeridas. Não ultrapassavam o valor de um pileque ao som de um tango.

E de escrever romances, desistiu?
Não sei. Pode ser que um dia ainda volte a tentar. As quatro experiências que fiz no gênero me deixaram, todas elas, insatisfeito. *Duas Sombras Apenas*, escrito aos dezoito anos, me toca ainda hoje pelo que tem de autobiográfico, não pelo seu valor literário. O mesmo posso dizer do último, *Quando é Amanhã*, escrito em São Paulo, aos 26 anos, embora Sérgio Milliet tenha encontrado nele algumas virtudes. É possível que alguns capítulos se salvem. Quanto aos outros dois, duas novelas bem populares, foram escritos sob uma visão caolha do que seja "fazer carreira" como escritor. Naquela época eu pensava: bom, primeiro tenho de fazer sucesso, escrever um ou dois *best-sellers*, não importa sua qualidade. Depois, já tendo conquistado um público, vou escrever os livros que haverão de me redimir e me fazer respeitado. E escrevi aquelas duas merdas.

Bom, mas vamos voltar atrás, ao tempo do seu primeiro romance. Você estudou Engenharia e Direito. Parece que, ao mesmo tempo, o teatro exercia uma atração irresistível. Como foi isso?
É, naquela época eu escrevia um romance, duas peças, três contos, poesias, tudo ao mesmo tempo. Minha cabeça era uma tremenda confusão. Eu lia sem parar, escrevia sem parar, e era obcecado por uma ideia: fazer alguma coisa importante. E achava que precisava fazer logo, porque ia morrer cedo. A ideia da morte me perseguia, eu achava que não chegaria aos 25. Daí a minha ansiedade. Cursei

um ano de Engenharia, mas já no meio do ano frequentava aulas de Direito. Fui até o terceiro ano, quando percebi que estava apenas indo em busca de um anel de doutor, já que jamais seria advogado. Eu queria mesmo era ser escritor. E seria, custasse o que custasse. Disso tinha certeza absoluta. Também, eu era um cara pretensioso que vou te contar: eu me achava um gênio.

Foi aí que você teve a sua primeira peça encenada, *Pé de Cabra*?
Foi. Mas entre *A Comédia dos Moralistas* e *Pé de Cabra* escrevi meia dúzia. Dessa meia dúzia, apenas uma subiu à cena, *Amanhã Será Outro Dia*. Das outras não tenho nem mais os originais. Mas posso lhe garantir que a dramaturgia brasileira não perdeu nada com isso.

Você tinha amigos ou frequentava o ambiente teatral e intelectual nesse tempo?
Amigos intelectuais, você quer dizer... Bem, amigos, amigos mesmo, eu acho que não. Quem tinha amigos intelectuais era meu irmão Guilherme, que era poeta, romancista e pertencia à geração de Jorge Amado, aquela turma da "Academia dos Rebeldes", Jorge, Edison Carneiro, Dias da Costa etc. Eles tiveram, aliás, muita influência sobre mim porque, quando eu ainda era menino, na Bahia, ouvia meu irmão falar deles, todos iniciando sua vida literária, meu irmão estudando Medicina, mas publicando poemas na revista *O Momento*... Jorge publicando seu primeiro livro, uma novela escrita a seis mãos, com Dias da Costa e Clóvis Amorim, se não me falha a memória, *Lenita*, pecado que ele esconde a sete chaves... Foi nesse ambiente e influenciado por ele que escrevi aquele primeiro conto. Mais para imitar meu irmão, uma das pessoas que mais amei e admirei na vida. Depois que nos mudamos para o Rio, aqui viemos encontrar Edison Carneiro. que se tornou meu grande amigo, grande incentivador, e Dias da Costa, que leu as minhas primeiras peças e garantiu a meu irmão que eu tinha talento e ia vencer no teatro. Com Jorge Amado eu viria a me encontrar mais tarde na militância política e, então, a amizade que o ligou a meu irmão na juventude foi um elo que perdura até hoje.

Não entendo bem uma coisa: *Pé de Cabra*, sua primeira peça encenada, era uma sátira a *Deus Lhe Pague*, de Joracy Camargo. No entanto, você foi saudado como discípulo de Joracy...

Essa é uma história que fiquei muitos anos sem poder contar, porque os protagonistas ainda eram vivos. Procópio, Jayme Costa e o próprio Joracy. Antes de escrever *Pé de Cabra*, eu escrevi um drama antinazista, *Amanhã Será Outro Dia*. E foi essa a peça que eu levei a Jayme Costa, munido de um cartão de apresentação de Henrique Pongetti, autor de comédias que faziam muito sucesso na época. Pongetti era amigo de Augusto Meyer, casado com minha prima Sara, e já havia lido outra peça minha, daquelas que se perderam sem que nada se perdesse. Jayme Costa não encenou *Amanhã Será Outro Dia* por dois motivos: um, porque era um drama e os dramas não gozavam de muita aceitação na época; dois, porque era antinazista. Não que Jayme fosse nazista, era sim um getulista apaixonado. E Getúlio andava de namoro com Hitler e Mussolini. Estávamos em 1942, em plena guerra, e o Brasil ainda pendia para o eixo Roma-Berlim. Mas Jayme achou que eu levava jeito e me encomendou outra peça. Me chamou um dia e disse: "Menino, eu acho que você podia escrever uma réplica a *Deus Lhe Pague*. Se você escrever, eu monto". *Deus Lhe Pague* era o texto de maior sucesso do teatro brasileiro naquela época, e Procópio Ferreira, seu criador, o mantinha em cena, quase que ininterruptamente, há vários anos. Havia uma surda rivalidade entre os dois grandes atores, mas Procópio gozava merecidamente do conceito de homem inteligente, culto, sendo bem aceito e festejado pela intelectualidade. E Jayme, um tanto ingenuamente, achava que isso se devia a *Deus Lhe Pague*, peça em que o protagonista emitia duvidosos conceitos filosóficos de um duvidoso esquerdismo. Por isso, ele queria ter em seu repertório um texto do mesmo gênero. Algo para contrapor. Era uma tarefa que exigia muita audácia, porque Joracy Camargo era considerado o grande autor de sua geração e eu era apenas um jovem de dezenove anos, autor inédito. Mas audácia era o que não me faltava. Não sei quanto tempo levei para escrever *Pé de Cabra*. Mas foi escrita a jato. Não saiu a *réplica* que Jayme Costa queria.

Saiu mais uma sátira, uma paródia ao estilo de Joracy. E foi por isso que os críticos me saudaram, após a estreia, como um "discípulo de Joracy Camargo". E Nelson Rodrigues, numa polêmica que tivemos pelas páginas de *O Globo* e *Manchete*, pouco antes dele morrer, polêmica forjada pela esperteza dos repórteres, me acusou de ter iniciado minha carreira imitando Joracy Camargo. Aí eu tive de contar essa história, que mantive em segredo durante tantos anos.

Mas *Pé de Cabra* não foi encenada por Jayme Costa e sim por Procópio.
E, por ironia do destino, acabou sendo encenada pelo próprio Procópio, para desespero e raiva do Jayme, que levou muitos anos para me perdoar essa traição.

O que aconteceu?
Aconteceu que Jayme ficou me cozinhando, depois que terminei a peça. E também dizia que o DIP, a censura estadonovista, não ia permitir a peça. No que tinha certa razão... Até que um dia eu fui ao Procópio, munido de mais um cartãozinho do Henrique Pongetti. Levei *Amanhã Será Outro Dia* pra ele ler. Ele leu e fez as mesmas objeções que Jayme fizera. "É um drama... e antinazista... a situação política não está definida... você não tem uma comédia? O povo quer rir..." Me lembrei de *Pé de Cabra*. Disse que tinha, mas que estava comprometida com Jayme Costa. Ele pediu pra ler, só pra ler... Fui em casa, peguei a peça, "passe aqui amanhã e já terei lido". Não acreditei, mas no dia seguinte estava lá, depois do espetáculo. "Sua peça sobe à cena daqui a quinze dias", me disse. Levei um susto. "E Jayme Costa?" "Nunca vai fazer esse papel, não tem talento pra isso."

E quinze dias depois a peça estava em cena?
Naquele tempo havia o "ponto", as peças não eram decoradas totalmente porque havia aquele homenzinho enfiado num buraco do palco "soprando" as falas. Por isso era possível estrear uma peça em quinze dias. As peças, em geral, ficavam apenas uma semana em cartaz, com duas sessões diárias, sendo substituídas na semana seguinte. Era uma barra. Por isso ele me prometia a estreia para

daí a duas semanas. E só não pôde cumprir porque a censura, o famigerado DIP, proibiu.

Então você já estreou proibido.
É, sou um proibido precoce. Só uma semana depois, com dez páginas cortadas, a peça pôde estrear.

Você nunca falou com Procópio sobre a transa com Jayme Costa, da qual havia nascido a peça?
Claro que não. E quando o mesmo Procópio me apresentou a Joracy Camargo, "esse rapaz vai ser o seu sucessor", Joracy me abraçou como quem abraça um filho, e eu me senti um perfeito canalha.

A crítica recebeu bem esse seu primeiro trabalho?
Bem demais. Viriato Correia, que era o principal crítico da época, terminou sua crítica com uma profecia: "Mais tempo, menos tempo, Dias Gomes será o escritor mais festejado da cena brasileira". Profecia que, infelizmente, até hoje não se cumpriu. Só houve um crítico que me desceu o pau: Guilherme Figueiredo. Me arrasou. Mas com tal violência que, se a peça não tivesse sido também um enorme sucesso de público, eu acho que teria desistido de escrever para teatro.

Além de *Pé de Cabra*, Procópio montou *Zeca Diabo*, *Dr. Ninguém* e *João Cambão*. Isso no espaço de dois anos. Você parece que assinou um contrato de exclusividade com ele. Era comum esse tipo de contrato?
Não, não sei de qualquer outro caso no mundo de um autor que tenha sido contratado para escrever somente para um ator. Esse contrato eu assinei após o sucesso de *Pé de Cabra*. Era uma estupidez. Só mesmo um irresponsável assinaria uma coisa daquelas. Eu me obrigava a escrever quatro peças por ano, sendo que uma das cláusulas ainda permitia a Procópio recusar uma das peças. Quer dizer, eu estava arriscado a ter de escrever cinco. E foi o que aconteceu. Procópio recusou *Sinhazinha* uma peça sobre os últimos meses de vida de Castro Alves e seu amor de infância. Não tinha papel pra ele. E eu tive de substituí-la por outra, acho que

Um Pobre Gênio. Além das três a que você se referiu e que ele encenou, escrevi também *Eu Acuso o Céu*, que nunca foi encenada. Foi apenas transmitida pelo rádio.

De que tratavam essas peças?
Zeca Diabo abordava o problema do cangaço. *Dr. Ninguém* era sobre o preconceito de cor, mas quando Procópio a encenou, em São Paulo, mudou a cor do protagonista, um médico negro, e o preconceito de cor virou preconceito de classe. Uma babaquice. Eu fiquei por conta, e ele me disse: "Existem dois tabus no teatro que você não vai conseguir quebrar, todo padre tem de ser bom e todo negro tem de ser criado". Felizmente conseguimos quebrar os dois. Mas entenda bem, Procópio não era um retrógrado, de modo algum, era um homem inteligente e uma das maiores vocações teatrais já surgidas neste país. O que ele me disse expressava a mentalidade da época.

E *Um Pobre Gênio* e *Eu Acuso o céu*?
Um Pobre Gênio tratava de uma greve operária. Procópio gostava muito da peça, achava mesmo que era a minha melhor peça naquela fase, mas nunca teve coragem de encená-la. Achava avançada demais, por colocar em cena um herói operário. Como no caso do negro, ele achava um risco demasiado. *Eu Acuso o Céu* tinha muita influência de O'Neill. Tratava do problema da seca e da migração de retirantes para o litoral. Toda essa temática não era bem aceita pelos empresários da época. Procópio queria que eu seguisse a linha de *Pé de Cabra*. E eu não queria. Os outros achavam esses temas muito perigosos. E isso me levou a um desentendimento insolúvel, não só com Procópio, mas com todo o teatro da época. E acabaria sendo o motivo de meu afastamento por vários anos. Eu me lembro que uma vez, na porta do Teatro Dulcina, onde estava sendo encenado *Zeca Diabo*, Luciano Trigo, hoje o decano dos nossos cenógrafos, me disse: "Menino, você está fazendo um teatro que só vai ter vez daqui a vinte anos". E acertou.

Folheando de novo os dois volumes do *Teatro de Dias Gomes*, editado em 1972, estranhei que as suas primeiras peças não estivessem incluídas, como se o seu teatro só existisse depois de *O Pagador de*

Promessas. **Você se envergonha dos primeiros textos, como tantos autores que abominam o primeiro livro publicado?**
Não, não me envergonho de nada. Não há nenhuma razão para me envergonhar. Mas acho também que não há nenhuma razão para publicar peças que, pela imaturidade do seu autor, não teria sentido encenar hoje.

Ninguém tentou isso?
Já. Procópio tentou reencenar *Pé de Cabra* há menos de dez anos, e eu proibi. Orlando Miranda também parece que ainda tem essa ideia na cabeça. Mas não tem sentido. Na última vez que ele me falou, eu disse pra ele: "Qualé, Orlando, você é ou não meu amigo?" Isso me faz lembrar quando Carlos Lacerda mandou proibir *O Berço do Herói*. Eu ameacei me vingar: ou libera a peça ou vou encenar *O Rio*, uma peça que ele escreveu na juventude. Uma bosta.

Não quero perder o fio cronológico. Você ficou afastado dos palcos durante vários anos. Por quê?
Já disse, porque havia uma total dessintonia entre mim e os empresários da época. E eu não queria escrever o teatro que eles queriam que eu escrevesse. Há outro dado: meu irmão faleceu e eu me vi de repente com a responsabilidade de sustentar minha mãe, além do meu próprio sustento. Tinha de ganhar dinheiro. Estava com 21 anos, estudante... foi aí que apareceu Oduvaldo Vianna pai. Tinha assistido *Pé de Cabra*, em São Paulo, e tinha gostado. Mandou um emissário ao Rio para me contratar para a Rádio Panamericana, que ele acabava de fundar. Eu não tinha outra saída. Fui, pensando em passar um ano em São Paulo e voltar. Fiquei seis anos.

Mas continuou escrevendo peças, ou não?
Durante os seis anos que vivi em São Paulo escrevi apenas uma peça, *A Dança das Horas*, que era uma adaptação do meu romance *Quando é Amanhã*. Nunca foi encenada. Transmitida pelo rádio, sim, algumas vezes.

Você fez centenas de adaptações radiofônicas de peças, romances e contos famosos. Que subsídios deram a você essas radiofonizações?
Bem, foi uma maneira que achei de tirar algum proveito do tempo que dedicava ao rádio e que sempre me parecia um tempo perdido.

O fato de ter de adaptar uma obra por semana para um programa que mantive no ar durante vinte anos, com poucas interrupções, me obrigou a ler, a estudar. O trabalho de adaptação obriga a ler várias vezes um romance ou uma peça, a analisá-la. Creio que isso me foi muito útil, pois me permitiu uma intimidade com grandes autores do teatro e da literatura universais.

Fora isso, você considera esse seu tempo de São Paulo um tempo perdido?
Foi um tempo de boemia, de uma militância política radical e dispersiva. Só não foi um tempo perdido porque encontrei a mulher da minha vida, Janete, minha companheira de tantos anos, essa criatura admirável por quem me apaixonei há 35 anos e continuo apaixonado, coisa inteiramente fora de moda.

A sua volta ao palco se deu com *O Pagador de Promessas*, não é?
Não, antes disso, em 1954, Jayme Costa, com quem fiz as pazes, encenou *Os Cinco Fugitivos do Juízo Final*, no Teatro Glória, no Rio. O antigo Teatro Glória, que era na Cinelândia e que foi demolido, infringindo uma lei que proíbe demolir um teatro sem construir outro. Mas estamos num país onde as leis foram feitas não para serem cumpridas, mas para que se descubra um jeito de burlá-las. *Os Cinco Fugitivos*, apesar de ter a direção de Bibi Ferreira e um bom elenco, foi um cano tremendo. Isso iria retardar por mais alguns anos a minha volta ao teatro.

Nas suas Notas de Introdução ao *Pagador*, você disse que a peça nasceu, principalmente, da consciência que tem de ser explorado e impotente para fazer uso da liberdade que, em princípio, lhe é concedida. "Zé do Burro faz aquilo que eu desejaria fazer – morre para não conceder. Não se prostitui. E sua morte não é inútil, não é um gesto de afirmação individualista, porque dá consciência ao povo, que carrega o seu cadáver como uma bandeira." Ao que você se referia?
Bem, é claro que eu me referia à minha própria experiência de intelectual num país capitalista, lutando diariamente para não me prostituir, para não conceder ao menos naquilo que afetava a minha dignidade. Lutando para viver *a minha vida* e raras vezes conseguindo. Lutando para ser eu mesmo e raras vezes conseguindo.

Problema meu de intelectual? Problema de todos os intelectuais honestos. Problema de tanta gente. Problema universal.

Acho curioso que tanto Zé do Burro quanto Branca Dias são sacrificados e têm dificuldade de comunicação com os seus mundos. A Igreja não aparece nada bem em suas peças mas, de outro lado, você parece acreditar na verdade cristã do sacrifício...

Quer me pegar pelo pé?... Bom, se é uma verdade cristã, é também uma verdade política. E é nesse aspecto que ambas as peças o enfocam. O suicídio de Getúlio conscientizou mais o povo brasileiro que vinte anos de pregação política. Em que pesem todas as contradições daquele que optava pelo sacrifício.

Branca Dias seria talvez a sua personagem feminina predileta? Ela usa inclusive o seu sobrenome...
Talvez você tenha acertado na primeira parte da pergunta. Quanto a usar meu sobrenome, não, eu é que uso o dela, pois Branca Dias existiu, disso não tenho a menor dúvida. É possível que não tenha sido como eu a idealizei, isso sim.

E o personagem masculino, quem seria, Odorico, o Bem-Amado?
Aí já é mais difícil. Acho que não seria mesmo capaz de escolher um.

Quais são os seus hábitos para escrever, Dias?
Escrevo direto à máquina. Quando o diálogo emperra por algum motivo, faço um rascunho, à mão, até engrenar de novo. Aí volto à máquina. Porque, à mão, parece que há menos compromisso e por isso sai mais fácil. A letra de forma impõe um nível de exigência, a frase tem de sair já quase pronta, acabada, redonda. E, quando não se está muito inspirado, o trabalho caminha lento. A hora que escrevo melhor é das quatro às sete da tarde. À noite, eu só escrevo aquilo que me dá muito prazer escrever. Nada que eu esteja fazendo por obrigação, por um compromisso assumido. Como disse Jorge Amado, a noite é feita para o amor... Ou para as coisas que a gente faz com amor.

Já perdeu algum tema por não conseguir abordá-lo?
Que eu me lembre, não. Já perdi temas por terem sido abordados por outro, antes de mim. Peças que deixei de escrever por já terem

sido escritas. Houve uma época que eu imaginei ser um inventor. E desandei a inventar coisas. Só que depois ia ver, já tinham sido inventadas. Isso me dava uma raiva. Acho que a gente não escreve peças, a gente descobre. De fato, as peças já existem, à espera de que alguém as descubra. E muitas vezes alguém chega antes de nós.

Você escreveu tragédias e farsas, parábolas políticas, uma peca psicológica – *Vamos Soltar os Demônios* –, espetáculos de cunho popular, usando Bumba meu boi e enredo de Escola de Samba, uma comédia musical. Em qual dessas formas se sente melhor?
Em alguma que ainda não experimentei.

Falando um pouco de televisão, me ocorre perguntar a você o seguinte: *O Berço do Herói* foi proibido no dia de sua estreia, em 1965. *A Invasão* também foi proibida, em 1968. *A Revolução dos Ratos* e *O Pagador de Promessas* também andaram sendo proibidos aqui e ali. Como dramaturgo você foi praticamente impedido de trabalhar, mas, como escritor de novelas de televisão, a liberação se deu sem problemas. Como é que se explica o fato, se a sua temática continuava a mesma?
Não se explica. O Brasil é o país que desmoraliza o absurdo, porque o absurdo acontece.

É interessante pensar que um dramaturgo, que sabe do valor da permanência da obra teatral, aceite o lado efêmero da televisão. Não acha que, de certa maneira, há o perigo de você estar esbanjando os seus temas?
Ninguém pergunta a Carlos Drummond de Andrade se ele não está esbanjando seu talento nas crônicas quase diárias que escreve no *Jornal do Brasil*. Mesmo porque ele pode reuni-las e publicá-las em livro, como já tem feito. Eu também posso recriar qualquer tema "esbanjado" na televisão numa peça de teatro. Aliás, já fiz isso em *O Rei de Ramos*, que é uma recriação da novela *Bandeira 2* como comédia musical. E o resultado foi ótimo.

Uma curiosidade minha, que você pode ou não satisfazer. Sendo você e Janete Clair autores de televisão, existe alguma participação

mútua na temática ou na técnica, alguma troca de informações nos trabalhos feitos?

Na técnica, não, porque cada um de nós tem o seu estilo, a sua maneira de desenvolver um tema. Os problemas técnicos cada um resolve a seu modo. Na parte temática, sim, porque conversamos muito antes de abordar um tema. Não existe nada mais salutar, mais criativo do que esse diálogo. Sempre que expomos um ao outro uma ideia e começamos a discuti-la, essa ideia sai enriquecida. Às vezes, nem é que o outro tenha sugerido alguma coisa, mas só o simples fato de dialogar, de colocar a ideia em questão, já faz com que se abram horizontes, desdobramentos que antes não havíamos enxergado. Por isso, é muito comum eu estar trabalhando e Janete chegar e dizer, "escuta, quando você tiver uma folguinha, quer conversar um pouquinho comigo?" É uma ideia que ela quer me expor. E eu faço o mesmo com ela. Nenhum de nós começa um trabalho, novela, peça, o que seja, sem ouvir a opinião do outro. É uma espécie de teste preliminar. Pela reação dela, eu tiro as minhas conclusões. Creio que ela faz o mesmo comigo. É um bate-bola diário e, se alguém filmasse um dia na minha casa, com uma câmara oculta, ia fazer um filme engraçadíssimo. Possivelmente iam nos julgar uma família de loucos. O marido escrevendo uma peça, enquanto a mulher escreve uma novela, a filha compondo músicas no banheiro, enquanto o filho mais moço toca bateria e o mais velho se exercita no trompete. De vez em quando a mulher vai ao marido e pergunta: "Que é que você acha se eu matar fulano?" E a filha chama: "Pai, vem escutar uma canção que acabei de compor". O filho mais moço despenca do sótão, "puxa vida, consegui um som agora que se Hermeto escutasse ia se babar". Todos correm a escutar e voltam rápido para ouvir o disco que o filho mais velho acabou de gravar. Na hora do almoço, a família reunida, o diálogo deixaria Ionesco humilhado. Entre a sopa, o bife e a sobremesa, as frases correm soltas e aparentemente sem nexo: "Puxa, ainda faltam oitenta capítulos... Aquele lance da bateria... Será que Drummond vai gostar do meu livro de poesia?... Legal aquele seu solo no show de ontem... Teatro não devia ter estreia, devia começar no segundo dia... Som bárbaro... Traz logo a sobremesa, tenho de acabar o capítulo."

Mas é uma loucura.
É, mas uma loucura sadia. Somos uma família unida e feliz, cada um com seus projetos, seus sonhos, mas todos se querendo e se amando.

O que representa *O Rei de Ramos* em sua dramaturgia, uma nova possibilidade?
Olha, eu sempre tive preconceito contra a comédia musical. Preconceito talvez não seja a palavra, mas eu achava que no musical a força das ideias sempre era abafada, diluída pela música. Até uma vez, ainda nos anos 60, meu tradutor norte-americano quis me convencer a permitir uma adaptação para a Broadway do *Pagador*, como comédia musical. E eu recusei, como quem se recusa a um sacrilégio. Mas como vivo permanentemente tentado a experimentar novas formas, acabei um dia sendo tomado pela ideia de escrever uma comédia musical. E o fator determinante do meu entusiasmo foi Chico Buarque ter topado. E não me arrependi. Foi uma experiência extremamente gratificante, da qual extraí muitos ensinamentos e que me fez reconsiderar muitos conceitos sobre o teatro musicado.

A abertura deve alterar bastante a sua dramaturgia, ou pelo menos devolver a você a confiança na expressão dramática, não é? *Campeões do Mundo* foi escrita depois da abertura política?
Campeões foi escrita durante o ano de 1979. Quando a abertura começava a se processar. E eu entendi que ela representava também, para nós, dramaturgos, um desafio, pois iria impor novos caminhos, novas maneiras de formular o depoimento dramático. *Campeões do Mundo* é um caminho. Ou uma proposta de caminho.

Por falar em política, qual é a sua maneira de pensar hoje?
Posso responder com as palavras de Riba no final de *Campeões do Mundo*: "Acredito ainda nas mesmas coisas. Ainda acho que a dignidade do homem é inseparável das intenções e dos fins a que ele

se propõe. Só que, entre as intenções e os fins, quase sempre temos de passar por uma série de mal-entendidos."

O que significa escrever para você?
É uma necessidade orgânica. Não conseguiria viver sem escrever, porque só escrevendo consigo expulsar os meus demônios e vencer a minha angústia. É como uma terapia a que me submeto diariamente, desde os quinze anos. Quando eu era rapaz, vivia atormentado por três ideias mórbidas: temia ficar louco, temia o suicídio e morrer cedo. Só escrevendo, escrevendo qualquer coisa, sem parar, até ficar exausto, conseguia afugentar esses temores. Por isso, talvez, tenha sido levado compulsivamente a escrever muita coisa que preferia não ter escrito. Como alguém que se viu obrigado, em circunstâncias adversas, a viver uma vida que não era a sua durante uma parte de sua existência. E claro, preferia ter vivido só a minha e toda ela.

FERNANDO SABINO*

Para mim é meio misterioso, fantástico e fascinante tentar descobrir, Fernando, como um menino mineiro começa a escrever contos e crônicas aos treze anos, logo conseguindo publicar e ganhar prêmios. Teriam os colégios, ou as professoras, ou Belo Horizonte fluidos especiais?

Por volta de onze, doze anos eu já gostava muito de ler. Não havia televisão naquele tempo, não é? Gostava principalmente de livros de aventuras, o que me despertava vontade de escrever histórias iguais. Quando contava a algum amigo uma história que havia lido, costumava inventar muito por minha conta. O que talvez já fosse uma vocação de escritor. O livro que mais me impressionou foi *Winnetou*, do escritor alemão Karl May. Vários outros de minha geração, como Hélio Pellegrino, Paulo Mendes Campos, Otto Lara Resende também se maravilharam com esse livro fabuloso. Depois me cansei um pouco de aventuras de índios e passei para os romances policiais: Edgar Wallace, Sax Rommer, S. S. Van Dyne. Tentei imitar o estilo deles escrevendo contos policiais. Comecei a participar de concursos e ganhei um, da revista *Carioca*. Quem ganhou menção honrosa junto comigo foi uma menina chamada Lygia Fagundes.

Você tinha que idade?
Treze anos, mais ou menos. Na mesma época, estimulado pela minha irmã Berenice, escrevia umas crônicas sobre rádio, tão importante na época quanto a televisão hoje. A revista *Carioca* tinha outro concurso, "O que pensam os rádio-ouvintes". Premiavam as crônicas com 25 mil réis. Mandei uma, ganhei. Disparei a mandar quatro, cinco por semana e fatalmente acertava uma, até

---

* Fernando Sabino (1923-2004) nasceu em Belo Horizonte, em Minas Gerais. Contista, romancista, cronista, biógrafo e autor de livros infantojuvenis.

duas. Eu ganhava tantas vezes que o diretor da sucursal da revista em Belo Horizonte já me pagava adiantado. A par disso, comecei a descobrir a literatura, ajudado por Guilhermino César, que naquele tempo morava em Belo Horizonte. O Guilhermino lia meus contos, selecionava, estimulava algumas tendências e me aconselhava. "Se você quer escrever contos, tem que ler os de autores fundamentais." E me emprestava livros de Flaubert, Merimée, Maupassant. Eram livros em francês, que eu mal conseguia entender. Se aquilo é que era boa literatura, então a minha não passava de uma droga.

Você já era amigo do Hélio Pellegrino, do Otto Lara Resende e do Paulo Mendes Campos?
Eu era amigo do Hélio desde os seis anos. Fomos colegas no grupo escolar e no ginásio. Aos dezessete anos nos encontrávamos na casa do João Etienne Filho, escritor um pouco mais velho, jornalista, poeta, professor. Ele possuía uma grande biblioteca e nos emprestava cinco livros por semana, com a obrigação de devolver para pegar outros cinco. Foi em casa do Etienne que me aproximei do Otto e do Paulo. A literatura era a nossa paixão. A gente devorava Lúcio Cardoso, Octávio de Faria, Cornélio Pena, Jorge Amado, Rachel de Queiroz, Erico Verissimo, José Geraldo Vieira, José Lins do Rego, Graciliano Ramos, enfim, os escritores importantes do momento. E os estrangeiros já traduzidos, principalmente da "Coleção Nobel". O Etienne era secretário de um jornal diário, católico, e publicava nossos primeiros artigos na seção *Literária*.

E de poesia?
Os poetas também. O Guilhermino tinha me emprestado alguns livros de poesia. Até então eu achava que aquilo fosse coisa de efeminado, leitura para mulher. Tive uma verdadeira revelação, lendo, por exemplo, os poemas de Augusto Frederico Schmidt. Andava apaixonado, e a poesia do Schmidt é excelente para estes estados de espírito, para sofrer um caso de amor, curtir uma dor de corno. Líamos Carlos Drummond, Cecília Meirelles, Manuel Bandeira, Vinícius.

Como é que afinal você escreveu e publicou Os *Grilos Não Cantam Mais*?
O livro foi se fazendo aos poucos. Guilhermino César ajudou na escolha dos contos, e Marques Rebelo, que morava no Rio, pediu um orçamento na Editora Pongetti. Minha família era de classe média, de relativamente poucas posses. Meu pai vendeu um terreninho e dividiu o dinheiro entre os filhos. Com a minha parte – isso foi em 1941 – editei o livro, com tiragem de mil exemplares. Teve boa aceitação, ganhou dezenas de artigos. Naquela época todo mundo escrevia sobre os livros dos amigos.

Por que você nunca o reeditou?
Não tem maior interesse literário. Os contos são muito imaturos. Naquela época, aliás, eu tinha também mania de gramática. Queria ser gramático. Isso de certa maneira até que me ajudou bastante. Admirava escritores como Laudelino Freire e Cândido Figueiredo. Ganhei inclusive um concurso nacional – Maratona Intelectual de Gramática Histórica – empatado com Hélio Pellegrino. Essa fase de juventude foi de muita efervescência. Eu era aluno do CPOR, disputava campeonatos de natação, fazia farra com os amigos, namorava. Casei-me com vinte anos e me mudei para o Rio.

Fale um pouco de Marques Rebelo, por favor.
A passagem de Marques Rebelo por Belo Horizonte foi um acontecimento, como se lá tivesse descido um disco voador. O que ele influiu em matéria de gosto em literatura e arte de um modo geral. Passávamos horas inteiras conversando com ele, ouvindo casos. Outro que baixou na cidade e ficou nosso amigo foi Carlos Drummond, poeta da nossa maior admiração. Sabíamos os poemas dele de cor. Emílio Moura, poeta mais velho, companheiro do Carlos, com muita doçura, inteligência e camaradagem, estabelecia uma espécie de ponte entre uma geração e a outra. Outro que se tornou nosso amigo a partir de então foi Cyro dos Anjos.

Por falar em geração, vocês sentiam necessidade de contestar a anterior?
Pelo contrário. Nós fomos caudatários da geração anterior. Através do Emílio Moura e depois do Carlos Drummond é que a

gente começou a cultivar os valores conquistados pela revolução modernista.

E o Mário de Andrade, como é que você conheceu?
Eu enviei o meu livro de contos para o Mário e ele me mandou uma carta. Você pode imaginar minha emoção. Uma carta de duas páginas, manuscrita. Antes de mais nada ele me aconselhava a mudar de nome, porque Fernando Tavares Sabino, como eu assinava, era muito grande. Que eu usasse ou Fernando Tavares ou Fernando Sabino. E dizia que se eu tivesse mais de 35 anos eu era apenas mais um; de 25 a 35, era um caso interessante. Respondi ter escrito o livro com dezessete anos. Aí ele me mandou outra carta, e iniciamos uma intensa correspondência, que durou até a sua morte.

Por que você não publica em livro essa correspondência? Quantas cartas são?
Não publiquei ainda por vários motivos. Um deles: o Mário amaldiçoou, em carta a Murilo Miranda, aquele que publicasse suas cartas antes de transcorridos cinquenta anos de sua morte. Manuel Bandeira e Carlos Drummond certamente não sabiam disso – outras pessoas também não – e publicaram. São umas quarenta e tantas cartas, cheias de orientação e conselhos a um jovem escritor. Mais um motivo: ocorreu a nós (a mim, ao Hélio, ao Otto e ao Paulo) publicar num só volume as cartas dirigidas aos quatro. Acontece que o Paulo descobriu que não tem mais as dele – uma empregada jogou fora, parece. E se eu for esperar pelo Hélio e pelo Otto acho que esse livro não vai sair nunca. Qualquer dia desses me decido.

E da novela *A Marca* você ainda gosta? Quem o incentivou a publicar?
O Mário leu os originais e, com aquele entusiasmo exagerado dele, botou a novela nas nuvens. Achava um livro maduro, não de início de carreira, mas de fim. Ele me chamou a São Paulo e leu comigo o livro inteiro, palavra por palavra, em voz alta. Fez várias sugestões e queria que eu publicasse logo para me livrar dele e sair para outro. *A Marca* talvez tenha um dia condições de ser reeditado. Pelo menos por curiosidade.

Seguindo a ordem cronológica, Fernando, como é que você foi parar nos Estados Unidos?
Eu estava levando uma vida muito desordenada no Rio. Saí da província e caí na corte. Vivia literatura dia e noite. Estado civil novo, emprego novo, cidade nova, amigos novos. De repente me vi atirado numa roda extremamente boêmia, de deslumbrante boemia literária, de conversa de bar com Vinícius de Moraes, Rubem Braga, Carlos Lacerda, Moacir Werneck de Castro, Carlos Castello Branco e muitos outros – entre os quais o Paulo e o Otto, que também acabaram vindo para o Rio. O Hélio só veio bem mais tarde. Havia também o convívio mais sério com Pedro Nava, Carlos Drummond, Aníbal Machado, Marques Rebelo, Rodrigo Melo Franco de Andrade, Augusto Frederico Schmidt. De 1944 a 1946, vivi num tumulto, numa turbulência que abalava a minha vida pessoal. Eu precisava dar uma parada em tudo e realmente procurar realizar a minha vocação de escritor. Fui para os Estados Unidos com Vinícius de Moraes, que ia ser cônsul em Los Angeles. Surgiu para mim um emprego que meu então sogro, o Benedicto Valladares, me arranjou, de auxiliar no Escritório Comercial de Nova York. Os anos em Nova York foram muito fecundos para mim, não só porque desenvolvi o meu inglês, mas pelas pessoas com quem convivi lá, como o poeta José Auto de Oliveira, o João Augusto Araújo Castro, o Jaime Ovalle.

***A Cidade Vazia*, como foi escrito?**
Eu estive no Brasil em 1947 para fazer os exames finais do meu curso de Direito (tirei o diploma mas nunca fui buscá-lo). Nessa época contratei uma crônica semanal de Nova York para o *Diário Carioca* e outra para *O Jornal*. Uma seleção dessas crônicas é que veio a constituir *A Cidade Vazia*. Na época era meio surpreendente um escritor que se prezasse publicar um livro daquela espécie. Nós tínhamos uma postura de tal maneira rigorosa em relação à literatura, que era uma concessão imperdoável publicar um livro composto de crônicas escritas para jornal. Éramos implacáveis uns com os outros, na linha do mais exigente rigor literário. Era inadmissível, por exemplo, publicar o retrato do autor no livro, colaborar na redação da orelha, qualquer coisa desse gênero. Não admitíamos

que alguém cedesse à menor vaidade, a qualquer concessão ou ao mau gosto. Éramos exigentíssimos, inclusive na crítica. Joguei fora várias novelas. Alguém dizia "isso não presta", pronto, o negócio ia para o lixo. O Carlos Castello Branco, por exemplo, que também fazia parte da nossa turma, certa vez se recusou a devolver um original meu de mais de oitenta páginas, dizendo que era muito ruim, e ficou nisso até hoje. Outra vez eu dei para o Hélio ler uma novela minha. Ele levou duas horas lendo com a maior atenção e, quando acabou, atirou os originais no meu colo. A única coisa que ele disse foi: quá... Joguei fora. Nós sempre acreditamos uns nos outros. Com o Otto também acontecia a mesma coisa. Me lembro que um dia ele estava escrevendo um poema. Eu me debrucei por cima dele e li os versos que ele estava datilografando. "Que tal?", ele perguntou. Eu disse: "Desse mato não sai coelho não". Ele parou, pensou um instante e arrancou o papel da máquina, rasgou e jogou no lixo. Quando Carlos Drummond publicou *Viola de Bolso*, com poemas de circunstância, tivemos a petulância de achar que aquilo era certa ousadia da parte do poeta. Depois, a gente deixou esse luxo e perdeu a vergonha.

E com *O Ponto de Partida*, que aconteceu?
Além das crônicas, eu fazia mil e uma tentativas para iniciar realmente a minha carreira literária. Parado em *Os Grilos* e *A Marca*, não encontrava um caminho. Eu estava imbuído da ideia de vir a ser um novo Octávio de Faria, que tinha de escrever coisas as mais importantes como conflitos de alma, dramas psicológicos, problemas de consciência, crises espirituais, envolvendo sexo e pecado. Eu me sentia com uma tendência mística que procurava explorar. Me imaginava um futuro monge, meu destino era o da renúncia aos valores materiais – pensava até em largar tudo e ser trapista. Mas, ao mesmo tempo, não era preciso muito para eu esquecer tudo e cair na farra. Eu sentia que duas vertentes se abriam na minha maneira de ser: a da linhagem psicológica, introspectiva, e outra a linhagem da sátira, do humor, dos costumes. Eu não sabia como associar as duas, vivia dividido. *A Cidade Vazia* mostra bem isso. Foi uma tentativa inconsciente de conciliação das duas tendências. Enquanto escrevia as crônicas, eu tentava fazer literatura

séria, escrevendo novelas de alta perquirição metafísica e muita pretensão literária, às voltas com problemas técnicos de composição, de estilo. Meu autor predileto na época era Henry James, eu não deixava por menos. Lia tudo o que me caía nas mãos de ensaios e estudos sobre o romance. Quando dei por mim, vi que eu ia acabar tendo de aprender grego e latim para poder escrever. Bem, as novelas foram reunidas em *A Vida Real*. Essas novelas me cansaram muito, porque tinham uma preocupação estética exacerbada. Enjoado de literatura, para descansar, comecei a escrever de brincadeira um livro que se chamava: *Crônica das Aventuras e Desventuras do Grande Mentecapto Geraldo Vira-mundo e de suas Peregrinações na Província de Minas Gerais*. Juntava tudo o que de mais doido eu pudesse imaginar, salpicos de Dom Quixote, Carlito, Gargantua, Pantagruel, Lazarillo de Thormes, Hélio Pellegrino, Jaime Ovalle, Araújo Castro e de mim. Tudo isso um pouco encarnado num personagem real lá de Belo Horizonte e muita imaginação. Escrevi umas sessenta páginas e parei. Comecei então um romance chamado *O Ponto de Partida*. O livro estava com mais de trezentas páginas e eu não sabia o que pretendia contar, tinha me perdido, os personagens não tinham razão de ser. Era a história de uma família mineira. Uma espécie de "Os Buddenbrook" mineiro. Um livro extremamente pretensioso, gênero *roman fleuve*. Teve ainda outro nome, *Os Movimentos Simulados*. De certa maneira, acabou sendo assimilado por *O Encontro Marcado*. Ainda nos Estados Unidos, eu tinha pensado em escrever uma "*Confissão de Natal aos de Minha Geração*". Uma apuração de haveres, uma carta aberta aos meus amigos, porque eu me sentia meio exilado, vivendo longe deles. A ideia ficou germinando... Voltei para o Brasil e comecei a fazer uma seção parecida com as americanas, do tipo *Talk of the Town* da revista *New Yorker*, uma crônica mais moderna, contando pequenos casos, comentários, de tudo um pouco, em vez da crônica lírica a que nós estávamos acostumados. A seção chamava-se *Entrelinha*. Aquilo que eu achasse interessante contar a alguém, eu escrevia. Uma anedota, um comentário sobre algum livro, um caso de vizinho ou de empregada, ou do botequim da esquina. O universo da vida cotidiana. Depois, essa seção, originalmente publicada no *Diário Carioca* (e em *O Jornal* sob o título *Diário do Rio*), ressurgiu com outros nomes na Manchete em várias épocas: *Damas e Cavalheiros, Sala de Espera, Aventura do Cotidiano*. Atualmente chama-se *Dito e Feito* e é publicada semanalmente em *O Globo* e vários outros jornais do Brasil.

A *Cidade Vazia* saiu em 1950 e *A Vida Real* em 1952. Quando começou *O Encontro Marcado*?
Os meus trinta anos coincidiram com o que se pode chamar de uma crise existencial. Uma delas... Pensei, então, em escrever a "Crônica dos Trinta Anos", dentro daquela ideia da "Confissão de Natal". Eu estava diante de um impasse, meus valores ruíam, o casamento, a família e todas as instituições em que acreditava até então eram postas em xeque. Em vez de partir para o tom confessional, apenas autobiográfico, optei pelo romance, porque deixava em liberdade a imaginação, para poder jogar com a realidade, alterá-la, recriá-la à minha maneira.

Você acredita que a realidade tem que ser sempre transmudada?
Acho fundamental que a realidade possa ser recriada, transfigurada, ou simplesmente modificada, se quisermos transmitir ao leitor uma impressão da verdade.

A verdade que você já conhece e domina ou...
Não domino a verdade. Nem sequer a conheço. Escrevo sobre aquilo que não sei, para poder ficar sabendo. A grande diferença entre a literatura de imaginação criadora – a poesia, o romance, o conto – e a literatura de ensaio, de crítica, é que nesta se escreve sobre o que se sabe, ao passo que na primeira se escreve sobre o desconhecido, não se tem a menor ideia do sentido daquilo que se pretende dizer. Pelo menos para mim é assim.

Em *O Encontro* Marcado você tinha como ponto de referência a sua vida, as suas experiências...
Escrevi o livro para saber com que realmente contava em minha vida e poder continuar. Tenho a impressão de que tudo que a gente escreve, consciente ou inconscientemente, é sempre uma catarse. A gente pode dominar os personagens, os ambientes, o entrecho,

mas não o sentido profundo do que se está fazendo. É uma forma de recuperação do sentido da vida. Como se tudo já estivesse escrito antes, faltando apenas descobrir, interpretar.

Você se sente melhor escrevendo na primeira ou na terceira pessoa?
Depende. É apenas um problema de ordem técnica. Aparentemente, *O Encontro Marcado* é na terceira pessoa, mas na verdade é uma falsa terceira pessoa. O enfoque é todo através do personagem principal. Há no livro apenas um pequeno episódio, de meia página, onde, por descuido técnico, errei: o personagem principal não estava presente, de modo que eu não podia narrar aquela cena que não era do seu conhecimento. Sendo o livro todo escrito do ponto de vista dele...

O que significa para você o ato de escrever?
Mário de Andrade costumava dizer que era um erro comparar o ato de criação artística com o parto. O ato de criação é um ato de amor, e não um parto. Na cópula é que se está criando. O parto, quando muito, seria talvez a publicação do livro.

O que seria, então, esse ato de amor? Uma espécie de transe?
O artista, no momento da criação, em geral é um ser tão indefeso, tão possuído, tão entregue, tão dominado pelo que está fazendo, que pode ser comparado ao homem e à mulher no ato do amor. Imagine se a gente vai pensar: agora eu fico nesta posição, passo o braço aqui, ponho a perna ali, viro a cabeça assim. Não dá. Tem que ser espontâneo, o que der e vier, tudo pode acontecer. É evidente que a gente vai ganhando certa prática, certa experiência, em ambos os casos. E pode se aprimorar com o aprendizado. Mas, como dizia o Didi: treino é treino, jogo é jogo. Tudo pode acontecer na hora em que você se senta diante da máquina. A gente pode ensaiar certas jogadas, inventar alguns truques, mas a espontaneidade no momento do jogo é importante. Na hora da verdade, tem de ser para valer. E descontração: nada de muito estudado e premeditado. O artista, em geral, tem de preservar certa inocência. Não pode saber demais, senão mata a galinha dos ovos de ouro. Não vai desmontar o relógio para ver como funciona, que depois não saberá montar outra vez. O artista é sempre meio desajeitado,

um deficitário, um descompensado, que só chega ao seu próprio tamanho na hora em que realiza a sua obra.

Uma coisa é a criação e outra o artesanato?
Há uma espécie de maturação, entre uma coisa e outra. Escrevendo, pensando, dormindo, ou mesmo se distraindo com alguma atividade manual, a gente está sempre, subterraneamente, trabalhando, desenvolvendo ideias, o que vai sair depois no papel. É como no sonho. A gente não programa um sonho. Toda experiência de criação é, portanto, uma novidade. O escritor diante do papel em branco deve ser sempre um estreante. É sempre uma aventura, como se fosse pela primeira vez.

Você, Fernando Sabino, encontra correspondência imediata entre a ideia e a palavra?
Nem sempre. Às vezes há uma barreira bem grande. Tem dia que fico três, quatro horas diante da máquina, tentando escrever e não sai nada. Ou escrevo, escrevo, gasto trinta, quarenta folhas para no fim acabar aproveitando quatro.

E qual é a dificuldade?
Encontrar o elemento instigador. Aquela frase, aquela palavra que deflagra a imaginação. Raymond Chandler (que, sendo apenas um autor de romances policiais é, para mim, um dos melhores escritores do nosso tempo), se obrigava todos os dias a dedicar pelo menos quatro horas ao ato de escrever. Não era obrigado a escrever, mas também não tinha o direito de fazer mais nada. Eu acho que é preciso fazer isso. Não ler, não se distrair, ficar diante da máquina, esperando que as palavras venham. E se estiver brigando com elas, tanto pior. Como disse Chandler: *If I'm fighting with words, I'm in trouble.* Vou, de novo, associar o ato de escrever ao ato de amor: se a gente não ama o tempo todo, acaba incapaz de amar. Neste caso, a continência leva à impotência.

E a técnica, Fernando, onde é que fica?
Para mim, o fundamental é que haja criatividade. A técnica é o aprimoramento das nossas virtualidades. Cada um tem de descobrir a sua, aprimorar a sua maneira de ser e de se exprimir. Às

vezes mando um trabalho para o jornal e descubro depois que está todo errado, eu devia, por exemplo, ter começado pelo fim, estraguei a história.

Você tem facilidade para escrever?
Nem para escrever uma carta. Um simples telegrama, uma dedicatória já representa um esforço para mim. Consolo-me com aquele achado do Paulo Mendes Campos, segundo o qual "quem tem facilidade para escrever não é escritor, é orador".

Reescreveu muito *O Encontro Marcado*?
Ao todo, três vezes, com 1001 descaminhos. Gastei mais ou menos 1400 páginas para aproveitar trezentas e poucas. Acontecia eu pegar uma vereda e acabar dando num beco sem saída, e com isso perder sessenta páginas. Foi, por exemplo, o caso do personagem ter uma filha. Fui escrevendo, a filha já estava bem crescidinha, quando descobri que deveria ter nascido morta. Perdi todo o meu trabalho.

Quer dizer, você optou por matar a filha...
Não, eu estava errado mesmo. Tinha errado o caminho, saído do romance. Misteriosamente, existe certa lógica já estabelecida, uma coerência interna, a que não se pode fugir. A história ganha uma dinâmica própria. No caso, a filha era um equívoco meu, foi um lance no escuro, às vezes a gente quer continuar e não sabe como.

Foi por isso que *O Grande Mentecapto* ficou parado mais de trinta anos?
A história não tinha mais sentido para mim. Trinta e três anos se passaram e de repente, desafiado por minha mulher, reescrevi a parte feita e escrevi o resto, 250 páginas, em dezoito dias. Nesse meio-tempo, tive outros livros começados. Fiquei 23 anos sem publicar romance, o que não quer dizer que não tenha escrito nenhum. As tentativas que fiz foram muitas.

E por que você desistia dos romances?
Porque não correspondiam ao que eu, no fundo, sem saber, desejava exprimir. Mas os casos frustrados são necessários. Nem tudo o que se escreve é para ser aproveitado. Tenho a impressão de que se a gente aproveitar dez por cento, já está ótimo.

Depois que você acaba de escrever, corrige muito ainda?
A maior exigência é a da adequação da palavra ao que se quer exprimir: a propriedade vocabular. No momento em que a gente está escrevendo, podem ocorrer várias maneiras de dizer uma coisa, mas só uma é a perfeita. É preciso descascar o texto como quem descasca uma fruta, ir buscar a semente. Escrever é principalmente cortar.

Cortar o quê?
O supérfluo. E a repetição de palavras, os ecos, as rimas, os cacófatos, a pobreza vocabular. Principalmente o excessivo, o desnecessário. É preciso não duvidar da inteligência do leitor.

O artesanato do texto seria, para você, um trabalho posterior?
Depende. Tem dia que sai da primeira vez. Ontem, por exemplo, eu tinha de escrever quatro páginas. As três primeiras saíram em vinte minutos. E, na última, fiquei cinco horas. Tive de refazer umas dez ou doze vezes. Não acertava, não era aquilo que eu queria dizer. E se eu soubesse exatamente o que queria dizer, logicamente já estaria dito, era só escrever. Me lembro que a última frase era mais ou menos assim: "Você porque não conhece um assalto de verdade". (É a história de uma moça inglesa que sentiu que estava para ser assaltada por um sujeito num ônibus.) A história terminava: "Quando contou a sua experiência, os outros deram de ombro, experientes". Experiência e experientes. "Quando ela contou o que se passou..." Uma rima, além de um "passava" logo acima. "Os outros então davam de ombro, e diziam, experientes: isso não é nada. Você não viu ainda um assalto mesmo de verdade." A palavra *mesmo* melhorava um pouco, mas ainda não era bem isso. Fui dormir e, de repente, no dia seguinte, eu estava tomando banho, me deu o estalo: "Isso não é nada. Você é que não viu ainda um assalto mesmo, daqueles bons". Evidentemente, "daqueles bons" era muito melhor do que "de verdade". Esse tipo de coisa me faz perder horas. Se o leitor soubesse o tempo que eu perco com uma bobagem assim, talvez valorizasse um pouco mais o meu trabalho. Ou talvez passasse a ter por mim o maior desprezo, sei lá.

Uma boa frase seria então...
Aquela que esteja exatamente no foco, como uma imagem visual. As palavras, para exprimir uma ideia, devem ser absolutamente transparentes. No mais, são as velhas regras do estilo: clareza, concisão, simplicidade, propriedade vocabular. Obviamente, aprende-se a escrever partindo do princípio de que a estrutura da frase se compõe de sujeito, predicado e complemento. É o elementar. A gente pode se afastar, inverter, misturar, mas nunca se perder em palavras de tal maneira que a estrutura não exista mais. Não quer dizer que se deva ter consciência disso no momento de escrever.

Crônica e romance. Por que não o conto, de novo, Fernando?
Eu acho que hoje em dia, com a evolução da literatura, a fronteira entre os gêneros está cada vez mais flexível. Não sei como designar, por exemplo, certas coisas que escrevo. Pode ser que, do ponto de vista tradicional, não sejam contos. Mas crônicas também não são. É difícil definir. E irrelevante.

Mudando um pouco de tema. *O Encontro Marcado* foi publicado na França, na Inglaterra, na Holanda, na Alemanha e na Espanha. Como foi a reação do público e da crítica nesses países?
Praticamente nenhuma. Na Holanda e na Alemanha as edições se esgotaram, mas o livro não foi reeditado. Talvez não fosse suficientemente pitoresco, exótico ou característico de uma realidade política qualquer, para interessar o público dos países desenvolvidos.

Vamos falar de você como editor?
A partir de 1957, decidi viver só de literatura e achei que podia tirar mais proveito daquilo que eu escrevia. A ideia era provar que, se um editor não pode necessariamente escrever os livros que edita, um escritor poderia editar os livros que escreve. A experiência deu certo. Comecei com Rubem Braga e outro sócio, em 1960, com a Editora do Autor. Depois Rubem e eu fundamos a Editora Sabiá, que foi muito bem-sucedida. Publicamos cem títulos, uma média de seis por mês. Acabamos vendendo porque não queríamos ser executivos. Preferimos continuar escritores. São duas coisas distintas.

Vocês fizeram várias inovações...
Inovações, propriamente, não. Mas fomos os primeiros a acreditar nas gráficas cariocas. Os livros, em princípios de 60, eram praticamente todos impressos em São Paulo. Aparamos os livros, plastificamos as capas, procuramos fugir do convencional na apresentação gráfica, na diagramação do frontispício. E fizemos certa badalação pouco usual na época. O Rubem, por exemplo, inventou as caixinhas para quatro livros. Tentamos introduzir uma mentalidade mais jovem na atividade editorial. E lançávamos justamente os gêneros então menos prestigiados, como poesia, contos e crônicas.

E a sua fase cinematográfica?
Não chegou a ter maior importância. Em 1972 minha vida estava meio conturbada, resolvi sair do Rio. David Neves ia a Los Angeles, decidi ir com ele. Pensando em arranjar dinheiro para a passagem, tivemos a ideia dos filmes. Fizemos oito minidocumentários para a TV Globo: "Crônica Vivas". Daí, fundei a Bem-te-vi Filmes, que existe até hoje. De vez em quando fazemos um documentário. A série de escritores brasileiros partiu da ideia de que seria muito bom se a gente pudesse ver hoje, por exemplo, Machado de Assis passeando na rua com a Carolina, ou escrevendo, ou na Academia Brasileira de Letras com seus pares. Então, resolvi que seria bom preservar para o futuro a imagem dos grandes escritores do nosso tempo, quase todos eles meus amigos pessoais. Foram ao todo dez filmes. Uma experiência fascinante.

Voltando à literatura. Você afirmou que nunca fez versos. Mas em *Deixa o Alfredo Falar* tem uma quadrinha, um epitáfio para Otto Lara Resende...
É uma quadrinha de brincadeira. Duas formas de expressão literária, pelo menos, estão fora da minha competência: a poesia e o teatro. Fiz várias tentativas mal sucedidas para o teatro, inclusive uma peça em um ato para Cacilda Becker: *A Passagem dos Anos*. Depois tentei uma comédia para Adolfo Celi: *Martíni Seco*. Ou seria *Martíni Doce*? Já não me lembro. Empaquei no terceiro ato e nunca terminei a peça.

Diante do Espelho **transmite uma visão muito amarga de tudo. Algum desencanto em especial?**

Esse trabalho vem a ser, na realidade, uma autocrítica escrita em 1963 por encomenda da *Manchete*. Naquela época todos os valores começavam a se desintegrar. Tudo estava sendo questionado, contestado, inclusive a arte em geral e a literatura em particular. A crise não era só minha, mas do mundo todo. Eu estava vivendo um momento difícil, que não era só meu, e eu não percebia. Eu era, e continuo sendo, um homem de fé. De boa-fé.

O que você está escrevendo no momento, além das crônicas?

Acho que obscuramente estou sempre escrevendo um romance, elaborando alguma coisa, até mesmo em sonhos. Não sei... Eu gostaria que meu novo romance fosse bem diferente de *O Encontro Marcado* e de *O Grande Mentecapto*, uma espécie de síntese dos dois. Vamos ver.

João Antônio*

"Rabelais da boca do lixo", "o mais eloquente intérprete do submundo", "poeta do povo e dos bordéis da vida" são alguns dos batismos que lhe são feitos. Você, como vê o João Antônio escritor?
Eu recebi na minha carreira vários cognomes justos e injustos, que pegaram e não pegaram; um deles foi do Marques Rebelo, o de "clássico velhaco", que me parece ter sido muito justo, pois uma das preocupações minhas é com a velhacaria tupiniquim.
Eu acho que sou um homem que não tem capacidade de dirigir o seu próprio trabalho. Quando escrevo sou mais dirigido do que diretor. Por exemplo, recentemente eu comecei um livro que acabou se desdobrando em dois, inteiramente autônomos entre si. No momento, tenho um personagem que se insinua em quase tudo aquilo que eu vou fazer, a ponto de modificar a própria mensagem das coisas que vou escrever. Eu me vejo como uma pessoa irremediavelmente presa ao ato de escrever. Não consigo viver sem ele. Se não estiver escrevendo, crio desculpas para perseguir a tarefa literária. Sou absolutamente viciado em escrever, capaz de ficar horas conversando para apreciar uma linguagem, um cacoete, uma psicologia. É como uma segunda natureza, ou melhor, como a natureza principal minha. Para mim, todos os mundos, inclusive de outros autores, me carregam para o meu mundo. Eu estou sempre em débito com os meus fantasmas e meus demônios. São os mais exigentes que conheço. Porque talvez só eles me doam na pele.

Fale como foi a sua infância em São Paulo e de quando você começou a "gostar de brincar com as palavras, inventar palavras".
Talvez eu seja uma vocação espúria de escritor. Quem sabe não passe de um músico frustrado, de quem afastaram os instrumentos na

---
* João Antônio Ferreira Filho (1937-1996), jornalista e escritor brasileiro, criador do conto-reportagem.

primeira infância. Meu pai é um "chorão" e seresteiro. Toca todos os instrumentos musicais de corda, inclusive alguns renascentistas. É um homem raro, na medida em que consegue misturar uma rudeza de trabalhador braçal, que só encontrei nos contos e romances de Miguel Torga, a uma sofisticação de espírito de homens que são capazes de hibridizar orquídeas, conhecendo todos os seus nomes em latim. É desconcertante. Ele me colocou um instrumento musical na mão logo aos oito anos de idade: um bandolim. E eu cheguei a tirar de ouvido, sem saber uma nota, alguns trechos de choros difíceis como o *Apanhei-te, Cavaquinho*. A minha formação musical é incrível pois, embora seja urbana, eu convivia com grandes músicos, como Garoto e João Pernambuco. Possuo um ouvido musical apurado, a ponto de fazer observações profundas em termos de musicalidade. Quem me afastou da música foi o senso protetor de minha mãe, que jamais pôde compreender a viabilidade prática da profissão musical. Achava ela que os músicos eram, em geral, dissimuladores e que se valiam do fato musical para acobertar as suas farras, porres, boemias e, principalmente, pluralidade de mulheres. E, assim, em nome de um valor no qual eu nunca acreditei, ou seja, a monogamia – para ambos os sexos –, acabei desembocando na literatura. Caí na literatura, que parece ter, após um amor que já dura mais de vinte anos, todos os ingredientes do risco e da paixão que tanto me fascinam. Mal sabia minha mãe que se eu me tivesse dedicado à música popular, hoje seria um homem talvez mais bem situado, em termos de *status*, do que é geralmente o escritor no Brasil.

Nasci na Maternidade de São Paulo, na rua Frei Caneca, ou melhor, Frei Joaquim do Amor Divino Caneca, em 27 de janeiro de 1937. Fui viver em Vila Anastácia, depois Vila Pompéia, Presidente Altino e daí por diante rodei vários bairros e subúrbios de São Paulo. Eu vinha muito ao Rio, já que meu avô materno, Virgínio Gomes, morava aqui e tinha muitos parentes cariocas e fluminenses. Eu me lembro de coisas incríveis do Rio e do Estado do Rio, como os bondes, os trens da Central, a Galeria Cruzeiro, onde andávamos de bonde, e meu avô, chegado de São Paulo, lá ia tomar banho. Mas eu sempre voltava para São Paulo. O mais querido local da minha infância foi também o mais miserável, onde vivi de 1943 a 1947, um lugar chamado Navio Negreiro, depois rebatizado Beco da Onça, por meu pai. Ali morei na rua Caiovas, nº 59, em Vila Pompeia, atrás do campo do Palmeiras, num gueto onde só havia gente desprofissionalizada ou de profissões muito humildes, como catadores de papel, sapateiros, homens que trabalhavam num frigorífico e na estrada de ferro sorocabana. A maioria era negra, e os restantes eram mestiços. O Beco da Onça é um lugar inesquecível, e nele eu situo o meu livro *Lambões de Caçarola (Trabalhadores do Brasil)*. Nessa época, comecei a namorar as palavras, me lembro que através da leitura de histórias em quadrinhos. Quando li uma das aventuras de Brucutu, criei a minha primeira palavra, "mononstros", porque achava que a palavra monstro era muito sóbria para caracterizar e denominar aquele vivente tão horripilante e grandalhão.

Você se lembra qual foi o primeiro livro que leu?
Foi *Esopo, o Contador de Histórias*, uma edição da Melhoramentos, ilustrada e escrita por Ofélia e Narval Fontes. Esse livro teve uma influência fundamental na minha primeira dentição literária. Eu me apaixonava pelo escravo frígio e tartamudo que tinha duas obsessões: a liberdade e a justiça. Era tão brilhante nessa perseguição, que acabou castigado e jogado num abismo. Essa tragicidade da história de Esopo mexeu fundamentalmente comigo, e eu terminei a leitura apaixonado e revoltado.

O que ou quem teria despertado em você a vocação para a literatura?
Quando eu tinha treze anos, tomei conhecimento de uma revistinha infantojuvenil chamada *O Crisol*, editada no bairro de Moema, na Avenida Juriti, pelo gaúcho de São Sepé Homero Mazarem Brum, um herói. Ali se publicavam apenas colaborações de crianças, premiadas depois com livros. Assim, tomei gosto por escrever pequenas biografias, crônicas e dissertações que, uma vez publicadas, me davam livros de presente. Comecei então a tomar conhecimento da literatura, a ler tudo. Aprendi a usar dicionário. Lia Monteiro Lobato, Viriato Correia. E outros, principalmente publicados pela Melhoramentos e pela Brasiliense, e por uma editora

que hoje não existe mais, cujo nome deve ter sido Piratininga e que publicava os livros de Jerônimo Monteiro. Tomei conhecimento de muita coisa através desses livrinhos. Lobato era tão famoso que eu me lembro, como se fosse agora, da última entrevista que ele deu e do dia de sua morte. Sou capaz até de repetir o que ele disse nessa entrevista. Era em 1948, num mês de férias escolares, ele deu a entrevista a Murilo Antunes Alves, na Rádio Record. Estava voltando dos Estados Unidos e falou muito sobre problemas agrícolas, principalmente sobre o milho. Eu me lembro até hoje da forma como Lobato pronunciava a palavra "formidável", muito em uso na época. Dias depois, viajei para o Rio com meu avô. Era um domingo, quatro de julho de 1948, quando pelos jornais, num trem da Central do Brasil, nós soubemos de sua morte. A fama de Lobato era muito maior do que é hoje a do Jorge Amado, pelo menos em São Paulo. Muito maior. Veja a importância desse homem junto à infância brasileira. Havia muitos motivos para a empolgação de uma vocação literária, por exemplo, as figurinhas do Café Jardim. Saíam álbuns e os garotos os enchiam com figurinhas tiradas do pó do café. O primeiro álbum que eu enchi era uma história chamada *O Homem das Cavernas*, escrita por Monteiro Lobato. Também as figurinhas do Café Jardim premiavam os colecionadores com livros, e assim li um livro incrível chamado *Os Moedeiros Falsos*, de André Gide.

Você disse que "as favelas, os marginais, as mulheres, o bordel, o jogo" foram marcos importantes na sua formação. Explique mais detalhadamente.
Eu pertenço a uma geração em que todas as manifestações de virilidade se passavam clandestinamente. O primeiro ato sexual, a primeira cerveja, os primeiros jogos, tudo isso pertencia ao mundo dos adultos, e não dos adolescentes e jovens menores de 21 anos. Então, fazia parte de nossas principais preocupações descobrir coisas como "por que os homens assobiavam quando uma mulher bonita passava", "que gosto teria um gole de cerveja" e coisas assim. Só num lugar seria permitido provar essas proibições: a zona do meretrício, embora para entrar lá fosse preciso ter dezoito anos. Assim, os mais aflitos, curiosos ou angustiados se

enfiavam lá antes da idade. Foi o meu caso. Aprendi a beber cerveja na zona, jogar sinuca, jogar palitinho, jogar trilha. Eu ia para lá aos dezesseis anos. Aquele lugar era, sem dúvida alguma, o mais alegre e o mais libertário da cidade. A zona do bairro meretrício ficava entre as ruas Itaboca e Aimorés, no Bom Retiro, junto à alameda Nothman. A minha vivência ali dentro foi intensa até 1953, quando a zona foi destruída pelo governo de Lucas Nogueira Garcez. Todo meu *Paulinho Perna Torta* se ambienta nessa área, que era o mundo mais alegre da cidade. Onde todos os preconceitos caíam, inclusive o de idade e o de sexo, porque à zona iam velhos, moços e homossexuais. Aquilo era uma alegria. Daí a convivência que eu tive com malandragem, principalmente se considerarmos a vivência anterior do Beco da Onça. Havia uma coisa muito engraçada, era uma equivalência de realidade de vida com a realidade artística que eu começava a descobrir em algumas obras literárias. A literatura mereceu meu crédito porque eu a conheci em livros em que ela não me mentia.

***Malagueta, Perus e Bacanaço* seria, então, a realidade transposta para a ficção? Quando você começou a escrever? Em que circunstância?**
Malagueta, Perus e Bacanaço é simplesmente uma aventura noturna que cansei de viver logo depois que saí do quartel e que consistia em tentar arranjar algum dinheiro em andanças pelos salões de sinuca. Isso, em geral, era feito pelas últimas horas da tarde, entrando pela noite e madrugada. Assim, não imaginei nada na história de *Malagueta*. Simplesmente foi a coleta de uma experiência vivida numerosas vezes e que ainda hoje se vive. O roteiro do livro é exatamente aquele que nós fazíamos: saíamos da Lapa, íamos à Água Branca, depois Barra Funda, depois cidade, a seguir Pinheiros e novamente tornávamos à Lapa. Esse trajeto era feito de bonde, de ônibus, a pé ou de táxi, quando se tinha dinheiro. E representava uma ronda em busca de algum dinheiro. Os primeiros leitores de *Malagueta, Perus e Bacanaço* foram jogadores de sinuca que, lendo no original, não acreditavam que tivesse sido eu o autor. Eu me lembro muito bem que um deles, que seria o *Malagueta*, uma vez discutiu ferozmente comigo dizendo que a história não era bem aquela. *Malagueta* foi o último conto que escrevi do

meu primeiro livro, e eu imaginava nele fazer toda uma demonstração daquele mundo ligado à sinuca, através do dinamismo e dos movimentos de toda uma partida de sinuca, que começa pela bola 2 e termina pela bola 7, podendo recomeçar em outra partida. E um moto-contínuo, inteiramente desmontável, como uma partida de sinuca que, dependendo da habilidade do jogador, poderá se desdobrar em muitas outras. No entanto, a carga humana da história do *Malagueta, Perus e Bacanaço* abafou este meu aparente cerebralismo. *Malagueta* foi todo escrito à mão porque naquela época eu não batia diretamente à máquina. E terminei a história no dia 12 de agosto de 1960, numa sexta-feira. Depois veio o incêndio que queimou a nossa casa, destruindo os originais.

Onde ficava a casa de seus pais, essa que se incendiou totalmente? Como você conseguiu reescrever o *Malagueta*?
A casa ficava no Morro de Presidente Altino, depois do Jaguaré. Era uma casa de 1928, construída pelo meu avô. Esse incêndio foi motivado por um ferro elétrico não automático e, quando os vizinhos tomaram conhecimento, a casa já tinha ardido. Estávamos todos fora, e eu trabalhava como redator numa agência de publicidade, a Agência Pettinati, na rua Conselheiro Crispiniano. Quando vi o incêndio, simplesmente perdi a fala. Aí, então, começamos a ter todos os problemas de sobrevivência. Foi uma luta braba, que dividiu a família. Depois do incêndio fiquei muito traumatizado, a ponto de não poder entrar em livrarias. Graças a um "esporro" que me deu o Mário da Silva Brito, retomei o trabalho de reescrever o *Malagueta*. Arrumando uma desculpa, conseguimos a chave da cabine nº 21 da Biblioteca Municipal Mário de Andrade. À noite, depois do trabalho naquela agência, comecei a reescrever *Malagueta* graças, também, a umas cartas enviadas a uma amiga na cidade de Campinas, nas quais eu falava no processo de criação do *Malagueta*. Assim, restabeleci aquele clima e sua história. Entra aí outro fator importante. Eu estudei teatro no Teatro de Arena, com Augusto Boal, Flávio Império, Eugênio Kusnet e outros. Aprendi um pouco do processo mnemônico, o que me favoreceu a lembrança de trechos inteiros de *Malagueta*, porque todo o texto é ritmado e tem um movimento para cada capítulo; por

exemplo, Barra Funda é assim: "O boteco era um de uma fileira de botecos". Isso me ajudou muito na recomposição, porque, talvez, empiricamente, eu escreva por música. O *Malagueta* ficou pronto em 62. Ganhei o Prêmio Fábio Prado no mesmo ano, e em 63 ele era publicado pela Civilização Brasileira.

A opção pelo jornalismo surgiu quando? E por que, afinal, você o abandonou?
Eu fui fazer jornalismo como quem vai sobreviver e acabei sendo envolvido até as últimas consequências em aventuras que me colocaram numa verdadeira linha de frente no jornalismo brasileiro, representada pela revista *Realidade*, pelo *Bondinho*, pelo *Ex*, pelo *Extra Realidade Brasileira* e, mais recentemente, pela revista *Repórter Três*. Comecei por volta de 63 como repórter de futebol e viajei para o exterior com o Santos. Quando vim viver profissionalmente aqui no Rio, no começo de 65, já vim em categoria do *Jornal do Brasil* e fiz uma reportagem que causou muito comentário na época, sobre a Lapa Carioca, com o título de "A Lapa Fica Acordada para Morrer". Bom, deixei o jornalismo um pouco antes da publicação de *Leão de Chácara*, com a falência do *Diário de Notícias*, cujos últimos pagamentos não me foram feitos até hoje. No dia em que concluí que, através do meu trabalho, dedicação e empenho, eu estava financiando o dono do jornal, desisti. Desisti.

Como você escreve ficção, anotando fatos e/ou diálogos antes ou de um fôlego só, senta à máquina e... Conte como foram motivados alguns dos seus contos.
Tenho horror à palavra pesquisa. Eu vivo as coisas e os fatos antes de escrevê-los. Não sei inventar nem nome de personagens. Tudo é vivido. Toda vez em que tentei inventar um nome de personagem, a coisa saiu inconsistente e precária. A literatura que faço é uma estratificação da minha vida, nada mais. Muitas vezes um detalhe me sugere um conto ou um texto, como é o caso do meu "Afinação da Arte de Chutar Tampinhas". Já o *Leão de Chácara* me exigiu uma vivência muito grande, com vários tipos de aves noturnas. Cada trabalho tem sua própria gênese e conclusão.

Não sei se você admite falar nas suas passagens pelos sanatórios, além do que já registrou no *Casa de Loucos*. Que tipo de problemas você teve realmente?

Eu fui internado por estafa e saí do sanatório – o que foi um milagre – mais estafado ainda. Os sanatórios brasileiros são sumidouros onde existe uma mistura de oligofrênicos, neuróticos, epiléticos, toxicômanos, que recebem um tratamento só, como gado, e não um tratamento individual, como gente. Só não perdoo a ironia velhaca de um diretor de sanatório que disse que eu era o homem mais inteligente que tinha passado por aquela casa. E o que eu tinha era manha. Não pode ser homem inteligente um exemplar de uma geração que só levou a pior, sofrendo censuras de todo nível, cassações, exílios, prisões e subempregos. Se isso for inteligência, paralelepípedo é pão de ló.

Você prefere algum dos seus livros? E personagens?
Eu tenho seis livros. Pela ordem, *Malagueta, Perus e Bacanaço, Leão de Chácara, Malhação de Judas Carioca, Casa de Loucos, Calvário e Porres do Pingente Afonso Henriques de Lima Barreto* e *Lambões de Caçarola*. E tenho um livro inédito entregue ao Ênio Silveira que um amigo meu de Jacarepaguá acha tratar-se de minha obra-prima e cujo título é *Ô Copacabana!*, poema prosado na falta de inquéritos sobre o bairro.

O primeiro filho, o primeiro amor, o primeiro livro. Eu gosto das coisas da minha juventude, que são insubstituíveis. O meu personagem preferido é Fujie, um personagem feminino.

Com *Lambões de Caçarola* você "pagou uma dívida velha". O que vem a ser essa dívida? Por que Getúlio Vargas?
É uma dívida com o povo do Beco da Onça, que me deu histórias admiráveis e que, por preguiça e relapsia, não paguei até o momento. Aliás eu acho que ainda não comecei a escrever. Vejo Getúlio Vargas como um personagem do Beco da Onça, já que o meu Getúlio é visto e sentido pela ótica daquele povo. Mas ainda tenho muitas dívidas a pagar. Ao Beco da Onça e a outros becos.

Por que o seu amor por Lima Barreto? A necessidade de dar ênfase a Lima Barreto implica um menosprezo por Machado de Assis?
A literatura brasileira a meu ver tem dois escritores brasileiramente desconcertantes: Lima Barreto e Antônio Fraga, autor de *Desabrigo*, ilustremente desconhecido, apesar do seu talento surpreendente. O amor ao Lima Barreto é a admiração pelo pioneiro, devastador rasgadamente brasileiro e que não se deixava navegar em nenhuma das águas importadas. Machado de Assis, grande mestre, até hoje reverenciado, é uma espécie de vitamina para todo bom escritor. Mas não é desconcertante. É uma pedra fundamental. É um mulato-grego, enquanto Lima Barreto é um mulato-negro. Dois grandes escritores, incomparáveis um ao outro.

Há muitos anos você vem trabalhando pela profissionalização do escritor brasileiro, fazendo declarações, criticando os editores, assim por diante. Como tem repercutido tanto esforço?
Acho que nós estamos na época de ir juntando pedrinhas até formar um muro forte. Não temos um sindicato atuante, mas teremos. Acho que hoje, depois de toda a barulheira que faço, as coisas já estão tomando outros sintomas e um dia chegarão à profissionalização digna e merecida. Pode ser que eu esteja fazendo um papel quixotesco, pois, afinal, tenho alma de camelô e de lavadeira. No entanto, no dia em que D. Quixote deixou de sonhar, morreu.

Quando um escritor grita pelos seus direitos, os outros gritarão também, e é o que está acontecendo. A minha gritaria tem sido feita por autores mais sóbrios e comedidos, como o falecido e querido Osman Lins, Carlos Drummond de Andrade, Waldomiro Autran Dourado, Rubem Fonseca, José Louzeiro e tantos outros. Apenas o meu estilo é mais de arroubos, devido à minha personalidade.

Eu duvido que hoje um editor ouse fazer, por exemplo, uma antologia de contos, sem consultar autores e propor pagamento. Isso, há dez anos, não existia no Brasil. A pirataria era total.

Ligado intimamente a problemas editoriais, você seria capaz de definir o leitor brasileiro?
Um ilustre desorientado, que não recebe informação alguma sobre nada. Nas escolas de Letras, o pessoal continua se diplomando

apenas lendo teoria literária. São verdadeiros autômatos à mercê dos ismos e da moda. Não se leem os autores e, sim, sobre os autores. O leitor brasileiro é um grande potencial, mas ainda não o descobrimos por falta de um trabalho sério, atualizado e coerente com a nossa realidade.

Você disse, numa entrevista, que o trabalho do escritor brasileiro é o único que não é incluído no custo editorial de uma obra. Explique de novo, por favor.
Quando se projeta a produção de um livro no Brasil, todos vão ganhar, independentemente da venda desse livro: o gráfico, o revisor, o diagramador, o capista etc. Mas o autor só recebe os seus direitos caso o livro venha a vender. Quer dizer, o único produtor da matéria-prima do livro fica como uma folha ao vento, enquanto os trabalhadores secundários têm o pagamento garantido. Eu acho que era a hora de repensarmos esta situação, tremendamente arbitrária, porque há autores que entregam originais a um editor e ainda ficam devendo dinheiro. Nos outros países, há um adiantamento de 30% do total de direitos no lançamento do livro, isso quando o livro não é encomendado antes, o que implica um adiantamento ainda maior. No exterior, publicar livros não significa ser intermediário entre autor e gráfico, e sim um investidor no amplo sentido. No Brasil a coisa continua na base do paternalismo, do compadrio e do amiguismo. O que precisamos é mudar a mentalidade: o texto é um trabalho que deve ser pago como todo trabalho digno. E pago com dinheiro corrente no país. O resto é mistificação.

Na sua opinião, qual é a responsabilidade do escritor para com a sua época?
O escritor é um testemunho do seu tempo. Ele não pode fugir ao seu papel de denunciador e de cotejador da realidade que o cerca. Agora, quanto à forma de dar esse testemunho, o escritor deve usar de toda a liberdade possível, porque numa literatura cabem desde Clarice Lispector e Cornélio Pena até Wander Pirolli e Plínio Marcos. O importante é não faltar com a verdade. Verdade? Há muitas. O escritor deve descobrir a sua e se manter dentro dela, num exercício atento de fidelidade e respeito a si próprio. Clarice Lispector

é tão engajada quanto Moacyr Scliar e Rubem Fonseca, porque o epicentro de sua obra também é o homem. Não há apenas uma faixa social em toda a nossa sociedade. O importante é que Clarice perseguia a verdade humana, com um talento extraordinário.

Você gostou da adaptação cinematográfica dos seus contos? Participou da elaboração do roteiro? Neste caso, como se processou a adaptação?

Acho a questão muito mais abrangente do que o caso específico da filmagem dos meus contos. Pessoalmente, estou muito triste com o que o cinema tem feito com o autor brasileiro, e não apenas comigo. Autores como João Felício dos Santos e Geraldo Ferraz têm sido aviltados do ponto de vista econômico e também de natureza das suas obras, modificadas arbitrariamente pelos cineastas. Um cinema que, como nenhuma outra arte no país, recebe tanto apoio e tanto dinheiro do governo, deveria e poderia apresentar qualidade melhor. Aqui aparece uma questão aberta: o que é um cineasta? O que eu noto no Brasil é que não há cinema de autor, e sim uma porção de obras literárias aproveitadas devido à falta de talento próprio de seus cineastas. Não creio que a grande época dos cineastas tenha passado. Acho que Glauber Rocha, para dar um exemplo, ainda é uma fonte própria de inspiração. Pelas próprias condições do cinema, que se vale de uma linguagem objetiva, é natural que um filme, sobre uma obra literária, acabe sendo obra menor. Os nossos cineastas estão pensando nisso? Ou estão acomodados nas verbas da Embrafilme e no mau pagamento de autores que lhes fornecem os argumentos? Exemplos? Eu mesmo, que estou processando com duas ações no Fórum de São Paulo os realizadores da adaptação de *Malagueta, Perus* e *Bacanaço*, que até o nome trocaram para o medíocre título de *O Jogo da Vida*, que mais parece título de filme estrangeiro traduzido – e muito mal traduzido –, sem a minha autorização, sem a minha licença e contrariando o contrato. Enquanto minhas relações com os realizadores do filme foram amistosas, trabalhei no roteiro e o refiz três vezes ao longo de quinze anos, com o Capovilla ao meu lado. Depois da briga, os realizadores agiram como se estivessem em terra de ninguém, a ponto de colocar uma mentirosa feijoada numa favela miserável, o que nunca me passou pela cabeça. E que só pode passar pela cabeça de quem não conhece favela. Não sou o único autor que tem sérias reclamações quanto ao que fazem com o texto no Brasil. Me dei a dignidade de não ver este filme, porque ele não é representativo de *Malagueta, Perus e Bacanaço*. E se for levado, sob tortura, a assisti-lo, insistirei em fechar os olhos. Esses casos deveriam ser encaminhados à ONU ou à AIA, por se tratar de uma vergonha muito grande. O que nós precisamos também é terminar com a mistificação do cineasta no Brasil que, devido ao poder de badalação do cinema, acaba se tornando mais importante do que o autor do argumento. Quem é que sabe quem é João Felício dos Santos, autor fundamental de *Chica da Silva*? E alguém ficou sabendo, depois do filme exibido, quem é ele? O autor brasileiro continua sendo um pasto de piratas, oficiais e particulares.

Vale a pena ser escritor?
Vale a pena ser escritor numa época em que a sociedade toda está sendo vítima de toda a sorte de manipulação e mistificação e a um passo do obscurantismo. É tão importante ser escritor quanto é sinistra e sombria a situação do nosso próprio tempo. Só vale a pena. O talento custa muito caro, ai de quem o tem.

O que está escrevendo agora?
Acabo de me entregar à produção de um livro que está se fazendo por si só. No mistério da criação literária, é preciso que tenhamos em mente aquela frase do poeta François Villon: "As coisas incertas são sempre as mais seguras", que se une a outra frase do poeta, desta vez, o nosso Carlos Drummond de Andrade: "O filho que eu não tive faz-se por si mesmo". Estou trabalhando sobre os pingentes da minha geração, e já tenho praticamente cem páginas concluídas sem saber onde descambarão. E Deus me livre e guarde de saber alguma coisa. Eu vou fazendo porque, de repente, a figura do meu personagem Esdras Passaes está me envolvendo inteiramente, bêbado, lúcido, a alma de cristal e valete de copas, que bebia até os sapatos, de repente velhaco, ladrão de cena. O fantasma de Esdras Passaes, jornalista amigo meu, que morreu há três anos, está tomando conta de tudo.

JOÃO CABRAL DE MELO NETO *

Vamos falar de sua infância, João?
Nasci no Recife. Meu pai era dono de engenho, como toda a família dele e de minha mãe. Meu avô, que já era um homem citadino, não aceitava que nenhuma filha desse à luz no engenho. Exigia que os netos nascessem em sua casa. A casa era enorme, mas em geral ele cedia o próprio quarto para os netos nascerem. Eu não nasci no quarto dele. Acontece que minha mãe chegou do engenho pelo fim da tarde, e o médico garantiu que o parto era para dali a dois ou três dias. Não sei que pressa eu tive – quando eram seis horas da manhã seguinte nasci no quarto errado, o chamado quarto dos santos, com oratório e tudo. Acho que por isso não tenho religião. Depois de um ou dois meses voltei para o engenho, onde passei os dez primeiros anos. Até que veio a Revolução de 30. Como papai era da situação – houve perseguições, a política invadiu o engenho –, ele se desgostou, e a família foi viver no Recife. Lá fui para um colégio marista, o São Luís.

Você se lembra de quando começou a se interessar pela palavra?
Eu tenho uma inaptidão auditiva completa, mas sou muito visual e aprendi as letras com facilidade. Dizem que meu tio Ulisses Pernambucano, casado com uma irmã de minha mãe, pai do historiador José Antônio Gonçalves de Melo e primo de Gilberto Freyre, gostava de me exibir quando ia na casa do meu avô. Ele me pegava no colo – eu tinha dois anos –, me dava um jornal e pedia que eu dissesse as letras. Portanto, desde que me entendo por gente, tenho um livro ou um lápis na mão. Eu me lembro de um detalhe: cada vez que meu pai comprava livros de história, de geografia, de química para eu estudar durante o ano, eu lia tudo de um fôlego só,

---
* João Cabral de Melo Neto (1920-1999) nasceu no Recife, em Pernambuco. Poeta, editor e diplomata. Membro da Academia Brasileira de Letras.

por pura curiosidade. Não sabia nada de química e lia aquele troço todo, do princípio ao fim, pelo prazer de ler.

E o primeiro verso, João, foi para a namorada?
Não. Eu nunca pensei em ser poeta, nem nunca me considerei (e até hoje não me considero) com temperamento de poeta. Eu tenho temperamento de crítico. Meu ideal foi sempre ser crítico literário. Ocorre que aos dezessete ou dezoito anos não se tem cultura nem discernimento para ser crítico. Então eu comecei a fazer poesia, apenas para produzir alguma coisa, enquanto me preparava para a crítica. Muito pouca gente notou isso, mas a minha poesia é quase sempre crítica. Esse negócio que se chama metapoesia, poesia sobre poesia, é uma preocupação de crítico. Escrevi uma quantidade enorme de poemas sobre autores, sobre escritores, sobre pintores. Talvez o único poema que eu conserve do meu primeiro livro seja um sobre André Masson. Naquele tempo, ninguém no Brasil sabia quem era André Masson.

E como é que você sabia?
Acontece que lá em Pernambuco convivi com um sujeito extraordinário, o Willy Levin, que tinha uma biblioteca fantástica, inclusive tudo de poesia moderna francesa. (Isso foi antes da guerra, 1937, 38 e 39, por aí.) Eu, o Lêdo Ivo, o Antônio Rangel Bandeira, o Benedito Coutinho e outros tínhamos na casa do Willy a chance de ler no original Apollinaire, Giraudoux, essa gente toda. Para um rapaz de dezoito anos, na província, ler esse pessoal era uma formação extraordinária.

Então o seu mentor intelectual, vamos dizer assim, foi Willy Levin?
Primeiro ele, no Recife, e o Joaquim Cardoso depois, no Rio. O Willy era interessado em literatura francesa e inglesa, e o Cardoso era mais universal. Eu sentia certa dificuldade em penetrar na literatura inglesa. Os poetas ingleses mais conhecidos são os poetas românticos, que eu acho uns chatos. E eu sempre queria penetrar na literatura inglesa através deles, que não me interessavam. Morando na Inglaterra, conheci os poetas modernos, o Eliot, Auden e outros. Através deles, fui ler John Donne, Marvell, Herbert, assim por diante. Aí, sim, consegui entender os românticos ingleses.

Por que você entrou na carreira diplomática? Não acreditava que pudesse viver de literatura?
Quando fiz o concurso eu só tinha publicado *Pedra do Sono*. *O Engenheiro* saiu em junho de 1945, e fui nomeado em dezembro. Nunca acreditei que pudesse viver de literatura. Eu via o Lêdo Ivo e o Benedito Coutinho se matarem em jornal, e dizia: vou ser funcionário público, procurar uma carreira que me dê um certo bem-estar para que possa ler e escrever.
Havia duas opções: uma, a carreira diplomática, e a outra, ser fiscal de consumo. Se eu fosse diplomata, o pior lugar que poderiam me mandar seria Cades; se fosse fiscal de consumo, poderiam me mandar para Loeiras, no interior do Piauí. Meu primeiro posto foi Barcelona.

***Pedra do Sono* teve sucesso logo na publicação?**
Não, foi uma edição pequena. O Gilberto Freyre tinha publicado a primeira edição do *Guia de Olinda* em papel alemão importado. Alguém me sugeriu fazer uma edição de cinquenta exemplares, com o resto daquele papel alemão, e duzentos exemplares em papel corrente. A composição seria a mesma. Uns primos ricos, usineiros de açúcar, que conheciam todo mundo de dinheiro em Recife, se encarregaram de vender os 48 exemplares de luxo, porque eu fiquei com um e meu pai com outro.

E *Os Três Mal-Amados* você começou a escrever no Recife, ou já no Rio?
Comecei a escrever no Rio. Chegando aqui vi aquele poema do Carlos Drummond, o "Quadrilha", achei que podia escrever uma peça de teatro dentro do mesmo tema. Não uma peça de bulevar, mas de teatro hierático. O monólogo dos três personagens masculinos saiu bem, só que fui incapaz de escrever o monólogo das três mulheres, que deveria ser intercalado com o dos homens. Aí, abandonei a ideia de escrever uma peça. Tenho a impressão de que o próprio Drummond me sugeriu publicar aquela parte pronta como um poema em prosa e, assim, ele foi publicado no último número da *Revista do Brasil*, dirigida pelo Octávio Tarquínio de Souza e o Aurélio Buarque de Holanda. Uma excelente revista da época.

Alguma vez você tentou escrever prosa ou não?
Eu detesto escrever prosa. Para mim é um verdadeiro sacrifício. Desde moço sou absolutamente fascinado pela prosa de Gilberto Freyre – nunca ninguém escreveu uma prosa como a dele. Eu não tenho a dicção, no sentido que os ingleses usam a *diction*, quer dizer, escolha de palavras. Os temas do Gilberto são outros, a palavra dele é outra, no entanto eu sinto que o ritmo da prosa do Gilberto é excelente. É a maior prosa brasileira. Vai desde *Casa-Grande & Senzala* ao artigo mais insignificante que ele escrever. Se eu tivesse ficado no Brasil, se tivesse possibilidade de ganhar dinheiro com literatura, talvez fosse crítico. Em geral, deve haver exceções, não sei. É raro um sujeito escrever um ensaio espontaneamente, sem ninguém ter pedido. Um sujeito que pensa "gosto muito do Graciliano", sentar e escrever um livro sobre Graciliano. Essa seria a crítica criadora.

Seus ensaios foram espontâneos ou escritos por encomenda?
Em 1941 houve um congresso de poesia em Pernambuco e eu escrevi uma tese pequena: *Considerações sobre o Poeta Dormindo*. Depois, em Barcelona – sempre me interessei muito pela pintura –, escrevi um livrinho sobre Miró, que eu conheci e frequentei. Um ensaio absolutamente espontâneo. Quando vim para o Rio, em 52, precisava de dinheiro, publiquei quatro artigos sobre a geração de 45 no *Diário Carioca*, que naquele tempo pagava quinhentos mil-réis por artigo.

Nada mais de prosa?
Ah, o meu discurso de posse na Academia Brasileira de Letras, sobre Assis Chateaubriand.

Li em algum lugar que você levou nove anos escrevendo o poema "Tecendo a Manhã". É verdade?
Não é, não. O poema ficou nove anos esquecido. Acontece que sempre procurei fazer livros estruturados. Por volta de 56, quando cheguei a Sevilha – eu tinha acabado de publicar *Duas Águas* –, comecei a escrever o *Quaderna*. O "Tecendo a Manhã" não cabia no esquema das quadras, então eu o larguei. Depois escrevi *Dois Parlamentos*, onde também ele não se encaixava, porque eram

seriados, ou seja, grupos de quatro poemas. De modo que ao escrever o *Educação pela Pedra* vi que ele estava dentro dos esquemas estróficos do livro e acabei o poema.

O que é que você faz com o poema interrompido ou "esquecido", guarda cuidadosamente?
Eu esqueço completamente. De repente, vou mexer na papelada e... A Elizabeth Bishop me disse uma vez que viveu mais de dez anos com um poema na cabeça até conseguir encontrar uma solução para acabá-lo.

Numa entrevista você afirmou que não é de sentar e escrever, que vai anotando coisas e um dia... Como é isso?
Eu tenho a ideia para um poema, um tema ou então uma imagem. Anoto e jogo dentro da papelada. No momento de escrever um novo livro, vejo quais são as coisas escondidas, quais as que são trabalháveis...

Você nunca fez um poema desses que saem prontos?
Qualquer coisa espontânea que eu faço, desconfio dela. Parece ser eco de alguém. Por exemplo, se o Espírito Santo descer aqui nesse instante e me assoprar no ouvido o poema mais genial do mundo, ainda que não seja eco de nenhum poema que eu tenha lido, eu rasgo. Não acredito.

Tem medo de que seja uma falha da memória?
Exato. Eu preciso trabalhar em cima, eliminar o que sei que ainda não sou eu, compreende? O artifício não é fuga, ajuda a gente a penetrar em si mesmo. Há poetas que consideram a criação uma espécie de vômito. Eu acho o contrário: criação é composição. É a arrumação de coisas exteriores, junção de elementos para criar um objeto. Você veja um homem como o Schmidt. Tinha momentos em que ele não podia fazer nada a não ser escrever. Antigamente, quando o cara estava com apoplexia, vinha um farmacêutico e o sangrava, porque ele tinha excesso de sangue. Agora, existe outra fobia de espíritos para quem a criação é o resultado de uma carência de ser. O sujeito que não tem uma perna e que para andar fabrica uma muleta, está entendendo? Ele não está criando por excesso

de ser, e sim por carência de ser. Ele precisa se completar no objeto que está tentando construir.

Você se considera um sujeito muito carente?
Ah, sim, eu acho.

Escreve diariamente, João?
Trabalho por espasmo. Às vezes passo muito tempo trabalhando com regularidade e depois fico um ano ou mais sem querer saber de nada. Na verdade, prefiro ler.

Você disse: "A metáfora é apenas um dos caminhos da poesia".
Não me lembro de ter dito isso não. Mas é de fato real a observação. Existe uma grande confusão entre metáfora e imagem. Fulana com seu riso de pérolas. Isso é metáfora, porque quando você ri, mostra os dentes. Se eu disser: você tem dentes como pérolas, isso é imagem. Há uma confusão fantástica em toda essa terminologia. Você veja, por exemplo, a redondilha, que no Brasil é considerada o verso de sete sílabas. Redondilha não é métrica, e sim um sistema estrófico de quatro versos. É uma quadra. Redondilha quer dizer redondinha, o primeiro verso rima com o último, fechando-o como se fosse um círculo.

Já que você negou ter dito a frase da pergunta anterior, deixa eu checar esta: "Toda a minha obra está superada porque já não reflete a realidade nordestina".
É. Pernambuco mudou enormemente. Você vai hoje ao mangue do Recife e vê uma televisão. Se eu fosse escrever *Morte e Vida Severina* agora, botava entre os presentes a televisão. Os nordestinos estão falando com sotaque sulino.

Teve algum motivo especial para escrever *Morte e Vida Severina*?
Maria Clara Machado, que dirigia o Tablado, me pediu um auto de natal, que não possibilita nenhuma originalidade. Qual é a obsessão de todo nordestino? O problema dos retirantes. O Recife é o depósito da miséria de todo o Nordeste. O paraibano não emigra para João Pessoa, mas para o Recife; o alagoano emigra para o Recife; o rio-grandense do Norte emigra para o Recife. Todos esperam melhorar de vida e só encontram coisas desagradáveis. Havia no

século passado um espetáculo em Pernambuco chamado pastoril. (Atualmente pastoril tem outro sentido, o cara fala e encontra um troço, fala e encontra outro.) Eu peguei várias sugestões do pastoril – a mulher que chama o São José para dizer que Jesus Cristo nasceu, as mulheres cantando que a natureza mudou, o sujeito com os presentes, as ciganas lendo o futuro da criança –, acrescentei outros assuntos, todos de conteúdo pernambucano. A Maria Clara Machado não quis montar o espetáculo. Quando fui publicar *Duas Águas*, poesia completa até 1956, e o livro estava pequeno, resolvi incluir o auto como poema. Tirei as marcações – entra, sai, faz, diz, essa coisa toda. Cada diálogo foi transmarcado com o tracinho, mas não se vê quem o está dizendo. É um monólogo-diálogo. Anos depois, em Berna, recebi uma carta do Roberto Freyre pedindo-o para representar no TUCA, informando que o Chico Buarque de Holanda – confesso que nunca tinha ouvido falar dele a não ser como filho do Sérgio – ia fazer a música. Vi a montagem em Nancy. Na véspera da estreia, o Roberto Freyre e o Silnei Siqueira me avisaram: "Tomamos uma liberdade no monólogo final, que é muito pessimista e nós estamos precisando de otimismo, dividindo o monólogo em dois" (no original só o Carpina falava, o retirante não dizia nada; eu tinha deixado a coisa ambígua de propósito). O retirante diria a última parte. Aí eu fui ver e concordei com eles. Inclusive, em todas as edições posteriores, dividi o monólogo em dois porque a divisão era simétrica e eu tenho mania de simetria.

Depois do êxito de *Morte e Vida Severina*, não pensou em continuar a escrever para teatro?
Em certo sentido, não. Em outro, sim. O Antônio Abujamra montou um espetáculo em Madri com cinco ou seis pessoas enfileiradas de costas para a plateia. Elas iam se virando, recitavam um poema de poeta brasileiro e tornavam a dar as costas. Eram poemas soltos de Schmidt, Manuel Bandeira, Carlos Drummond de Andrade e outros. O espetáculo tinha grande força dramática. Então eu imaginei escrever um recital desse tipo, que é *Os Dois Parlamentos*.

Chegou a ser montado?
Não, nunca.

Você escreveu poemas sobre a Espanha, a Inglaterra, o Senegal. O que acontece com o Rio de Janeiro, que não lhe desperta nenhum verso?
Confesso que nunca me entrosei no Rio. Não gosto desta cidade. Se eu precisasse voltar para o Brasil e viver num grande centro escrevendo, preferiria dez mil vezes morar em São Paulo ou no Rio Grande do Sul. O Rio não me diz nada.

E o anunciado *Memórias Prévias de Jerônimo de Albuquerque*?
Jerônimo de Albuquerque é meu antepassado. Era irmão de dona Brígida Albuquerque, mulher de Duarte Coelho. Viveu com uma índia, com a qual teve treze filhos. A rainha de Portugal mandou que ele se casasse, mas enquanto a índia viveu ele não seguiu as ordens. Depois que a índia morreu, ele se casou com a filha de dom Cristóvão de Melo, o então governador da Bahia. Assim como o "Rio" é um poema geográfico – o Capibaribe descrevendo a região por onde passa –, Jerônimo de Albuquerque, que chegou com os donatários, contaria a história de Pernambuco. Tenho só anotações e ainda não bolei a forma. Não sei se vou ter coragem de escrever isso.

O que você gosta de ler, João?
Não gosto de ler poesia, prefiro ler ensaios. Ultimamente, tenho lido a literatura do país onde vivo, porque, afinal de contas, a língua é meu instrumento de trabalho, compreende?

E de literatura brasileira, nada?
Eu não vivo aqui, e ninguém espera que eu encontre numa livraria de Dakar ou de Berna um livro de escritor brasileiro. De forma que só leio os livros que me mandam.

Você afirmou uma vez que "o concretismo foi a coisa mais importante que aconteceu na literatura brasileira, desde o romance do Nordeste dos anos 30". Mantém a afirmação?
Mantenho. Duas coisas são essenciais no concretismo: em primeiro lugar, os concretistas não foram improvisadores, foram pessoas que chegaram com uma cultura extraordinária; em segundo lugar, a atitude concretista não é uma atitude romântica, de inspiração, de lirismo. Esses dois aspectos construtivistas me conquistaram.

Quando eu digo concretismo, digo concretismo e suas consequências. Como todo movimento literário, houve muita briga, separação de grupos. Eu me refiro a todos.

Você parece ser contra a tradução, não é?
Sinto o maior constrangimento quando me apresentam uma tradução de um poema meu para uma língua que eu sei ler. Sinto que o que eu faço fica ainda mais pobre do que é. Acho que a tradução não tem sentido. O Unamuno aprendeu dinamarquês para ler Kierkegaard. No dia em que o Brasil der um Kierkegaard, os interessados vão aprender português. Quatro livros meus foram publicados na Alemanha, sem problemas para mim. Não sei alemão. Se quiserem publicar na Iugoslávia, na Tchecoslováquia, na Grécia, no Japão, tudo bem. Agora, em francês, inglês, espanhol e catalão, línguas que eu conheço, aí não. As traduções me criam realmente o maior constrangimento.

Já pensou em escrever um livro de memórias?
Tudo o que diz respeito a mim, detesto reviver, sabe? Eu prefiro não me lembrar de nada do meu passado.

Por quê? Você teve muitas decepções?
Pelo contrário. Nunca esperei ser diplomata, entrei para o Itamaraty. Nunca esperei ser embaixador, sou. Acho que meu pessimismo é um negócio de família. Talvez seja o resultado da minha dor de cabeça.

Essa sua dor de cabeça é meio estranha, não? É psicológica?
Depois de todas as operações que fiz, tenho a impressão de que é psicológica. A cada quatro horas tomo uma aspirina. Sou um sujeito muito tenso, à espera de uma notícia desagradável a todo momento. Sou um sujeito dividido, em tensão permanente, em luta constante entre a sensibilidade e a inteligência, entre todas as coisas.

Você costuma reler seus versos ou se lembra deles de memória quando está angustiado?
Sou incapaz de dizer um poema meu inteiro, a não ser, quem sabe, um pequeno. Tenho a impressão de que já escrevi uns nove ou dez mil versos, e meus versos não são confessionais, são objetos, como

um quadro, uma escultura. Um verso meu não ajuda em nada a minha angústia. Talvez seja semente para um verso futuro. Você conhece o poema "A Cachorra", do Prudente de Morais Neto, o Pedro Dantas? "A Cachorra" eu considero a melhor descrição de angústia que eu já vi. É um dos grandes poemas da literatura brasileira. Como "O Defunto", de Pedro Nava.

O que significa o *Museu de Tudo* dentro da sua obra?
No *Museu de Tudo* reuni a produção que não se encaixava nos outros livros, sempre muito estruturados, como *Cão sem Plumas*, *Rio*, *Morte e Vida Severina*. Eu tenho a impressão de que acostumei mal o leitor brasileiro. Todo mundo publica livros de poemas soltos e, quando eu faço um, ninguém entende. Uns sujeitos aí escreveram que era fundo de gaveta, isso e aquilo. Repare que são poesias datadas, se não me engano de 1966 a 1975, e outros mais antigos. "Autógrafo" é um poema de 1942 ou 43.

Você fez uma seleção de todos esses poemas soltos, ou...
Eu não faço seleção. O que não está acabado eu deixo para depois.

O que é um poema acabado?
A gente sente quando o poema está pronto. Um poema é como um estojo que, quando fecha, faz clique.

Costuma refazer poemas antigos?
Quase nada. No *Poesias Completas* eliminei vários poemas do primeiro livro. O *Rio*, que confesso ser talvez o meu livro predileto, eu mexi bastante depois de publicado. O *Rio* foi escrito às pressas (para um concurso do IV Centenário de São Paulo) e não saiu como eu queria.

Qual dos seus livros é o de que você menos gosta?
Pedra do Sono. É o mais imaturo e não corresponde à minha orientação a partir da metade do *Engenheiro*. Uma orientação completamente nova na minha poesia.

Desculpe, João, se vou ser indiscreta, mas você amou muito?
Nem mais nem menos do que outros. Um lado da minha família, o lado do Gilberto Freyre, tem uma história engraçada. O *Diário*

de Pernambuco, que é o jornal mais velho da América Latina, foi criado em 1825, e a partir de 1925 passou a publicar uma seção chamada "Há Cem Anos", reproduzindo os assuntos mais interessantes da época. Um dia saiu a seguinte notícia: "Ontem foi dado um banquete no hotel tal, em homenagem ao professor José Antônio Gonçalves de Melo, ponto do Teatro Santa Isabel". Esse meu trisavô era um professor respeitado, eminente e ponto de teatro? A família ficou surpresa e encarregou o Gilberto de pesquisar a respeito, nos papéis da família, nos jornais, em todo o arsenal de historiador que ele possui. O Gilberto descobriu que o respeitado professor cavava o lugar de ponto de teatro porque era dado a cômicas. (Naquele tempo, as cômicas eram as atrizes.) Como ponto, tendo que assoprar o texto, ele podia conhecer todas as que apareciam no Recife. Eu também tenho uma certa fascinação por atrizes. Deixei muitas amigas, inclusive bailarinas de flamenco, na Espanha. Eu vivia naquele meio, compreende? Acho que puxei ao velho José Antônio. Sou um pouco dado a cômicas. Ou melhor, era. Que eu não tenho mais idade para isso.

A maioria dos poetas tenta traduzir em poemas um estado de espírito, não é? Você parece fugir a...
Talvez eu tenha um defeito, o de ver a poesia como uma arte. Deve ser causado pelo interesse que eu sempre tive pela pintura. Em geral, os poetas não veem a poesia como um objeto, mas como um documento pessoal, uma expressão direta da personalidade, e tentam traduzir um estado de espírito escrevendo. Ao passo que eu acho que se deve criar um objeto que contenha aquele estado de espírito. Como o pintor faz, como o escultor faz. Eu vejo o poema como uma obra de arte.

Jorge Amado*

Vamos fazer de conta que ninguém conhece o homem Jorge Amado, apenas a sua obra. Você se incomodaria de falar um pouco da sua infância? Como eram seus pais?

Sou um baiano grapiúna, ou seja, nascido na região cacaueira, sul do Estado da Bahia. Nasci numa fazenda de cacau, de nome Auricídia, no distrito de Ferradas, município de Itabuna, em 10 de agosto de 1912. Em janeiro de 1914, com um ano e cinco meses, devido à enchente do rio Cachoeira, que devastou a fazenda, fui levado para Ilhéus, para onde meus pais se mudaram. Itabunense de nascimento, sou um menino de Ilhéus, pois ali decorreu minha infância e parte de minha adolescência. Sou um grapiúna, um espaço considerável de minha obra é dedicado à região do cacau. Grapiúnas são igualmente importantes ficcionistas como Adonias Filho, James Amado, Jorge Medauar, Hélio Pólvora, Sônia Coutinho, Cyro de Matos, Marcos Santarrita. Poetas da qualidade de Florisvaldo Matos e Telmo Padilha. Grapiúna era o grande poeta Sosígenes Costa. Do sangue derramado na saga do cacau nasceu toda uma literatura com poderosas características originais. Minha infância transcorreu entre as cidades de Ilhéus e Itabuna, os povoados de Pirangi (hoje Itajuípe), Sequeiro do Espinho, Água Preta (hoje Urussuca) e as fazendas de cacau. Menino, assisti às grandes lutas pela conquista da terra para o plantio de cacau. Meu pai foi um dos coronéis que desbravaram as matas. Participou das jutas, derrubou a mata, plantou roças. Eu tinha dez meses quando, certa tarde ao crepúsculo, estando no colo de meu pai, na varanda da fazenda, ele foi alvejado por um jagunço, postado na tocaia atrás de uma jaqueira. Esvaindo-se em sangue, meu pai levou-me até a

---

* Jorge Amando (1912-2001), um dos mais famosos e traduzidos escritores brasileiros.

cozinha onde estava minha mãe. Perdida a fazenda com a cheia de 14, meu pai e minha mãe dedicaram-se em Ilhéus a fazer e vender tamancos. Mas o que meu pai desejava era plantar cacau, a lavoura era sua paixão, não demorou a comprar terra e a estabelecer nova fazenda. Nela, na Fazenda Tararanga, passei grande parte de minha infância e de minha juventude. Dessa experiência de Ilhéus e Itabuna, das fazendas de cacau, nasceram quatro livros meus e, quem sabe, talvez nasça ainda um quinto. Meus pais eram pessoas de muito caráter e muita imaginação. Minha mãe, descendente de índios, uma criatura admirável, sábia de toda a sabedoria popular. Meu pai, homem de extrema bondade, de bom humor e inteligência viva. Eu era um menino pleno de curiosidade pela vida, crescendo entre jagunços, trabalhadores das roças, coronéis de cacau, aventureiros, jogadores, putas. Uma infância rica, rural e citadina (de cidade do interior), assistindo ao nascimento de povoados, aos tiroteios, às tocaias; convivendo também com o mar de Ilhéus, os cargueiros suecos, a sedução das viagens perturbando-me desde cedo. Aos onze anos, fui mandado para o Colégio Antônio Vieira, dos jesuítas, aluno interno, na Cidade da Bahia (hoje Salvador).

Parece que foi exatamente nessa idade que você começou a se interessar por literatura, não é?
No colégio fui rebelde. Um padre ilustre, o jesuíta português Luiz Gonzaga Cabral, famoso orador sacro, corrigindo uma prova escrita sobre o mar, proclamou em aula minha vocação de escritor. Foi ele quem me emprestou os primeiros livros, despertando-me o gosto pela literatura. O primeiro livro que ele me deu a ler foi de Swift, *As Viagens de Gulliver*. O padre Cabral fez-me ler Walter Scott, Charles Dickens (minha grande paixão literária até hoje), Alexandre Dumas, Daudet, Herculano, Garret e o brasileiro José de Alencar. Passei dois anos no Colégio Antônio Vieira, no começo do terceiro ano fugi, atravessei o sertão da Bahia e de Sergipe, levei meses viajando. Ao regressar fui enviado para o Ginásio Ipiranga, onde fui colega de Adonias Filho. No Antônio Vieira foram meus colegas, entre outros, o escultor Mirabeau Sampaio, o poeta Hélio Simões e Antônio Balbino, ex-governador da Bahia.

O que era o seu primeiro texto publicado, quando tinha apenas quatorze anos?
Aos quatorze anos comecei a trabalhar na imprensa, repórter de polícia, no *Diário da Bahia*, logo depois em *O Imparcial*. Por essa época, saiu numa revista intitulada *A Luva* uma espécie de poema moderno, minha primeira colaboração assinada.

Então você também tentou a poesia, como tanta gente...
Tentei a poesia, como tanta gente, mas logo me dei conta de minha incapacidade e fixei-me na prosa, na ficção sobretudo. Foram os anos de subliteratura com meus confrades da Academia dos Rebeldes (Édison Carneiro, Sosígenes Costa, Clóvis Amorim, Alves Ribeiro, Dias da Costa, Walter da Silveira etc.). Nosso guru chamava-se Pinheiro Viegas, um velho poeta baudelairiano, grande figura. Era o tempo do Modernismo baiano, entre 1927 e 1930. Para mim, anos de uma adolescência livre nas ruas da Cidade da Bahia, misturado com o povo pobre, nos candomblés, nas rodas de capoeira, nos saveiros, nas feiras e mercados – assim começou a minha intimidade profunda com o povo baiano. De quando em vez, voltava a Ilhéus e às fazendas de cacau.

Por que se mudou para o Rio? Me fale dos seus amigos, o que fazia para sobreviver.
Mau estudante, sem conseguir concluir o curso secundário, os "preparatórios", em 1930 meu pai propôs-me ir concluí-los no Rio, proposta tentadora. Na Faculdade de Direito, onde ingressei em 1931, conheci, entre outros, Octávio de Faria, Santiago Dantas, Américo Jacobina Lacombe, Vinicius de Moraes. Marques Rebelo, Carlos Lacerda. Não frequentava as aulas, mas frequentava a Faculdade, para fazer agitação política. Eu, Carlos e outros esquerdistas. Octávio e Santiago eram nossos adversários, mas eram meus amigos – jamais tornei-me inimigo de ninguém por divergências políticas ou literárias. Em 1930, eu havia escrito *O País do Carnaval*, e, quando conheci Octávio de Faria, que estreara com *Maquiavel e o Brasil*, obtendo muito sucesso, mostrei-lhe os originais. Ele leu, gostou e os levou e recomendou ao poeta Augusto Frederico Schmidt, que o editou em setembro daquele ano – cumpro cinquenta anos de primeiro livro publicado (sem contar *Lenita*,

romance escrito por mim, Édison Carneiro e Dias da Costa, publicado em 1930, tão ruim que foi necessário que se juntassem três jovens subliteratos para escrevê-lo). A Editora Schmidt, fundada em 1930, editava com sucesso os novos escritores: José Geraldo Vieira, Afonso Arinos de Melo Franco, Marques Rebelo, Amando Fontes, Octávio de Faria. Ser editado por Schmidt era o máximo, na época. *O País do Carnaval* foi por ele editado e prefaciado – a própria glória. Quando a gente tem dezenove anos e publica o livro de estreia, sonha com a glória e se considera importante. Depois... Eu vivia da mesada que meu pai me enviava e de umas raras colaborações nos suplementos literários. Naquele tempo existiam suplementos literários que publicavam e pagavam (mal, mas pagavam) artigos, contos, poemas, inclusive aos jovens.

O *País do Carnaval* é o retrato de uma geração, como você mesmo diz na sua explicação ao leitor. Não era uma proposta ambiciosa para um jovem de dezoito anos?
Se era ambiciosa... Mas quando a gente tem dezoito anos é capaz de qualquer afirmação, por mais ambiciosa que seja.

O livro foi logo um sucesso. O que aconteceu depois? Renard Perez menciona a existência de *Rui Barbosa Número 2*, que nunca foi editado. Do que tratava o romance?
Realmente, após a publicação de *O País do Carnaval*, que foi bem recebido nos meios literários – trata-se de meu livro mais unanimemente aceito e elogiado pela crítica –, logo escrevi novo romance que, conforme me fizeram ver amigos como Octávio de Faria e Gastão Cruls, era apenas uma repetição de temas do livro anterior, não possuía maior interesse. Aceitei a crítica e joguei fora os originais de *Rui Barbosa Número 2*.

Em 1933, *Cacau, Suor, Jubiabá* atravessavam fronteiras e eram publicados no exterior. Alguém o ajudou nas primeiras publicações fora do país?
Cacau saiu em 1933, pela Anel, editora que pertencia ao escritor Gastão Cruls e a um sobrinho seu. Foi meu primeiro sucesso de público. Elogios e ataques, apreensão do estoque pela polícia do Rio, liberado por Oswaldo Aranha; os dois mil exemplares da

primeira edição venderam-se em quarenta dias. Uma segunda edição, de três mil, saiu imediatamente depois. Em *Cacau*, Santa Rosa estreou como ilustrador. Nas edições atuais, da Record, voltei a utilizar a capa e as ilustrações do inesquecível amigo. *Cacau* foi também meu primeiro livro a ser traduzido: em 1935, na Argentina, por Hector Miri, e publicado por famosa editora de esquerda, a Claridad, de Buenos Aires. Logo depois foi traduzido para o russo, por David Vigodski, e publicado em Leningrado: *Cacau* e *O Quinze*, de Rachel de Queiroz. A primeira tradução francesa de um livro meu saiu em 1938, pela Gallimard: *Bahia de tous les saints*, traduzido por dois professores franceses que estavam na Universidade de São Paulo, Pierre Hourcard e Michel Bervillez, recomendado à Editora por André Malraux, que leu os originais da tradução. Se fui ajudado? Certamente, mas por leitores que eu não conhecia pessoalmente: Miri, Vigodski, Hourcard, Bervillez, Malraux. De Malraux eu lera dois romances e fiquei impado de vaidade ao saber que ele gostara de meu livro. Muitos anos depois, em 1971, recebi em Paris o Prêmio da Latinidade, prêmio instituído por ele quando ministro da Cultura e outorgado pela Academia do Mundo Latino – mas nunca conheci Malraux pessoalmente, não tive essa alegria.

Quando você tinha ainda poucos títulos, costumava mostrar os originais para outros editores, pedindo sugestões?
Edison Carneiro leu os originais de meus primeiros livros, de *O País do Carnaval* até *Jubiabá*. Nunca fui muito de pedir sugestões.

Várias vezes li observações sobre o ciclo Romances da Bahia, que teria sido encerrado com *Capitães de Areia*. Que vem a ser esse ciclo para você, se mais tarde retornou aos antigos temas?
Os ciclos estavam em moda – Ciclo da Cana-de-Açúcar, de José Lins do Rego, por exemplo –, aderi à moda. Logo vi que não havia sentido na designação e a abandonei.

Imaginando que as novas gerações nada ou pouco sabem sobre a proibição dos seus livros e a sua prisão pelo Estado Novo, gostaria de dizer alguma coisa a respeito?
Já me referi à apreensão de *Cacau* em 1933. Em 1937, com o golpe do Estado Novo, houve a apreensão geral dos meus livros, sobretudo

de *Capitães de Areia*, cuja primeira edição acabara de ser lançada pela José Olympio Editora; exemplares foram queimados em praça pública na Bahia e em São Paulo, com ata e tudo. Fui preso várias vezes, entre 1936 (quando se deu minha primeira prisão em consequência do movimento armado de 1935) e 1945 (quando fui preso em São Paulo, juntamente com Caio Prado Júnior, Clóvis Graciano e vários outros). Meu tempo mais longo de prisão foi em 1942, quando voltei da Argentina, após ter escrito (e publicado a tradução para o espanhol) o livro sobre Prestes; fiquei preso de agosto até novembro, no Rio. Creio possuir um curioso recorde: o de ter atravessado preso todo o Brasil. Em novembro de 1937 fui preso em Manaus e enviado sob a guarda de um tira para o Rio, viajando de navio. Em 1942, fui preso em Porto Alegre e enviado sob a guarda de um delegado para o Rio.

A *Estrada do Mar* (poemas) teve uma edição minúscula. Por quê? Quando escreveu os poemas?

Certos críticos, falando a respeito de meus romances, fazem considerações sobre a poesia que dizem neles existir. No que se refere a poemas propriamente ditos, os poucos que escrevi são péssimos. Inclusive os de *A Estrada do Mar*, pequeno volume de 1938, contendo uma dúzia de poemas, com a tiragem de um único exemplar, composto e impresso por Vicente Cachaça, na pequena tipografia de propriedade de meu amigo João Nascimento Filho, em Estância, Sergipe, na qual eram confeccionados anúncios de lojas e o programa do cinema. Esse único exemplar foi dado à namorada que inspirara aqueles versos e ela deve tê-lo jogado fora, no que fez muito bem.

***Brandão, entre o Mar e o Amor*, um romance de 1940, foi escrito de parceria com José Lins do Rego, Rachel de Queiroz, Graciliano Ramos e Aníbal Machado. Como se processou o trabalho? Cada um desenvolvia um capítulo ou...**

Brandão, entre o Mar e o Amor foi escrito para ser publicado em folhetim na revista *Diretrizes*, de Samuel Wainer (na primeira fase, mensal e de esquerda, fechada pela polícia). Não houve nenhuma conversa prévia entre os cinco autores. Eu escrevi o primeiro capítulo, passei a bola adiante, o mesmo fizeram os outros, deixando a batata quente – o capítulo final – nas mãos de Rachel, para que ela a descascasse.

Por que se mudou para a Argentina, em 1942? Como conseguia sobreviver lá? A biografia de Prestes – *O Cavaleiro da Esperança* **–, publicada na Argentina primeiro, rendia-lhe dinheiro suficiente?**
Fui para a Argentina com o objetivo de escrever a biografia de Luiz Carlos Prestes, preso e condenado a dez anos de prisão, um livro que fosse útil à campanha pela anistia dos presos políticos. Realmente, o livro alcançou seu objetivo, foi muito útil para que em 1945 se obtivesse a decretação da anistia. Vivi, durante o tempo em que estive na Argentina e no Uruguai, um ano e meio mais ou menos, de colaboração em revistas e jornais, sobretudo em *Crítica*, grande cotidiano de Buenos Aires. Também dos direitos autorais do livro sobre Prestes, pois a Editorial Claridad, que publicou a edição argentina, me fazia um adiantamento mensal, enquanto eu o escrevia. Em Montevidéu, em 1942, escrevi *Terras do Sem Fim*.

Por falar nesse livro, *Terras do Sem Fim* **e** *São Jorge de Ilhéus* **retomam o ambiente da sua infância na Bahia, a luta pela terra, a violência. O retorno ao tema se deu porque sentiu que não o havia explorado completamente?**
Evidentemente, *Cacau*, escrito aos vinte anos de idade, não poderia ter esgotado o tema e, por isso, voltei a ele entre 1942 e 1944 com *Terras* e *São Jorge dos Ilhéus* e, novamente em 1958, com *Gabriela, Cravo e Canela*.

Em 1946, você foi eleito deputado pelo Partido Comunista Brasileiro. Com o fechamento do Partido, viajou então pela Europa e pela Ásia, ficando distante do Brasil quatro anos. *O Mundo da Paz* **e os três volumes que integram** *Os Subterrâneos da Liberdade* **são obras escritas na militância política. Hoje, Jorge, como você é politicamente?**
Sou pelo socialismo contra o capitalismo; o socialismo é a meta do homem, queiramos ou não. Chegaremos ao socialismo sejam quais sejam os obstáculos. Mas, às vésperas dos setenta anos, desejo socialismo com democracia, ou seja, com liberdade. Não basta melhorar as condições materiais do homem, faz-se necessário

garantir também sua liberdade de pensamento, seus direitos de cidadão. Socialismo sem democracia é socialismo capenga, que facilmente pode se transformar em ditadura da pior qualidade, voltada para os interesses dos donos do poder e não para os interesses das grandes massas populares. Os quase cinco anos que vivi na Europa e viajei pela Ásia foram dos mais importantes de minha vida.

Como pode ver, estou tentando seguir uma ordem mais ou menos cronológica, por isso vou abordar a sua única experiência como dramaturgo: *O Amor do Soldado*. O que aconteceu, não se adaptou à linguagem teatral?
Não sou dramaturgo, não sei escrever peças. Escrevi *O Amor do Soldado* para cumprir um compromisso assumido em 1944 com Bibi Ferreira, então com uma companhia de teatro, desejosa de uma peça sobre o poeta. Não repeti a experiência.

Voltando à prosa: *A Morte e a Morte de Quincas Berro D'Água* revela um cuidado especial no texto. O zelo foi possível por causa do tamanho, ou é mera coincidência?
Mera coincidência, pois não houve nenhuma preocupação minha em cuidar especialmente do texto desse livro.

Como é que você escreve, Jorge? Pelo tamanho e pela quantidade – mais de vinte títulos publicados em cinquenta anos de atividade literária – é de se esperar que seja à máquina, não é? Alguma mania especial?
Escrevo à máquina, desde 1933. Somente *O País do Carnaval* foi escrito à mão. Escrevo pela manhã, começo muito cedo, por volta das seis horas, interrompo para o café, retorno à máquina até a hora do almoço, às 13 horas. Mania? Zélia considera mania minha incapacidade de escrever em máquina elétrica. Não consigo.

Faz uma primeira versão de uma só vez e quando está pronta trabalha em cima ou...
Primeira versão? Quando eu vou para a máquina eu nada sei da história que vou escrever – sei o que quero contar, tenho amadurecidos (mais ou menos) alguns personagens e ambientes, mas daquilo que se chama enredo, história, anedota, não sei nada. A história se

põe de pé enquanto escrevo. São os personagens que a criam. Atualmente, escrevo e reescrevo, minha produção é cada vez menor.

Em que consistem geralmente as alterações?
Alterações de texto, em geral. Os demais problemas, busco resolvê-los quando escrevo. Refiro-me aos problemas da narrativa propriamente dita.

Isso é uma constante na obra ou nos primeiros livros a situação era diferente?
É uma constante. Apenas, com a idade e a experiência, a tarefa de escrever um romance tornou-se muito mais difícil.

Costuma organizar um esquema? Os seus personagens são colocados no cenário, ou é o cenário que provoca os personagens?
Como disse antes, nenhum esquema; sou incapaz de inventar uma história. Os personagens, repito, constroem a história. Personagens e cenários são amadurecidos ao mesmo tempo no período em que concebo o livro (não a história); existe entre eles uma ligação evidente.

Não sei quantos personagens você criou, mas como dá nome a eles? A repetição de prenomes comuns, Francisco, João, Pedro, Paulo, Raimundo, não o preocupa?
Só Paulo Tavares sabe quantos personagens eu criei, pois organizou um dicionário *(Criaturas de Jorge Amado)*, relacionando-os. Há muitos nomes repetidos; escrevo sobre o povo, uso os nomes habituais – João, José, Francisco, Paulo, Raimundo etc. Creio que isso não tem nenhuma importância, cada romance é um todo.

Estou me lembrando de que numa orelha em forma de carta ou bilhete – será que foi em *Tereza Batista Cansada de Guerra?* – em que você disse que o personagem só pertence ao romancista enquanto permanecem os dois no ato da criação e que depois ele é de quem lê o livro. Você acha que todos foram totalmente explorados, ou existem alguns que poderiam voltar...
Sim, acho que o personagem – aliás, todo o livro – só é do autor enquanto ele o escreve, depois pertence aos leitores, que o amarão ou não, aos críticos que, mesmo ao elogiá-lo, o deformarão. Não

volto, nem penso voltar, a nenhum dos meus personagens, a não ser acidentalmente. O Mestre Manuel, de *Mar Morto*, aparece em vários livros meus. Mas, apenas aparece.

Quando está escrevendo um romance – *Tieta do Agreste*, por exemplo –, usa mapas de ruas, fotografias ou qualquer outro material de consulta?
Quando escrevi *Tieta*, usei um mapa do litoral norte, do sertão do estado da Bahia e do sul de Sergipe. Tinha necessidade, para localizar a ação. Por vezes, para um romance, estudo determinados assuntos. Por exemplo, para *O Capitão de Longo Curso* (*Os Velhos Marinheiros*) estudei tudo que se referia à navegação de cabotagem. Para *Tieta*, tudo sobre dióxido de titânio. Terminado o livro, varro esses conhecimentos da memória.

Alguma vez revisou um livro depois de publicado, cortando ou acrescentando cenas ou fatos?
Nunca o fiz, penso que jamais o farei. O livro, para mim, já disse, termina quando o entrego ao editor, daí em diante é do público. Jamais reli um livro meu, tenho muitas outras coisas a ler. Cada livro, a meu ver, corresponde a um momento determinado da experiência de vida e da experiência literária do escritor; tocar nele depois, revendo-o, reescrevendo-o, modificando-o, é uma negação daquele momento da vida do escritor, no qual ele criou o livro. Talvez isso se dê por ser eu um escritor, mas não um literato – o livro para mim existe, parte vital de meu ser, de minha carne e meu sangue, enquanto eu o crio, na cabeça e na máquina de escrever.

A crítica, que sempre recebeu muito bem seus livros, a partir de *Gabriela*, até *Tieta*, passou a torcer o nariz, como se o fantástico sucesso de venda fosse incompatível com a qualidade literária...
A qualidade de um livro nada tem a ver com sua venda. Nenhum livro é mais belo e importante do que o *Dom Quixote*, nenhum *best-seller* tem-se mantido tanto tempo na lista dos mais vendidos quanto o romance de Cervantes. Também Tolstói, Balzac, Mark Twain, Dickens, Alencar, Eça de Queiroz, para citar apenas alguns, foram autores de grande público enquanto viveram e continuam a vender disparado. A venda significa o apreço do público, dos

leitores, mas não significa que o livro seja bom ou mau. O mesmo pode-se dizer dos livros de pouca venda. Certos literatos, porém, em geral autores sem público e sobretudo certos críticos de pouca importância, descobriram essa nova forma de julgamento: bom é o livro que não vende e que é chato; ruim é o livro que tem público e que se faz ler com prazer. Contudo, creio que a má vontade de certos críticos para com meus livros, a partir de *Gabriela*, se deve a outro motivo: eu penso pela minha cabeça e para isso pago um preço muito alto, ainda assim barato. Sou "patrulhado" por todos os lados. Tenho notado que certos críticos falam de livros meus e neles baixam o pau, sem sequer os terem lido. O fato importa-me pouco, mais vale uma carta de leitor, que se emocionou com a leitura de um romance meu, do que um artigo de certos "mestres" da crítica: eles não têm a menor influência sobre o público que sabe o que quer.

Ouvi, um dia, a propósito de *Gabriela*, um *brazilianist* afirmar que os norte-americanos ficam absolutamente fascinados com a sua visão romântica e não antropológica, no elogio da mestiçagem. O que a mestiçagem significa para você?
O Brasil é uma nação mestiça e daí resulta sua grandeza e a originalidade de nossa cultura. A mestiçagem é a nossa maior contribuição para o humanismo. Manuel Quirino, um sábio, já dizia que o mestiço é a maior riqueza do Brasil. Estou de acordo.

Uma curiosidade pessoal: por que nunca publicou um livro de contos? Não gosta do gênero?
Prefiro o romance. Em toda a minha vida, creio que escrevi apenas três contos. Certamente não tenho capacidade para a economia de páginas que o gênero exige. Sou um romancista frondoso, nos meus livros história puxa história.

Estou pensando em fazer duas ou três perguntas sobre as adaptações feitas para o teatro, o cinema ou a televisão, se foram satisfatórias... Valeria a pena falar nisso?
Penso que nenhuma adaptação, seja qual for, satisfará inteiramente ao autor do livro adaptado. Por outro lado, dou muita importância às adaptações. Mesmo quando elas não são muito fiéis,

alguma coisa do que você quis transmitir no seu livro chega até um público (sobretudo tratando-se do cinema e da televisão) que o livro não alcança. Veja, por exemplo, *Gabriela*, adaptada para a televisão: quando do lançamento da novela da Globo, havia-se vendido no Brasil cerca de seiscentos mil exemplares do romance (de 1958 até 1975). A novela atingiu 25 milhões de telespectadores (além de ter feito vender mais oitenta mil exemplares do livro). Em Portugal, quando *Gabriela* foi posta no ar, a Editora Europa América havia vendido quarenta mil exemplares do livro; durante a exibição da novela, vendeu mais 51 mil exemplares. Essa novela da Globo levou os personagens, os ambientes e certas ideias de meu romance a milhões de pessoas no Brasil, na Europa e na África. Em Angola, a porcentagem de analfabetismo sobe a 90%; só mesmo a televisão poderia levar às massas angolanas meus personagens e os problemas colocados em meu nome.

Você tem um diário, Jorge, ou está pensando em escrever um livro de memórias?
Não tenho diário, mal tenho tempo para viver. Memórias? Quem sabe, um dia, quando achar que já não consigo escrever romances. Vivi muito e ardentemente num tempo belo, dramático, terrível, conheci muitos dos homens mais importantes de nossa época, fui ou sou amigo de vários deles – demasiadas memórias, por ora não me tenta debruçar-me sobre o mundo e o tempo que vivi. Além de tudo, não gosto de falar em mim.

Muitos escritores dizem que já perderam a inocência e não gostam de ler ficção, a não ser a dos amigos próximos. E você, que gênero de livros prefere ler?
Que infelizes, esses que não gostam de ler ficção! Leio sobretudo ficção e poesia.

Se não fosse baiano, acredita que a sua literatura seria diferente?
Seria eu por acaso escritor, se não fosse baiano? Um baiano romântico e sensual: repito a definição.

Para você, Jorge, viver é escrever?
Não, viver é muito mais importante do que escrever. O que eu escrevo nasce da vida que eu vivo.

LÊDO IVO*

Não é fácil formular perguntas para quem já escreveu um livro de memórias. No entanto, não consegui descobrir em *Confissões de um Poeta* qual foi a primeira tentativa que fez de escrever... A primeira tentativa não tem importância, perde-se nessa imemorial noite dos tempos que toda criatura carrega consigo. No caso, o que deve ser registrado é que, na infância, eu já desejava ser um escritor. Era um desejo decerto confuso, que se exprimia caoticamente. Presumo que surgi, para mim mesmo, simultaneamente como escritor e leitor. Meu pai era um antigo contabilista, depois formado em Direito, cujas leituras se circunscreviam a obras jurídicas. Assim, era fora de casa que eu obtinha os livros desejados, encontrados até em irmandades religiosas, já que nesse primeiro tempo ainda não havia nenhuma biblioteca pública na minha terra natal. Fui um escritor que, desde o princípio, se sentia marcado pela vocação. À vida caberia converter esse escritor ou poeta nascido num escritor ou poeta feito, isto é, tornado ele mesmo por uma formação intelectual ajustada aos seus sonhos e desejos. Embora eu pertencesse então à linhagem privilegiada dos primeiros da aula (tirei o primeiro lugar no exame de admissão para o curso secundário, no Colégio Diocesano), meu pai não via com bons olhos o meu interesse pela literatura. Desejava que eu fosse um advogado que se afirmasse num meio maior do que o desse Maceió, que um dia eu haveria de guardar, com indiscutível fervor, nas páginas do meu romance *Ninho de Cobras*. Voltado para o universo literário, eu lia principalmente romances de aventuras. A Coleção Terramarear foi a *Plêiade* da minha infância. Nascido numa cidade

---

* Lêdo Ivo (1924-2012) nasceu em Maceió, Alagoas. Poeta, contista, romancista, jornalista, ensaísta, autor de livros infantojuvenis. Membro da Academia Brasileira de Letras.

peninsular, num Nordeste litorâneo e anfíbio de ilhas e coqueirais, dunas e lagoas, canais e pântanos, desde cedo eu me colocava sob o signo da evasão. As histórias de piratas, de tesouros escondidos, de naufrágios, de ilhas dos mares do sul tinham o dom de projetar-me no universo do imaginário que haveria de ser a razão (ou a desrazão) de minha vida. Não me lembro muito de mim mesmo, pois somos principalmente o nosso próprio esquecimento tornado memória, uma memória que escolhe e seleciona o passado, uma memória formal que cria as imagens de antigamente. Entretanto, minha mãe, que ainda está viva e desde a juventude gosta de escrever cartas, costuma dizer que, na família numerosa (ela teve doze filhos), eu era um menino reservado, apesar de certa vivacidade, e que vivia lendo e pensando. Desde criança eu tinha consciência da minha insularidade.

Que forma teve o seu primeiro texto?
No final da década de 30, quando comecei a rabiscar os primeiros textos, o conto estava na moda, como ocorreria na década de 70. Era natural que os meus primeiros trabalhos fossem contos. Daí ter um dia publicado um livro de contos, *Use a Passagem Subterrânea*, para ser fiel ao sonho do menino desaparecido em mim. Mas, minha vocação tornando-se mais nítida, ficou esclarecido que eu era ou seria fundamentalmente um poeta.

Parece que logo você teve preocupação em publicar em jornais de Maceió e de Recife, não é? Alguém o incentivou a isso ou partiu de você mesmo a iniciativa de enviar para publicação?
Não foi preocupação. Todo escritor sabe que o seu texto só se completa uma vez conhecido – isto é, lido ou recitado. Era natural que eu procurasse engastar nos jornais alagoanos e até pernambucanos as minhas produções. Nem sempre eu era bem-sucedido. As cestas dos jornais de província estão abertas a essas efusões líricas ou prosísticas. Um fato curioso é que, em 1938, com "apenas" quatorze anos, eu ganhei um concurso semanal de contos, mantido por uma revista do Rio de Janeiro, *Carioca*. Ela era dirigida por R. Magalhães Júnior, que não só o premiou como, na seção de correspondência, estimulou o meu apetite literário. Passei a ser freguês

desse concurso, e também de muitos outros. Em 1941, por exemplo, ganhei o terceiro ou quarto lugar num concurso de contos de carnaval da *Vamos Ler!*. Era um conto desenrolado no Rio, cidade que eu não conhecia. Entretanto, foi no Recife, para onde me transferi em 1940, para estudar, que ocorreu na verdade a minha primeira formação literária. Um amigo meu de Maceió, Haydn Goulart – uma criatura extraordinária, que preferiu ser leitor a ser escritor, e aprendeu até o russo para ler Tolstói e Dostoiévski –, apresentou-me a Willy Levin, então um conselheiro incontestável de um grupo de jovens. Esse encontro foi providencial. No colégio dos irmãos maristas, eu aprendera pelo menos uma coisa: francês. Um dia, li um artigo em *La Prensa* (cujo suplemento, não sei como, chegava às mãos de um conhecido meu de Maceió), se não me engano de Lucien Descaves, sobre Rimbaud. Foi para mim um choque, uma revelação. Desconfiei que o destino estava me dando o nome do poeta de minha vida. O meu interesse foi tanto que, assim que cheguei ao Recife, logo numa das primeiras noites fui à Biblioteca Pública para ler Rimbaud. Devo a Willy Levin ter tido, na primeira hora, uma informação literária que decerto abriu muitos horizontes. Éramos todos, naquele ano de 40, extremamente sofisticados. Líamos Valéry, Mauriac, Claudel, Cocteau, Mallarmé, Virgínia Woolf, Proust, Lawrence. Isso foi muito importante para mim, pois quando fiquei consciente de minha condição de poeta e prosador brasileiro, eu já tinha conhecimento de algumas das grandes realizações estéticas mundiais.

Lá no Recife você conheceu o Gilberto Freyre?
Durante os dois anos em que vivi no Recife, só estive com Gilberto Freyre uma vez. Pertencíamos a um outro grupo, o do Willy Levin, um grupo estético e literário, enquanto o de Gilberto Freyre era o grupo sociológico. Parece que ele ficou intrigado com o meu nome. Achava que era um pseudônimo mal escolhido. Aliás, não seria o único. Quando eu vim para o Rio, em 1943, Manuel Bandeira fez tudo para que eu mudasse de nome ou o encompridasse. Achava que as minhas possibilidades de êxito literário estavam condicionadas à hipótese de eu passar a me chamar Lêdo Ivo de Araújo (O Araújo é um dos sobrenomes maternos). E Ribeiro Couto,

que eu conheci pessoalmente, uma criatura encantadora, dotada da aura da afetividade e da malícia, chegou a fazer-me um apelo fervoroso. Não queria que um nome tão curto e insólito frustrasse uma carreira literária que ele, em sua generosidade, pressentia ter condições de ser longa. Lembro-me de que, uma vez, diante de minha impávida resistência a mudar de nome, Ribeiro Couto, aludindo ao meu acento circunflexo até hoje desrespeitado pelos revisores e tipógrafos, exclamou: "Mas pelo menos tire o chapeuzinho!" Foi um tempo muito instigante esse que passei no Recife. Meu pai era pernambucano, e Garanhuns é o berço dos Ivo, de modo que eu vivia numa cidade que era um pouco minha. Aliás, Rachel de Queiroz me chamou um dia de "este alagoano do Recife", mostrando assim a importância que teve para mim a temporada pernambucana, aqueles dias e aquelas noites em que, sozinho ou com os meus amigos, eu perambulava pela cidade onde se descobre Rimbaud.

É verdade que aos quinze anos você já era autor de dois romances, cujos originais, sem cópia, foram enviados para um concurso no Rio, em 1939, e se perderam? Fale deles e de como você se sentiu ao descobrir que estavam perdidos.
É verdade. Eu tinha uma mala cheia de originais, em verso e prosa. Quando os romances a que você alude se perderam (não foram devolvidos por *Dom Casmurro*, o jornal que patrocinava o concurso), não senti falta nenhuma. A ordem era rica. Era só enfiar a mão na mala e tirar um poema, um ensaio, um conto, um romance, uma crônica. Muita coisa sumiu, como um livro de poemas intitulado *Crepúsculo civil*, que reunia boa parte de minha produção do Recife, e chegou a ser anunciado pelo pintor e editor de poesia Vicente do Rego Monteiro quando ele publicou em 1941 os seus *Poemas de Bolso*.

Prosa e poesia. Em qual delas se sente melhor?
Eu era e sou fundamentalmente um poeta. A minha visão de mundo, desde quando contemplava o farol e outros sinais semafóricos de minha infância e de minha cidade natal, era a de um poeta. Mas é preciso salientar que uma vocação literária não se exprime harmoniosamente. Ela sofre os acidentes da interrogação,

da contestação e da hostilidade ambiente. Basta lembrar que, em 1943, quando cheguei ao Rio, trazendo em minha mala uma quantidade considerável de poemas, o meu conterrâneo Jorge de Lima era de parecer que a minha vocação era eminentemente crítica. Ele achava que eu tinha todas as condições para me projetar na literatura brasileira como um crítico. Como conto no *Confissões de um Poeta*, Augusto Frederico Schmidt uma vez pôs no devido lugar a minha verdadeira vocação ou destino, com uma exclamação que ainda hoje soa nos meus ouvidos (a voz de Schmidt era solene, pausada, melodiosa): "Mas ele é um poeta, Jorge". Uma lembrança que guardo destes primeiros tempos de aparição literária no Rio é uma observação de Sérgio Milliet. Quando eu tinha 21 anos, ele me levou para colaborar em *O Estado de S. Paulo*. A minha poesia era então muito cosmológica, planetária, eu vivia voando muito alto. Como Castro Alves, eu poderia dizer naquela época: "Eu sou pequeno mas só fito os Andes". Então Sérgio Milliet me disse que, se eu conseguisse aterrissar, seria um bom poeta. Hoje, creio que aterrissei, minha poesia encontrou o seu caminho, que é o meu caminho ou descaminho. Aliás, as colaborações para jornal exerceram uma importância muito grande em minha atividade literária. Muitos dos meus livros são na verdade reuniões de artigos de jornal – isto é, os livros de ensaios, como *Poesia Observada*, *O Navio Adormecido no Bosque*, *Teoria e Celebração*. Mas, voltando ao início da pergunta, sou ou me considero fundamentalmente um poeta. O fato de ser também um romancista e um ensaísta não constitui nenhuma intrusão literária ou o desejo de tomar o lugar dos romancistas e ensaístas juramentados. Os exemplos de poetas que são também prosadores, de poetas que são romancistas e ensaístas, me acompanham desde a adolescência. Aí estão Goethe, Victor Hugo, Baudelaire, Poe, Gautier, Rilke, Eliot, Claudel, Valéry e tantos outros. Além disso, há uma prosa que só os poetas têm condições de produzir. Por outro lado, cabe não esquecer que as fronteiras dos gêneros literários não são tão rígidas como parecem à primeira vista. E, entre a prosa e o verso, há gradações que mereceriam maior atenção do leitor e do crítico. A literatura está cheia de textos sem nome, de produtos híbridos que desafiam a capacidade de rotulação ou catalogação do leitor. Presumivelmente, no meu *Confissões de um Poeta* exprimi as minhas preocupações a respeito desse tema. Lembre-se de que nem sempre os poetas se exprimem em verso. A prosa também pertence ao reino da poesia. E há uma certa prosa, como a de Chateaubriand e Mallarmé que, pela sua modulação, é rigorosamente poesia.

Tenho a impressão de que o poeta Lêdo Ivo se definiu e cresceu tanto que deixou em segundo plano o romancista, o ensaísta ou o contista. O que pensa a respeito?
O problema de plano é muito relativo, pois cada tempo literário prestigia ou privilegia certa expressão do autor. É um terreno em que medram equívocos, ilusões, desilusões, incertezas. A posteridade, muitas vezes, escolhe o que, na vida do escritor, era considerado secundário ou irrelevante. Quando menino, eu já pensava em ser autor de um romance. As minhas experiências no terreno da ficção não lograram aceitação crítica ou de público, até que, escondido num pseudônimo, o *Ninho de Cobras* obteve o Prêmio Walmap. Mas convém não esquecer que o *Ninho de Cobras*, antes de entrar no concurso, foi recusado pela Editora Expressão e Cultura, sob a alegação de que não era um romance e eu estava perdendo, na ficção, um tempo precioso que poderia ser canalizado para a poesia. Conto esta história porque, para mim, tanto o aplauso como a vaia, o silêncio e o rumor, têm a mesma significação. Considero-os ingredientes imprescindíveis a qualquer trajetória literária. Acho que, se alguém sente em si a força ou a compulsão da vocação, deve seguir o seu caminho, pois tudo são caminhos. Que seja célebre ou obscuro, que tenha leitores ou não, que os críticos o louvem ou escarneçam dele, tudo isso é secundário.

"Para um escritor autêntico, mais de um leitor é exagero?"
Exatamente o que eu estava lhe dizendo. Eu nunca fui um escritor de grande público, mas confesso que não invejo muitos dos meus confrades que, tendo grande público, não têm, a meu ver, uma coisa que considero essencial a qualquer obra, que é a sua qualidade. Isto não quer dizer que eu seja contra o escritor de grande público. Um escritor pode ser comercial e ser grande, como Victor

Hugo e Balzac, Dickens e Zola, Faulkner e Hemingway, Camilo e José Lins do Rego, e pode não ser comercial e ao mesmo tempo ter um valor literário muito escasso. Quero com isto dizer que um escritor não deve se preocupar com a ressonância de sua obra, deve deixar que ela siga ou abra o seu caminho. Deve procurar escrever sempre o seu melhor livro, contribuir para o enriquecimento do patrimônio literário de seu país. Em suma, um escritor não deve esquecer-se jamais de que é um profissional solitário.

Sabe-se que você só escreve à máquina. E se um poema lhe vem no automóvel, ou num bar, o que faz, anota-o num papel ou fica repetindo, repetindo, até memorizar?
Quando menino, meu pai me mandou aprender datilografia, para que eu pudesse ajudá-lo em seu trabalho de advogado. Trata-se, pois, de um hábito, consolidado pela minha profissão de jornalista. Com efeito, o texto à máquina já permite ao autor ter uma visão formal de sua matéria. Só escrevo à máquina, realmente. Um poema nunca me vem quando estou de carro. Ele espera que eu estacione para sair do inconsciente e manifestar-se. E nenhum poema poderia vir num bar, pela simples razão de que não frequento nenhum bar. Quando eu era jovem, frequentava muitos bares. No Recife, por exemplo, o nosso grupo passava tardes e noites inteiras no desaparecido Bar Lafayette. Aqui no Rio, o Amarelinho, na Cinelândia, e o Vermelhinho, eram verdadeiros centros de cultura literária. Era lá que a gente se encontrava: eu, Lúcio Cardoso, Breno Accioly, Octávio de Faria, João Cabral, Adonias Filho. Também havia a Livraria José Olympio, na Rua do Ouvidor, para os encontros com José Lins, Graciliano, Marques Rebelo, Bandeira. Nesse tempo, Murilo Mendes estava tuberculoso, eu o visitava em seu quarto na rua Marquês de Abrantes, ele punha um disco de Mozart, ficávamos num silêncio religioso. E eu, um índio caeté que lera Paul Valéry, ficava assustado comigo mesmo, como se estivesse penetrando num universo desconhecido.

Em geral, os seus poemas são construídos em torno de uma ideia poética ou nascem produtos, da primeira à última linha?
No meu caso pessoal, quando o poema surge na linha da consciência ou da linguagem, ele já está mais ou menos escrito ou

formulado. Mas poesia é como desejo sexual, vem de repente ou vem provocada. Observo, porém, que antes do poema se manifestar claramente, ocorre aquilo que Valéry chama de "forma vazia". Isto é, é como se existisse algo a ser preenchido, ocupado pela linguagem. Mas, evidentemente, deve tratar-se, no caso, de uma maneira pessoal de criar. O meu método, o que em mim é ordem, em outro poeta poderá ser desordem ou confusão, sem qualquer validez intelectual. Há escritores, por exemplo, que se vangloriam de "castigar o estilo", passam a manhã inteira suando atrás de uma palavra ou de uma frase. No meu caso pessoal, o que sai para o papel já apresenta um determinado perfil formal, decerto elaborado no inconsciente. Assim como a criança já sai feita do ventre materno, o meu poema já surge conformado. Limito-me, às vezes, a dar-lhe a mamadeira... Há que salientar que, num poema, forma e conteúdo são de tal modo ligados, que não se pode separá-los. Se um poema é a sua forma, essa forma é evidentemente o seu conteúdo. Quanto à "ideia poética" a que você alude, confesso que sou um poeta sem ideias. O meu universo é o das palavras que são imagens.

Numa entrevista você disse que não conserva originais e o texto válido é o impresso. O que faz com eles? Joga fora?
Exatamente. Destruo os originais, isto é, os datiloscritos, depois de redatilografá-los para o envio à editora ou ao jornal ou revista. O texto válido e único é sempre o impresso. Se um dia os escoliastas da posteridade se interessarem pelo meu texto – O que pode perfeitamente acontecer, lembro o poema de John Masefield em que ele diz ter visto "o Grande Prêmio ser ganho pelo pior cavalo da corrida/Por isso, eu também confio" –, se um dia eu ganhar a corrida não terei versões nem variantes ou manuscritos para deliciar os pesquisadores e organizadores de edições que vivem catando o ponto e vírgula de um poeta com a paixão de quem procura o tesouro escondido numa ilha.

Você corrige muito os seus textos de prosa?
Presumo que o meu inconsciente ou subconsciente já se habituou de tal modo às minhas exigências que ele já me fornece os

textos prontos. Mas, evidentemente, o problema da criação artística está enraizado numa zona misteriosa. Não sabemos nada sobre a elaboração do poema, quando ele começa a destacar-se, como uma ilha visível, do arquipélago da memória criadora ou do esquecimento. Vou-lhe dar um exemplo. Quando menino, impressionou-me uma raposa morta a pauladas no sítio em que eu morava. Foi um episódio que a memória recolheu e arquivou. Já perto dos cinquenta anos, eu falaria pela primeira vez desse acontecimento da infância, num poema em *Finisterra* em que digo: "A manhã raiante se manchava / do sangue escuro da raposa / morta no chão memorável". Pois bem, algum tempo depois, o episódio da raposa voltava à minha lembrança para deflagrar todo o *Ninho de Cobras*. Agora, por exemplo, sinto-me como uma piscina vazia. Nada tenho nas gavetas. Mas daqui a um mês é possível que um novo livro esteja a caminho.

Por que *Confissões de um Poeta* não fala de sua vida amorosa, que se presume seja a matéria essencial na existência de um poeta?
Quando cheguei ao Rio, caí de amores por uma dama que relutou muito em confiar-me os seus tesouros, alegando que os escritores, especialmente os nordestinos, saíam dos encontros amorosos para a Livraria José Olympio, para torná-los públicos. Desde esses dias afortunados, aprendi que a história dos amores de um poeta pode e deve esconder-se entre as aliterações de seus versos. Muitos anos mais tarde, Manuel Bandeira me advertiu de que essa interminável batalha entre o homem e a mulher é um assunto pessoal que não pode ser confiado nem ao ouvido do maior amigo, nem mesmo sob a forma de inaudível sussurro. Lembre-se de que grandes memorialistas, como Chateaubriand e Victor Hugo, têm a correção admirável de integrar as suas experiências sentimentais nessa ética de silêncio.

Você escreveu realmente um livro de memórias ou passou a vida a limpo...
Em várias passagens de *Confissões de um Poeta* eu aludo a um dos dramas fundamentais da expressão artística, que é a quase impossibilidade de estabelecer fronteiras entre a realidade e a imaginação,

já que existe uma imaginação da realidade que adultera ou corrige o fato vivido. Em meu livro, sou sincero, mas é preciso entender que a sinceridade artística não se confunde com a sinceridade individual ou humana. Todos sabem que os poetas, como os caçadores, são grandes mentirosos, e uma obra de arte, por mais sincera que seja, respira sempre no território da mitologia e da mitografia, da paráfrase e da metáfora. As minhas mentiras são as minhas verdades. Em suma: como digo e reitero no meu livro, sou o que a linguagem me deixa ser. Isto é, sou uma criação de minhas palavras, e não tenho culpa se a linguagem, em última análise, não se exprime senão a si mesma, como um universo autônomo, uma ficção.

Qual o processo seletivo de memória adotado em seu livro?

Em *Confissões de um Poeta* está presente a minha intenção de fazer um livro inacabado, que comece ou termine em qualquer página. Isto é, algo interrompido. Não houve de minha parte o propósito de selecionar ou escolher certos fatos e episódios, e omitir outros. Pelo contrário, a memória deu o seu recado, dentro dessa estética do fragmentário. O que veio à tona, durante a redação do livro, foi captado. Mas o que não veio ou se negou a vir evidentemente não poderia ser recolhido. Admito, porém, que a memória tenha os seus mecanismos de defesa, e recuso hoje ao memorialista aquilo que ela guardou para o poeta e o romancista. Não sou suficientemente rico para gastar num só livro os meus parcos haveres.

Até onde as suas reflexões existenciais ou estéticas fazem parte da sua memória?

Elas não fazem parte só de minha memória, mas de mim – isto é, da minha sempre incompleta totalidade. O que um poeta lê, pensa, sonha, imagina e escreve faz parte de sua vida vivida, já que ele não pode separar o lido do vivido. Eu sou eu mas também, para quem interessar possa, sou Rimbaud e Melville, Camões e Victor Hugo, Hawthorne e Baudelaire, Stendhal e Stevenson. Como disse Goethe, nós somos seres coletivos. Assim, não tenho vergonha de invocar o meu universo de leitor, mesmo porque foi ele que fez de mim um poeta e um escritor.

Por que, às vezes, você esconde certos protagonistas através de iniciais ou símbolos?
Eu não os escondo. Eu os revelo através das iniciais ou símbolos a que você se refere. E isto por uma razão muito simples: eles pertencem simultaneamente a duas realidades, ao mundo real, de onde vieram, e ao meu mundo imaginário. Como os vinhos quando atravessam a linha do Equador, eles se modificaram ou adulteraram, e simbolizam para mim o papel da "memória adúltera", que reinventa a realidade original das coisas e dos seres. Se eles não são mais *eles*, como lhes dar nomes que já não lhes pertencem?

Parece que você fala mais de mortos do que de vivos, não é?
Negativo. De quem mais falo é de mim, e não me consta que eu tenha morrido. Há um fato singular em minha vida. Aos vinte anos, eu convivia com grandes poetas e escritores, como Manuel Bandeira, José Lins, Graciliano Ramos, Jorge de Lima, Augusto Frederico Schmidt, Murilo Mendes e tantos outros. De alguns deles, fui o confidente privilegiado. Eles já morreram, e falar deles é uma maneira de guardá-los. O mesmo ocorre no caso de Breno Accioly, meu amigo desde a adolescência. Entretanto, cabe lembrar que, excetuando o mundo familiar, o passante literário mais presente em *Confissões de um Poeta* é João Cabral de Melo Neto.

O que acha da teoria de Antonio Candido de que a intensificação do gênero memórias, nos últimos anos, decorreu da existência, no Brasil, de um regime de exceção, que obrigou o intelectual a voltar-se para si mesmo?
Realmente o gênero memórias, um dos mais pobres de nossa literatura, começou a ganhar, nos últimos tempos, uma dimensão nova. Entretanto, cabe salientar que o sistema autoritário de poder instaurado a partir de 1964 não estabeleceu uma conduta uniforme para os intelectuais, os quais se distribuíram pelos mais variados segmentos culturais e ideológicos. Assim, se uns se concentraram na exploração de suas vivências pessoais, outros passaram a falar em voz alta, conferindo um sentido político às suas aparições. E esta diversidade, que eu acho fecunda, e nela cabe tanto o livro de memórias, registro de um passado pessoal, como o poema de

comício no qual o poeta, em vez de celebrar os seus sonhos íntimos, divulga ou presume divulgar o pesadelo de todos.

Como você classifica, genericamente, o seu *Confissões de um Poeta*?
Vivemos uma época em que a literatura é mais textual do que genérica. O meu livro reflete essa evidência. E um livro acronológico e agenérico, um *texto sem nome*. Aliás, esse problema está reiteradamente exposto em suas páginas que registram a minha preocupação pela emergência das formas ou gêneros novos, neste mundo atingido pelas mudanças mais espantosas, e no qual os jornais, o cinema, o rádio e a televisão estabeleceram um novo sistema de relações recreativas e informacionais com as criaturas humanas.

Você se considera um poeta participante?
Entendo que os poetas e escritores figuram na constelação dos porta-vozes da sociedade. Não pertenço à linhagem daqueles que cantam com as costas voltadas para a História e os olhos fechados para a hora presente, embora admita que eles têm tanto direito como eu de exprimir e comunicar a sua diferença ou alienação. Sou aqui e agora. E, como poeta, desejo que o meu canto seja nutrido pelos sonhos, esperanças e pesadelos dos que não têm voz, e que a minha linguagem fale pelos que não falam e esteja sempre a serviço da vida e do homem. Eu me sentirei recompensado se o leitor, diante do que em mim é celebração e clamor, dádiva e fraternidade, conclua que a liberdade é o mais valioso de todos os bens humanos e o maior de nossos patrimônios culturais.

Você é um leitor voraz. Leu ou está em vias de ler todas as novidades estrangeiras e nacionais. Nada lhe escapa. Qual seria, no seu entender, a literatura mais instigante da atualidade?
Reconheço, do fundo de minha humildade, ou de minha vaidade, que sou um leitor atento, e que essa atenção visita desde Homero a um romance policial de Raymond Chandler, desde Shakespeare a um poeta *beat* ou *pop*. Julgo conhecer bem algumas das maiores literaturas ocidentais, e elas, especialmente a francesa, hão de ter pesado consideravelmente em minha formação literária. Mas na minha opinião a literatura mais importante da atualidade é a

norte-americana. É uma literatura admirável. Já no século passado ela possuía escritores geniais, do porte de Herman Melville (notoriamente uma de minhas predileções), Whitman, Thoreau, Hawthorne, Poe, Emerson, Mark Twain. E neste século essa literatura realizou uma verdadeira escalada, com os seus poetas antirretóricos (ou dotados de uma retórica própria) e seus romancistas que ocupam um espaço dilatado, no qual cabem tanto Henry James e Thomas Wolfe, como Caldwell ou Steinbeck, Faulkner, Thornton Wilder, Katherine Anne Porter, Carson McCullers.

Retornando ao Lêdo Ivo: "Meus poemas reunidos formam uma autobiografia". Acredita realmente nisso? Nem sempre você foi pessoal...
Um poeta é sempre ele e o outro, o ator e o personagem, o rosto e a máscara. Sua obra, por mais impessoal que pareça à primeira vista, não pode fugir à evidência de que traz o selo de uma personalidade, de uma determinada singularidade pessoal, de uma experiência intransferível. Ou melhor, de uma experiência que bebe simultaneamente nas fontes da cultura e da intuição pessoal, do lido e do vivido. É nesse sentido que uma obra é sempre autobiográfica. Quando ela não reflete uma experiência vital, ela reflete uma experiência cultural que jamais pode ser escamoteada. Um romancista culturalmente limitado projeta suas carências no seu romance. Um romancista culturalmente aparelhado reflete o seu aparelhamento cultural no seu romance. E assim por diante. Uma obra poética é, sem dúvida, a longa ou interminável metáfora de uma vida pessoal. E mesmo sendo uma operação de ocultamento ou de despistamento suscitada pela linguagem, ela não deixa de ser uma autobiografia, do eu ou do outro. Pouco importa que nela vibre uma verdade ou uma mentira, inclusive porque a literatura é uma mitologia ou mitografia. As literaturas são os sonhos ou os pesadelos dos povos.

O fato de ser considerado um dos mais importantes poetas da chamada geração de 45 é motivo de orgulho para você?
Só o fato de você ter incluído na sua pergunta a expressão "chamada" mostra uma coisa: a dificuldade que a minha geração tem em ser assimilada didaticamente. Não é motivo nem de orgulho nem

de falta de orgulho. É apenas uma evidência, uma realidade cronológica, uma vez que a gente, literariamente, não nasce sozinho, nem também escolhe a geração em que nasce. Mas fique desde já claro que considero a "chamada" geração de 45 um dos fatos capitais de toda a história da literatura brasileira. Foi uma geração estética, formalista, preparada culturalmente, com uma sofisticação e uma curiosidade intelectual que merecem ser cultivadas numa literatura provinciana como a brasileira. Hoje, transcorrido tanto tempo após a sua eclosão, verifica-se que os seus frutos mais consideráveis ocorreram na prosa, e não na poesia. Mas esta foi a motivação propulsora. O que acontece com a gente é que, quando começamos, somos uma legião. E, depois, vem a solidão. Mas essa fervilhação estética inicial é da maior importância. Outra coisa a ser considerada é que, em 45, tínhamos uma preocupação formal nítida, mas essa preocupação não era uniforme. Cada poeta tinha a sua visão particular do que fosse a forma do seu poema. De qualquer modo, 45 é um divisor de águas extraordinariamente claro. O modernismo cedia o lugar à modernidade e até ao pós-moderno. As nossas preocupações eram outras. Segundo alguns críticos categorizados, como Eduardo Portella, Franklin de Oliveira, Wilson Martins, não sou na geração de 45 o representante típico, mas o transgressor. Mas essa marginalidade em que me encontro em minha própria geração não me impede de reconhecê-la e proclamar a sua importância.

Aliás, quando da aparição simultânea e ruidosa dos poetas de 45, Sérgio Buarque de Holanda, num artigo, chamou a atenção para um fato curioso. Ele dizia que era uma geração de poetas de nomes longos e versos curtos, como João Cabral de Melo Neto, Péricles Eugênio da Silva Ramos, José Paulo Moreira da Fonseca, Domingos Carvalho da Silva, e de um poeta de nome curto e versos longos, que era eu. Hoje, considero-me um escritor e poeta transgeracional. Corro por fora.

"A palavra *vanguarda* me dá azia." Vamos desenvolver o tema?
Não há o que desenvolver, e sim reconhecer que a literatura brasileira sempre esteve cheia de passantes que, faustosamente, se proclamam poetas de vanguarda quando na verdade pertencem à

mais consabida retaguarda. Pergunto: se você, num país culturalmente epidérmico e cosmético como o Brasil, imita uma vanguarda europeia ou norte-americana, você é de vanguarda? Neste caso, vanguarda é imitação do último modelo europeu e americano? E o que é vanguarda, especialmente agora, num tempo de grande velocidade cultural e informacional como o nosso, em que as escolas e os movimentos se sucedem vertiginosamente? Para mim, poetas de vanguarda são os que estão defronte de nós, os antepassados que estão no presente e no futuro, como Dante ou Baudelaire, Camões e Melville.

Mas quando um jovem poeta aparece na sua frente, o que é que você diz?
A primeira coisa que lhe pergunto é se ele está estudando no IBEU ou na Alliance Française. Isto porque, para mim, a poesia é um problema de cultura, e não de sensibilidade, inclusive porque o importante, para um poeta, não é a sua sensibilidade, mas o uso que ele faz de sua sensibilidade. Esta é a primeira pergunta. Se um jovem poeta não se aparelha para ter acesso ao universo da cultura, ele está antecipadamente condenado. Se ele crê na supremacia do novo sobre o antigo, também está condenado, pois o antigo é o novo sempre novo, porque sobrevivente.

Alguma vez você foi obrigado a pagar a edição de qualquer dos seus livros?
Os meus primeiros livros de poesia foram pagos por mim. A rigor, foi só a partir de *Um Brasileiro em Paris* que eu tive um livro de poemas acolhido por um editor.

O seu ensaio *O Preto no Branco* não é convencional. Acredita que, sendo poeta, a sua visão de crítico seja diferente?
Esse ensaio a que você se refere foi escrito em Paris, em 1953, e corresponde ao meu interesse pela crítica estilística. Indica que, ontem como hoje, tenho uma visão formal do fenômeno estético. O meu universo poético é, ao mesmo tempo, um universo crítico, que reflete permanentemente sobre a natureza da criação artística. Como a pintura para Leonardo da Vinci, a poesia é uma coisa mental, conferindo-se ao mental um alcance totalizador, no qual

se engastem o irracional, o misterioso, o que vem das profundezas do homem, o que é magia da linguagem. Isso significa que me considero um intelectual, isso é, alguém que lida com o intelecto.

Você tem alguma desilusão como escritor?
Uma só? Não sou tão pobre assim. Mas quero deixar bem claro que estou sempre ao lado da vida. Ela é o meu amor.

Há bastante tempo você deixou a militância do jornalismo. Que saldo ficou desse período? Algum remorso ou decepção como jornalista?
O jornalismo foi a minha profissão desde a adolescência. Costumo dizer que, ao lado da prostituição e da Medicina, é a profissão que proporciona um conhecimento mais certeiro da natureza humana. Os seus proveitos são muitos, pois ensina o escritor a ter clareza e a exercer certa economia de linguagem e a conhecer os homens e a atualidade. No meu caso, pois sempre fui um trabalhador ametódico, o jornalismo me permitia certos espaços de lazer para a leitura e a criação literária. Não tenho dele remorsos ou decepções. É uma profissão colisiva, que estimula ou contraria interesses, marca quem a exerce. Penso que era o ofício mais bem ajustado ao meu temperamento e modo de viver. Deixei o jornalismo espontaneamente, quando entendi chegado o momento para me dedicar não propriamente à obra literária (pois esta foi elaborada quase toda quando eu trabalhava em jornal ou revista), mas a mim mesmo. Quero com isto dizer que um escritor não é apenas a sua obra. É também a sua vida, a sua não obra, o seu silêncio, a sua reflexão. Este imperativo de aprimoramento interior, de cultivo espiritual, é uma das grandes lições de Goethe, que a transmitiu a muitos, como Gide e Ernst Junger. Finalmente, chegou para mim a hora da solidão e do silêncio, a hora suprema do encontro comigo mesmo.

De que vive o poeta Lêdo Ivo?
Como quase todos os escritores brasileiros, vivo de tudo, menos das letras. Sou jornalista desde a adolescência. Embora formado em Direito, jamais advoguei, e a minha vida se arrumou fundamentalmente com o meu ofício jornalístico. Nela, os direitos autorais sempre representaram muito pouco, apesar da regularidade de minha presença no panorama editorial. Decerto, este problema

não é só meu – é da quase totalidade dos escritores nacionais. A nossa literatura não tem internacionalidade, pois a palavra universalidade é suntuosa demais. O nosso mercado interno é estreito. O sistema literário nacional ainda não se libertou do ranço colonial, que faz da produção artística um artefato ornamental, quase sempre utilizado para abrir caminho em outras profissões. As condições de vida de nosso povo não permitem a existência de um mercado livreiro fora das capitais. O caráter decorativo da literatura brasileira – uma literatura de amadores, produzida habitualmente nos fins de semana – é de tal modo enraizado na consciência comunitária que os problemas materiais do escritor quase nunca são ventilados e debatidos. Para resumir: a minha ambição era ser um escritor profissional. Até aqui não a realizei.

Lygia Fagundes Telles *

Conte um pouco da sua infância pelo interior de São Paulo – Assis, Areia, Sertãozinho etc.

Meu pai me chamava Baronesa de Tatuí (nasci em São Paulo, na rua Barão de Tatuí) e me dava os anéis vermelho-dourados dos seus charutos. Anéis largos demais para os meus dedos, eu era uma menininha magra, de franja espessa caindo até a fronteira dos olhos, afastava a franja e ela voltava, dura. Indomável. Roía as unhas? Não sei, vejo-a tão secreta, se escondia dos outros, até de mim. Em casa, andava sempre colada às paredes, procurando não chamar a atenção de ninguém, partícula de uma família com chefe instável e amoroso e mãe risonha mas dramática. Doutor Moura (o avô cego) achava que a menina devia ser sonsa para entrar e sair assim sem ruído, mas o avô Fagundes (coronel da Guarda Nacional do Imperador) ficava olhando pensativo e não dizia nada, esse avô falava pouco.

"Que história é essa, quem caiu no vulcão?", a madre superiora veio perguntar. "Não quero aluna mentirosa!" A menininha de avental de algodão branco e braços compridos como os de um macaco tinha dito no recreio que fora reprovada, é certo, mas em compensação nenhuma das aprovadas tinha um tio que caiu no Vesúvio, e o meu caiu. Repetiu tudo à freira que tinha a cara lustrosa de romã, também tinha romãs no meu quintal: "Por acaso foi o Silva Jardim?" A menina sacudiu afirmativamente a cabeça desgrenhada, sempre teve muito vento, antes e depois. E retirou-se em meio do maior silêncio, um pouco mais de respeito com os familiares de quem entrou terra adentro na forma humana e dela saiu – vupt! – em estado de lava ardente.

---

* Lygia Fagundes Telles (1923) nasceu na cidade de São Paulo. Contista e romancista. Membro da Academia Brasileira de Letras.

A avó materna, Belmira, ficou sempre assim com jeito de mocinha que se cristalizou no álbum de retratos, mas a avó paterna, que se chamava Pedrina e descendia de italianos, essa envelheceu até o fim... me lembro de uns olhos muito azuis, de cantos caídos. E dos grandes boiões de vidro com figos em calda, ajudei a espetar os figos com a ponta do garfo, eles tinham que ficar furadinhos como peneira para que a calda se aninhasse lá dentro; eu preferia os açucarados por fora mas que se faziam líquidos na primeira mordida.

Verdes. Os verdes anos em Sertãozinho, chão da minha infância. Depois, Assis, Apiaí – cidades onde meu pai foi promotor público ou delegado. Ou juiz, já disse que era instável, transferido de comarca para comarca. Então a família ia atrás, com a mudança pela estrada afora, num carro de boi. Tudo podia faltar nessas mudanças menos o piano Bechstein da minha mãe (ela tocava Chopin), o fogareiro de álcool para a primeira refeição na nova casa. E o penico.

Por isso você gosta de viajar? Que livros você lia na adolescência?
Até hoje amo a estrada. Na idade de ouro dos filmes de Chaplin, o *The End* era escrito em cima da estrada com ele andando, andando – para onde ia? Não importa, a estrada simbolizava o horizonte. Na sua idade de ouro a jovem romântica e colonizada (só lia autores estrangeiros, Edgar Poe, Tolstói, Virginia Woolf, Kakfa, Faulkner) leu *Horizonte Perdido* e começou a sonhar com seu Shangri-lá. Só mais tarde, voltando-se para os nacionais, substituiu Shangri-lá por Pasárgada.

"Vou-me embora pra Pasárgada/ Lá sou amigo do rei." Mas não é mesmo uma loucura? Isso de Pasárgada existir, mais do que existir – de estarmos nessa Pasárgada, Paulo Emílio e eu, convidados do rei, como na poesia. A ficção vira realidade. Não no Irã (que cheira a petróleo), mas na Pérsia, que tem o perfume da Sherazade. "Vou-me embora pra Pasárgada/ Aqui eu não sou feliz." Sim, Pasárgada: a tumba de Ciro, o Grande, no alto da escadaria. A emoção de tocar o primeiro degrau que há quase seiscentos anos antes de Cristo vem sendo pisado e renovado, tão gasta a pedra. Encontrei – eu disse. E se encontrei, então não quero mais voltar.

A gente sempre volta ao Brasil e ao *Almanaque do Pensamento*, sou do signo de Áries, domicílio do planeta Marte. O poeta de Pasárgada também era do dia 19 de abril. "Nossa estrela Hamal é pequenina mas tão cintilante!", ele me avisou. A cor do signo é o vermelho, mas gosto do verde – "*color de la muerte*", disse J. E. Cirlot. Para mim, a cor da esperança, se eu tivesse uma bandeira, ela seria vermelha e verde, esperança e paixão não destituída de cólera.

Daí a presença do verde na sua obra?
Aposto no verde como meu pai apostava, ele era jogador, arriscava no baralho. Mais precisamente na roleta. Eu arrisco na palavra. Jogo sem parceiros e sem testemunhas, um jogo duro e limpo – perdi? Ganhei? Ao vencedor, não as batatas, mas um fim de semana no Parque Balneário de Santos. Aperto os olhos para ver melhor na distância: mas como conseguia ele fazer entrar a menininha no salão de jogo? Conseguia. Era muito conhecido, todos os empregados vinham cumprimentá-lo, boa noite, doutor! A menininha não quer tomar um sorvete? A menininha aceitava a taça de prata, mas não olhava para o sorvete coroado de *chantilly*, olhava para as mãos dele, tão brancas, tão finas (tinha mãos belíssimas), baixando como asas sobre as pilhas de fichas, falo hoje em asas e no fascínio daquelas mãos. Mas na noite antiquíssima a menininha não pensava em asas, pensava nas mãos fartas distribuindo as fichas antes que a bolinha desatinada parasse na roda ainda em movimento, ganhou? A resposta vinha com a pá trazendo as pilhas das fichas deslizantes, o som frio, apesar das luzes quentes. Os dias eram gloriosos no hotel com um parque tão grande que ela se perdia nas alamedas. Os presentes. Os charutos, era generoso nas tragadas. Nas gorjetas. Em redor, só caras contentes, e a menininha também contente porque dessa vez a mãe não ia ficar brava – mas quem fica bravo com os ganhadores? Ruim era perder.

"Mas amanhã a gente ganha", ele dizia. Tamanha esperança no amanhã, que feliz ele era cumprindo sua vocação. A ficha que caiu dos seus bolsos transbordantes e rolou pelo tapete foi colhida pela menininha, vejo-a dissimulada, escondendo a ficha na mão. Com essa ficha (a última) foi comprada a passagem de volta logo no primeiro trem. Com a sobra, um sanduíche e um maço de cigarros, nos dias rasteiros era aquele maço amarelo com o desenho em relevo de uma carruagem negra em disparada, não me lembro da marca, mas da carruagem igual à carruagem-fantasma, era uma vez uma carruagem com um cocheiro e a filha na boleia. Na noite do tempo (sempre noite), a carruagem prosseguia desembestada por vales, cidades e montanhas, correndo sem parar, não parava nunca, porque a condenação era essa, uma carruagem sem pouso e sem destino, os cavalos resfolegantes conduzindo pela eternidade o cocheiro e a menina.

E na infância, você gostava de ler? Você se lembra qual foi o primeiro livro que leu?

O jornal era *O Estado de S. Paulo*, enfiado debaixo da porta com um romance-folhetim, *Os Dois Garotos*, que minha mãe lia na maior exaltação e depois costurava os fascículos. Eu tinha paixão pelas vistosas capas coloridas, mas a única vez que tentei ler o texto achei uma embrulhada dos diabos e não entendi nada. Na prateleira da sala de visitas ficavam ainda uns vagos romances de capas sentimentais. E alguns livros de poesia. Nas festas de fim de ano, prendiam meu cabelo com papelotes duríssimos, era bonito ter cabelo crespo. E eu recitava *O Pássaro Cativo* e *A Fonte e a Flor*. Na Semana Santa era a hora do anjo: vestia a bata branca e lá ia equilibrando as asas que eram de penas verdadeiras, o que me dava o direito de ir bem na frente dos outros anjos com asas de papel crepom.

Agora a menininha passeia em Apiaí de mão dada com o pai. "Você é rico?", ela pergunta. Ele apontou lá longe, para além do casario. Apertou os olhos, eram cinzentos? Ou esverdeados? Pergunto à menininha, e ela também não tem certeza, mas se lembra da resposta que ele deu: "Somos os donos de grande parte do Morro do Ouro". Morro do Ouro? Ela parou, deslumbrada, será que ele não estava brincando? Não estava. Sorria com aquele ar de sonho, esfumaçado. Mas falava sério. Correu até a mãe, que mexia a goiabada no tacho, "mãe a gente é dono do Morro, o pai disse que um pedaço é nosso?" Ela provou o doce na colher de pau. Mandou que a Custódia avivasse o fogo quase apagado: "Não tem mais ouro nenhum nesse Morro, tudo invenção dele". Mas, numa tarde, antes do sol esbraseado sumir completamente, a menininha viu com estes olhos o Morro inteiro resplandecer, todo coberto de ouro em pó. Dessa vez ela não disse nada: a invenção fica sendo verdade quando se acredita nela?

A mãe, objetiva. Direta. Risonha mas atenta. Muitas vezes a vi com lápis, fazendo contas. Diminuía, somava, quanto é nove vezes sete? Gostava de festas, tanta animação nos preparativos – o vestido, o ferro quente de frisar cabelos, usava coque, mas junto do rosto, na altura dos lóbulos das orelhas, cortou as mechas que frisava com o ferro em formato de tesoura, aquecido na chama azul do fogareiro. Experimentava antes o ferro num pedaço de papel-manteiga: se não queimava o papel, podia dar as tesouradas cegas nas mechas curtas. Saía fumaça, a menininha se assustava, não está queimando, mãe? As mãos eram hábeis, frisava sem queimar, tocava valsas sem erro e costurava ainda numa Singer de manivela, a outra mão conduzindo os panos que a agulha gulosa ia devorando. No sábado, abria o belo álbum de música que o avô cego mandou fazer para ela, um álbum de couro vermelho com seu nome em letras douradas: *Zazita*. Compôs uma valsa que se chamava *Coração de Lili Alegre*, sim, mas vendo hoje os seus retratos, descubro em todos o mesmo olhar triste – ela era triste?

Os quintais. A cachorrada em redor, cachorros dos vizinhos misturados com os nossos, matilhas de várias raças lideradas pelo Lulu. Tanto cachorro. Tanta órfã que minha mãe adotava, usava muito esse gênero de agregada. Acabavam fugindo todas, fugas espetaculosas no meio da madrugada, hora das ciganagens. Eram substituídas por outras, a mais velha destinada a ser minha pajem. A vida nos muros. Nas árvores, em estado de inocência. Livre, apesar do medo já se instalando mais sinuoso do que bicho de goiaba a cavar suas galerias na polpa – mas quem se importava com o bicho?

Ainda as capas acetinadas com os títulos dos livros decidindo minhas leituras. Que eram escassas, raras as revistas ou livros de histórias que chegavam até nós: tinha *Eu Sei Tudo*, que eu adorava por causa das figuras, tinha o *Almanaque do Tico-Tico* e o *Almanaque do Biotônico Fontoura*, distribuído nas farmácias. A solução era a gente começar a contar histórias: o encontro do *Livro dos Fantasmas* (onde?) foi decisivo no rumo que tomaram essas histórias. Li-o numa só noite, os cabelos arrepiados, às vezes fechava os olhos de horror, não queria continuar, não queria. E continuava, sem saber mais o que era pior, se as gravuras ou as palavras, o livro era ilustrado.

Data desse tempo a sua vocação para a literatura? Quando isso se deu realmente?
A hora do sofrimento-gozo era depois do jantar, com a molecada tomando lugar na escada. Quem começa hoje? Olhávamos para o Mário Vesgo. Para a Custódia, que era melhor porque imitava na perfeição o uivo dos lobisomens ou a fala fanhosa das caveiras. Mas na noite em que as órfãs se atrasaram lavando a louça e Mário Vesgo estava de castigo, a menininha contou as histórias que leu no livro, diferentes das costumeiras, porque tinham personagens com nome, nobres sugadores de sangue e jovens ingênuas apaixonadas por moços lindos, os pés de pato disfarçados nas sapatilhas. Quando contou todas as histórias que sabia, começou a inventar outras, outras, descobrindo que, enquanto inventava, sentia menos medo do que enquanto ouvia, não era extraordinário? A descoberta a fez se sentir poderosa, forte: transferindo o medo para os outros, se libertava. Mais confiante, mais segura. Transferir o medo. E o resto. Mas era cedo ainda para se falar em transferência ou catarse, agora era só o instinto ensinando o caminho inocente da alegria criadora. O auditório aumentou e, numa noite em que aumentou também a louça do jantar (as órfãs tão atrasadas), a menininha ficou exigente, queria mais pontualidade, mais silêncio. Os ouvintes da escada, os primeiros. Tão próximos que de vez em quando a Custódia afastava algum deles aos trancos, "sai de perto que o seu piolho está voando em mim!" "Mas piolho voa?", alguém estranhou. Ela encolheu o ombro: "A gente nunca sabe".

A gente nunca sabe. Sabia, isso sim, que fora ideia da menininha levar para o quintal toda a louça do jantar e chamar a cachorrada. Que sabão (não havia detergentes) podia substituir as línguas vorazes, esponjas que não deixavam o menor grão de arroz no fundo? "Hoje vocês acabaram tão depressa com a cozinha", minha mãe estranhava. E as órfãs sorriam e os cachorros sorriam abanando o rabo, que é a forma que eles têm de sorrir: agora a sessão começava sem atraso.

As histórias de mais sucesso eram repetidas, as crianças gostam das repetições, as crianças e os velhos. Mas, no empolgamento, a menininha acabava por fundir os casos, trocava os nomes, modificava o começo. Ou o fim, "mas não acabava desse jeito!", protestava algum ouvinte mais atento, eram sempre os mesmos. A solução foi escrever as histórias nas últimas páginas do caderno da escola, a letra bem redonda, um cromo colorido no alto da página. Assim nasceu a necessidade de gravar o enredo, garantindo sua permanência. Guardar a palavra como guardava os vaga-lumes na caixinha de sabonete. Para soltá-los em seguida, mas durante alguns minutos era bom imaginá-los ali, sob controle, secreta luz verde ao alcance, como as romãs e as mangas colhidas também verdes e guardadas no esconderijo que ninguém conhecia, um forno em ruínas no fundo do quintal: na gruta de tijolos e cinza, os frutos amadurecendo em silêncio. No escuro.

Foi daí que você ensaiou o pequeno primeiro livro, aquele escrito no curso secundário?
"Fonte, fonte, não me leves!! Não me leves para o mar!", a flor implorava à fonte. Levou. Um mar bravo, já naquele tempo bravo. Mudou a escola e o repertório de poesia, agora recitava versos que sugeriam um certo vago n'alma. E escrevia contos com heroínas humilhadas, enamoradas de moços ricos mas perversos. Os meninos esfarrapados e de bom coração. Publicava esses contos no jornal do grêmio, até que um dia cabulou a última aula, atravessou a Praça da República e levou as sessenta páginas do caderno quadriculado para a primeira gráfica que encontrou no caminho. Este livrinho (publicado com suas economias) ela renegaria mais tarde, mas isso porque durante muito tempo teve a ingenuidade de levar a sério as tolices mais antigas. Afinal, por que exigir da adolescente em estado quase selvagem um mínimo de maturidade intelectual? De autocrítica?

Você tem o mesmo julgamento de *Praia Viva*, o livro de contos, publicado em 1944, quando você cursava a Faculdade de Direito? Por isso não pensa em reeditá-lo?
Não vejo motivo para reeditar aqueles nem os contos que vieram em seguida, enfeixados num pequenino livro pago também pela

afobada autora de boina da Academia do Largo de São Francisco: *Praia Viva*.

Fale de sua época de estudante na faculdade. Foi a ficção que virou realidade ou a realidade que virou ficção?
"Sois da Pátria a esperança fagueira!", ela cantava no coral acadêmico. A boina e a cabeleira esvoaçante, cheirando a cloro da piscina: três vezes por semana tinha as aulas de atletismo, cursava ao mesmo tempo a Escola Superior de Educação Física, tanta energia. E namorava e esgrimia, era graciosa a túnica do uniforme de esgrima, com um coração vermelho no lado esquerdo do peito, *touché!* Usava sapatões de couro de porco e meias de golfe que eram incrivelmente resistentes e esquentavam as pernas, só homem usava calça comprida. E as arcadas eram frias. A coalhada na Leiteria Campo Belo e os livros, pagos com os vencimentos, também trabalhava. Os dias eram mais compridos? Uma feminista inconsciente. Muito mais tarde aprendeu que a libertação da mulher se faz através do trabalho remunerado, ah, é? Então já faz tempo que eu sou essa daí. Ela pensou e riu. Tinha vocação para a alegria, mas está ficando cada vez mais difícil a motivação dessa alegria.

A ficção virou realidade. A realidade virou ficção na vida e no papel – tudo uma coisa só. "A gente nunca sabe", dizia a Custódia sobre os piolhos voadores. Eu também não sei. Não tem importância, o grão de imprevisto e de loucura está fora e dentro de nós.

Sei que tinha um coração vermelho na túnica branca, e sei ainda a resposta a uma pergunta que já me fizeram mais de uma vez: como o país (a mentalidade brasileira) interferiu no seu processo de crescimento como escritora? No início, interferiu negativamente. Eu era tímida, e a imensa carga de convenções cristalizadas na época me abafava demais. Penso que minha libertação foi facilitada durante as extraordinárias alterações pelas quais passou o país desde minha adolescência até os dias atuais. A arrancada principal coincidiu com a estimulante ebulição, notadamente a partir do suicídio de Getúlio Vargas: eu estava saindo da faculdade, onde participara de passeatas com um lenço amarrado na boca. As fugas da cavalaria; até hoje não gosto do ruído das patas de cavalo nas pedras da rua: nessas pedras caiu um jovem, ele estava ao meu lado, fiquei paralisada, vendo o sangue borbulhando em seu peito; não, Castro Alves, não era "o borbulhar do gênio", mas o borbulhar do sangue. Se me libertei mais do que o próprio país é simplesmente porque a libertação individual é mais fácil. Um dia o país ainda vai tirar do episódio histórico todas as consequências.

Você sentiu, alguma vez, problemas em ser mulher/escritora?
Oportuno lembrar que as dificuldades da mulher na nossa sociedade para se realizar numa carreira como esta foram bem maiores do que hoje, é evidente: era alarmante a ácida dose de desconfiança diante das que ousaram desafiar o estabelecido. Revigorado o sarcasmo se a desafiante ainda por cima era bonita, também o preconceito contra a beleza: acreditam mais na mulher feia, isso desde a época do poeta Heine, que afirmava que a escritora tem sempre um olho no papel e outro olho no homem mais próximo, menos a Condessa Haw-Haw, que era caolha. Curioso é que de um certo modo as coisas se passavam como na antiga história do Arco da Velha, era uma vez duas irmãs: a mais nova, belíssima e burríssima, falava, e saíam da boca cobras, lagartos e outras besouragens. A outra era pavorosa mas uma verdadeira sábia, falava e iam brotando da boca guirlandas perfumadas, pérolas... Acontecia então que as pessoas acabavam saindo de perto da tola-bonita e corriam para a feia-sagaz e lá ficavam num deslumbramento, a ouvi-la. O que nos faz pensar que muito provavelmente essa história foi escrita num século metafísico, quando ainda eram importantes as coisas do espírito.

"Como é que você teve coragem de assumir duas profissões de homem?", alguém me perguntou nos idos da Academia. "Advogada e escritora. Já é exorbitar." Coragem? Coragem tiveram nossas primeiras escritoras, verdadeiras *malditas* que arrebentaram seus espartilhos e formaram – de peito aberto – na primeira linha. Agora, tudo ficou mais simples, a desconfiança foi se desgastando. Até a ironia cansou. Ainda assim certo crítico enfatizou o narcisismo da escritora brasileira, preocupada demais com a própria face. Com o próprio umbigo. E não se lembrou de ir até nossas raízes históricas e nessas raízes encontrar a razão desse feitio monologal. Intimista. A mulher-goiabada. Um pouco que se distraísse e o doce pegava no fundo. Trancada a sete chaves, sem uma fresta sequer para se expressar.

Agora ela está se conhecendo, como uma criança que, antes de se interessar pelas coisas em redor, descobre o próprio corpo. Revejo meu filho (nem um ano) deitado no berço e olhando perdidamente para as suas mãos: fechava, abria os dedinhos. Examinava a palma. O dorso, queria sentir na boca o gosto da pele. A mulher se descobrindo: que mundo há de querer mostrar senão o próprio?

Fala-se muito em modernização da cultura e, nessa modernização, a valorização da mulher como escritora. Mas creio que, no nosso século, a modernização em geral só modernizou a burguesia, essa é uma ideia de Paulo Emílio Salles Gomes e que me parece bastante verdadeira. Como membro de uma corporação que precisa procurar outros recursos de subsistência além dos relativamente modestos proporcionados pela atividade literária, me vejo (e às demais escritoras) reivindicando maior valorização profissional. A difícil valorização no campo da palavra escrita. Quanto às mulheres propriamente burguesas, há muito que elas não precisam de nenhum amparo.

Seus amigos receberam bem o livro da jovem bonita que era escritora? Você sentiu alguma espécie de medo com a publicação?
Geração de 45. Os poetas da geração também tinham medo? Me lembro que alguns disfarçavam com sarcasmos, agressões. Outros riam, que é a forma mais ingênua de disfarçar a insegurança, eu ria muito. Havia ainda os silenciosos.

"Sois da Pátria a esperança fagueira!" Alguns foram essa esperança mas não resistiram. Outros continuam se provando e sendo provados. Na roda do tempo, é tranquila a visão das gerações se sucedendo – assim como foi antes. E será depois. Excluindo a pesada desvantagem devido ao preconceito, vejo hoje mulheres e homens sem divisão de águas na literatura. Há livros de mulheres e de homens que são bons. E os que são ruins. O sexo – como o sexo dos anjos – não interessa. Agora não interessa mais.

"Quais dentre vós serão os convivas na mesa do século XXI?" Ora, a mesa do século XXI! Quero estar nesta mesa aqui. E agora. Cercada dos objetos que amo, cercada das minhas imagens. Diante da minha máquina. E de Deus. Do medo de ficar de fora do século e de outras coisas – desse medo já me libertei completamente. A profissão é dura, mas não tenho medo dela, ficaram outros medos. O da morte, por exemplo. Com a vida, sempre dá-se um jeito, mas a morte é desajeitada. Faz frio. Então liguei o toca-discos: Bach. *Tocata e Fuga em Ré Menor*. Meu gato dorme.

De qual ou de quais dos seus livros você mais gosta?
Considero livro vivo o que está ao alcance, nas livrarias. Assim, de todos os que publiquei, destaco estes: *Ciranda de Pedra*, romance, *Verão no Aquário*, romance, *Antes do Baile Verde*, contos, *Seleta*, contos com notas e estudos de Nelly Novais Coelho, *As Meninas*, romance, *Seminário dos Ratos*, contos. *Filhos Pródigos* – vários textos que estavam por aí dispersos e que recolhi como o pastor recolhe o seu rebanho.

O que você pensa da sua literatura?
Há uma estatística impressionante: 80% dos escritos literários tendem a desaparecer após um ano; 99% tendem a igual esquecimento após vinte anos. Então olho com certa perplexidade para *Ciranda de Pedra*, "uma quase inocente depravação há vinte anos", como o chamou num artigo Otto Maria Carpeaux, por ocasião do lançamento da sexta edição. Que Deus te conserve, eu digo, e a jovem Virgínia desenhada na capa quase imperceptivelmente sorri para mim.

Por falar em Virgínia, alguma das suas personagens a persegue?
Virgínia. Essa personagem me persegue, já voltou outras vezes, disfarçada, com outro nome, se introduzindo em outros enredos, quer continuar, quer viver – como nós mesmos. Lorena, do romance *As Meninas*, prossegue me dizendo coisas, inventando outras situações, chega, Lorena, você já é pretérito!, eu digo, e ela insiste. E se voltasse num outro romance, continuação daquele? E vem com um argumento que repete sempre: "Você não me esgotou ainda, tenho tanto que dizer!"

As personagens. Houve uma época em que foram canceladas do texto, a moda era jamais mencioná-las em contos ou romances. As novidades: a antipersonagem. O anticonto. E os modernos e modernosos se esqueceram de que, real ou inaparente, a personagem existe na forma de um bicho, de uma planta, de uma pedra. De um rato. No meu conto "Seminário dos Ratos" não são eles as figuras principais? Símbolos ou signos ou sinais. Positivas ou negativas. Heróis ou anti-heróis – as personagens existem.

Houve alguma mudança substancial na sua maneira de escrever, dos primeiros para os livros atuais? Você reescreve muitas vezes um livro?
Quando comecei a escrever, minhas personagens eram nitidamente divididas em dois grupos: o dos bons e o dos maus. Sem mistura. A ambiguidade veio depois, quando comecei a me cansar dos heróis. Dos perfeitos. No romance *Verão no Aquário* essa mistura se fez, me parece, com maior naturalidade, sem ênfase: não era o conteúdo que me interessava renovar, era a forma. Em *As Meninas* quis dar às minhas personagens toda a liberdade. À medida que elas iam vivendo, o enredo ia se modificando, soltei as rédeas, confesso que em determinado momento não conduzi mais, fui conduzida: sim, houve muito de imprevisível, deixei as meninas na sua exaltação para me concentrar na linguagem. A pesquisa era na direção da linguagem. Da revolução dessa linguagem. Alguns críticos sentiram minha ânsia de renovar, e foi essa a recompensa para tanto trabalho e aflição: reescrevi o livro três vezes, tomada pelo demônio da insatisfação. Sempre que um jovem me pergunta se me considero realizada, tenho vontade de rir: como pode se sentir realizado alguém que faz da sua vida uma busca incessante?

Quando você termina um romance, como você se sente?
Termino um romance exausta, exangue como aqueles visitantes dos castelos da Transilvânia, onde todas as noites os vampiros se levantam e vêm cravar o canino na jugular do hóspede amado. Mas parece que é essa a regra do jogo, me alimento deles assim como eles se alimentam de mim num obscuro contrato tácito nessas relações: sejam bem-vindos, meus vampirinhos!

Cada autor tem seus hábitos para escrever. Alguns anotam suas histórias antes, outros fazem fichas, uns atiçam a emoção até entrar no clima necessário para escrever. Você, como escreve seus contos?
Alguns contos nasceram de uma simples imagem – uma casa, um objeto, um quadro. A inspiração (palavra fora de moda mas

insubstituível no seu sentido) teria se originado no breve reflexo de uma paisagem no vidro da janela de um trem em movimento: escrevi um conto a partir desse reflexo. Outros contos nasceram de uma frase que eu disse ou ouvi, guardo-a. Um dia, sem razão aparente (lá sei como ou quando), a memória devolve a frase intacta e ela se multiplica como no milagre dos pães. Há ainda as ficções que nasceram de um sonho – fluxo de símbolos. Metáforas nos abismos de um inconsciente que escancara as portas – saiam todos! A evasão. Há que selecionar. Interpretar: "A Mão no Ombro", que está em *Seminário dos Ratos*, me surgiu pela primeira vez em estado de sonho. Mas a maior parte dos meus textos tem origens desconhecidas, que não consigo detectar.

Por que você escreve?
Em depoimentos e mesas redondas de literatura, já tentei aproximar o auditório do mistério. E fiz ficção em cima de ficção. O mistério é inexplicável. Sortilégio? Magia? "Vós nada compreendereis, e eu nada poderei explicar-vos!", disse Rimbaud. Nada poderei explicar-vos. Este é um depoimento e às vezes estou nele, é tudo o que sei.
   Escolhemos ou fomos escolhidos? Escolhidos, com opção de renúncia.
   Senão, o que nos faz prosseguir neste ofício? Sem pessimismo, mais estatísticas: 50% da nossa população são doentes e 40% vivem em estado de miséria. Isso sem falar na porcentagem de analfabetos. É dessa sobra então que vamos tirar nossos leitores? Sim, dessa sobra, de onde mais haveria de ser? O que confirma a tese das três espécies em processo de extinção: a árvore, o índio e o escritor.

Então, para o escritor não há esperança? Se não houvesse leitores, ainda assim você escreveria?
O escritor. Marginalizado. Censurado. As coações políticas, as coações econômicas. As investidas da própria classe: "A literatura está morrendo! O livro está condenado!", diz um técnico da palavra na mesa de um seminário. "Para o *paredão* a palavra!", ordena outro em meio dos debates. "A imagem substituiu o verbo, agora é

a vez do branco da página, muito mais importante do que a frase." Durante anos a fio li e ouvi, um tanto apreensiva, que a literatura estava no fim. Só me tranquilizei inteiramente quando tomei conhecimento daquela tese sobre a *curica agourenta*, gênero literário que sempre existiu e cuja existência é condicionada precisamente pela vitalidade da literatura criativa. Nunca se leu ou se escreveu tanto como nesses tumultuados dias.

Ainda assim, é pouco. Um ofício sem esperança? Seja. Mas o escritor, esse precisa esperar. Precisa acreditar. Escrever é um ato de amor que envolve o leitor, que o compromete. Se o autor está oco ou desesperado, não vai conseguir a cumplicidade do seu próximo. Fará um trabalho esvaziado, morno. "Deus vomitará os mornos." Nesse vômito o escritor não pode estar, pelo menos na hora da criação.

Em que consistiria a luta do escritor?
A luta. Uma luta que pode ser vã, como disse o poeta, mas que lhe toma a manhã. E a tarde. Até a noite. Luta que requer paciência. Humildade. Humor. Me lembro que estava num hotel em Buenos Aires, vendo na tevê um drama de boxe. Desliguei o som, só ficou a imagem do lutador já cansado (tantas lutas) e reagindo. Resistindo. Acertava às vezes, mas tanto soco em vão, o adversário tão ágil, fugidio, desviando acara. E ele ali, investindo. Insistindo – mas o que mantinha o lutador de pé? Duas vezes beijou a lona. Poeira, suor e sangue. Voltava a reagir, alguém sugeriu que lhe atirassem a toalha, é melhor desistir, chega! Mas ele ia buscar forças sabe Deus onde e se levantava de novo, o fervor acendendo a fresta do olho quase encoberto pela pálpebra inchada. Fiquei vendo a imagem silenciosa do lutador solitário – mas quem podia ajudá-lo? Era a coragem que o sustentava? A vaidade? Simples ambição de riqueza, aplauso? Tudo isso já tinha sido mas agora não era mais, agora era a vocação. A paixão. E de repente me emocionei: na imagem do lutador de boxe, vi a imagem do escritor no corpo a corpo com a palavra. Se "o pensamento verte sangue", desse sangue estão impregnados os livros.

A insatisfação pode se chamar busca. Ou revolução que é renovação: os bolsos transbordantes de palavras que ainda pedem movimento. Novos jogos. Ainda o instinto mostrando que tudo em redor ia acabar, desaparecer como já tinham desaparecido gentes e bichos. Árvores e casas. Desapareceram as órfãs desbocadas e sensuais. Desapareceu o pai com seus charutos e fichas, desapareceu a pianista com sua máquina de costura onde a agulha gulosa devorava o pano como um dia o Anjo Guloso devorou a dona. Também as histórias desapareceram nos cadernos – o que pode restar da história de uma criança ou de um louco? Não mais vontade de glória (mas que glória?) ou de poder (mas que poder?). Apenas o antigo instinto de permanecer através da ideia, da palavra – desafio à morte. Obsessão de infinito na nossa finitude, exigência maior do criador.

E qual seria a função do escritor?
Ser testemunha deste mundo. Testemunha e participante. "A morte não é difícil! Difícil é a vida e o seu ofício", escreveu Maiakóvsky.

O duro ofício de escrever – ponte que se estende tentando alcançar o próximo. Isso requer amor – o amor é a piedade que o escritor deve ter no coração.

Mario Quintana*

Você se lembra de como ou quando descobriu que podia ou queria fazer versos?
Ser poeta não é uma maneira de escrever. É uma maneira de ser. O leitor de poesia é também um poeta. Para mim o poeta não é essa espécie saltitante que chamam de Relações Públicas. O poeta é Relações Íntimas. Dele com o leitor. E não é o leitor que descobre o poeta, mas o poeta é que descobre o leitor, que o revela a si mesmo. O poeta que "me descobriu" foi o Antônio Nobre do Só. Tínhamos lá em casa aquela bela edição ilustrada por Antônio Carneiro, e não sei em que mãos estará agora. A propósito, o jornalista e poeta Egydio Squeff comprou num sebo um exemplar do Só onde estava escrito: "Este é o quarto exemplar do Só que eu compro. Os outros todos me roubaram." E vinha assinado em baixo: Álvaro Moreyra. Em meu primeiro livro, *A Rua dos Cataventos*, tenho, por dever e devoção, um soneto a ele dedicado e mais uma referência em outro poema. Isto bastou para acusarem em mim a influência de Antônio Nobre. Protesto: não há influência – há confluência, pois a gente só gosta de quem se parece com a gente. Porém, mais remota do que a presença de Antônio Nobre, está, entre as recordações da infância, a voz grave e pausada de meu pai a recitar-me o episódio do Gigante Adamastor. Aquele ritmo severo ensinava-me a profundidade da poesia e até hoje me assombra aquele verso: "Que o menor mal de todos seja a morte". Em compensação minha mãe, educada no Uruguai, recitava-me Espronceda e Becquer: "*Ya se van las oscuras golondrinas*". A par disso aprendi a ler muito cedo, sem quase saber que estava lendo. E ouso afirmar que as verdadeiras influências na minha formação foram Camões e *O tico-tico*.

---

* Mario Quintana (1904-1994) nasceu em Alegrete, no Rio Grande do Sul. Poeta, tradutor e jornalista.

Tentou alguma vez escrever conto ou romance?
Aos vinte anos ganhei o primeiro prêmio num concurso estadual de contos, entre duzentos e tantos concorrentes, promovido pelo *Diário de Notícias*, de Porto Alegre. Depois de algumas outras tentativas, reconheci que os meus contos só tinham um personagem: eu mesmo. Desisti.

Conte um pouco de sua infância ou adolescência.
Não sei se tive infância. Fui um menino doente, por trás de uma janela. Creio que foi a ele que eu dediquei depois um soneto de *A Rua dos Cataventos*. O meu "elemento" era a poesia. Comecei a ser poeta como um cachorro que cai n'água e não sabia que sabia nadar. (Sabia.) E o meio familiar ajudou. Tanto meu pai e minha mãe, como meus irmãos Milton e Marieta, a quem dediquei meu primeiro livro, gostavam de poesia. Nunca tive a clássica incompreensão da família, de que tanto se vangloriam alguns poetas. Aliás, foi meu próprio irmão Milton, quinze anos mais velho do que eu, quem me ensinou a metrificar. Como tive a infância muito presa, devido à precariedade da saúde, quando pude soltei-me no mundo. Um choque. Fui criado num aviário e solto num potreiro. Daí talvez a explicação da minha posterior e prolongada boemia.

De quem herdou os olhos azuis?
De meu bisavô holandês, Van Ryter, morto num naufrágio como bom holandês.

Seu primeiro livro – *A Rua dos Cataventos* – saiu publicado em 1940, quando você tinha 34 anos. Por que tão tarde?
Preguiça e consciência. Tudo o que prejudica a minha preguiça prejudica o meu trabalho. Consciência, porque eu sempre quis fazer uma coisa muito conscienciosa.

Depois de *A Rua dos Cataventos* você publicou mais nove livros. Em São Paulo, durante a "Semana do Escritor Brasileiro", em 1979, você afirmou numa entrevista que o livro de que mais gosta é exatamente o primeiro. Explique a preferência, por favor.
Eu disse, ou creio que disse, que "era dos livros de que mais gostavam". É o livro de que mais gosta o público em geral. Augusto

Meyer e Manuel Bandeira preferiam *O Aprendiz de Feiticeiro*. Carlos Drummond também (ele até fez um poema sobre *O Aprendiz*, intitulado "Quintana's Bar"). Por outro lado, Guilhermino César e os meus colegas poetas daqui acham que o meu melhor livro é *Apontamentos de História Sobrenatural*. Isto é ótimo, pois eu o escrevi, na maior parte, depois dos sessenta anos.

Muitos poetas e escritores tiveram de pagar a edição dos seus primeiros títulos (alguns ainda são obrigados a isso). Fale do que aconteceu com você.
Como disse, eu ia deixando, adiando... Erico Verissimo, então secretário da Editora Globo, pôs-me contra a parede. Meu irmão Milton disse-me que eu ia ficar como aquela personagem do Eça, muito gabado, muito louvado... e nada! Reynaldo Moura, poeta e amigo, pôs-me em brios: "Se você não publicar nada vão achar que você é um boêmio. Se publicar, dirão: É um escritor! Meio extravagante..." Ora, como eu tivesse escrito também sonetos e como o soneto era uma forma meio desmoralizada, eu fiz questão de estrear com um livro de sonetos para provar que os sonetos também eram poemas. (Provei.) Provei-o muito antes de outros fazerem "a descoberta do soneto".

"Eu nada entendo da questão social. Eu faço parte dela, simplesmente..." Gostaria de comentar algo sobre a poesia de cunho social e político?
A poesia engajada? Eis aí uma questão com que, em certas épocas, costumam ser assaltados os poetas. Impossível não levá-la em conta quando se pensa no que fez pela abolição da escravatura um poeta como Castro Alves. Mas querer obrigar todos a serem Castro Alves é forte. E, convenhamos, uma boa causa jamais salvou um mau poeta. Essa gente poderá fazer mais pelo povo candidatando-se a vereadores. É muito de estranhar essa campanha contra o lirismo, isto é, contra 95% da poesia de todos os tempos. Nem se pense que o poeta lírico está fora do mundo. Os sentimentos que ele canta pertencem a todo o mundo, a toda a humanidade, são de todos os tempos e não apenas os de sua época – independentes de quaisquer restrições de nacionalidades, raças, crenças ou partidos

políticos. Se não é assim, depois de resolvidos os problemas, o que seria dos poetas? Ficariam simplesmente sem assunto.

Alguns autores escrevem a lápis, outros têm necessidade de ouvir o teclado da máquina. Quais são os seus hábitos para escrever? Costuma carregar algum caderninho no bolso?
Não sei pensar à máquina. Escrevo a lápis. Depois, com o queixo apoiado na mão esquerda, passo a coisa a limpo com um dedo só, na máquina. Não uso caderninhos.

Em geral os poemas saem prontos, ou você tem apenas uma frase poética e constrói o poema em torno dela?
Às vezes a frase nem é poética. Certa vez, por exemplo, disse-me um companheiro ao observar um nosso amigo, desses do tipo "mosquito elétrico", gesticulante etc.: "Fulano parece um boneco de engonço". Pois bem, fui para casa e escrevi um dos meus poemas mais realizados, aquele que assim começa: "Os mortos são ridículos como bonecos de engonço a que cortassem os fios". Por outro lado, meu poema "O Morituro", em *Apontamentos de História Sobrenatural*, saiu ali publicado na sua quarta versão. E olhe lá!

O que gosta de ler atualmente (ou gostava antigamente)? Prefere prosa ou poesia?
Leio de tudo, noite adentro, intercaladamente, novelas, ensaios, poesia. Mas, para ser sincero mesmo, parece que já passei da idade de ler coisas sérias. Em minha adolescência devorei todo o Dostoiévski (como os adolescentes liam naquele tempo, antes da era analfabetizante das histórias em quadrinhos!). Abominava Camilo, embora gostasse de Herculano. Os meus colegas adoravam Vargas Vila e Coelho Neto, que eu detestava. Pois a minha principal característica foi sempre o bom senso. Foi esse mesmo bom senso que me afastou das questões metafísicas da adolescência, pois se nem Platão e outros craques da Antiguidade, se ninguém, em trinta séculos de pensamento, conseguiu decifrar o significado da vida – muito menos eu! Fiquemos com o mistério da poesia. Nem foi por outro motivo que dei ao meu penúltimo livro o título de *Apontamentos de História Sobrenatural*. Há pouco você me perguntou se bastava "uma frase poética" etc. A conquista da poesia

moderna é a transfiguração, acabaram-se os temas poéticos. Antes só se podia falar em cisne, agora fala-se em pato e sapato. O cotidiano, escrevi eu no "Sapato Florido", o cotidiano é o incógnito do mistério. Existe a lenda do Rei Midas, que conta que tudo quanto ele tocava se transformava em ouro. O verdadeiro poeta, tudo quanto ele toca se transforma em poesia. Há poetas que sempre leio, quero dizer, aos quais sempre volto: Cecília Meireles, García Lorca, Guillaume Apollinaire.

"Às vezes assalta-me o terror de que todos os meus poemas sejam apócrifos", você disse na "Carta a um Jovem Poeta". O que vem a ser esse medo?
Tenho medo de ceder a injunções que não sejam a da pura expressão. Pois a gente sente necessidade é de expressão. A badalada comunicação é apenas uma decorrência disso. Um poeta deve escrever como se fosse o último vivente sobre a face da terra. – Então, para que escrever? – Por isso mesmo! Como o último vivente, ele não tem de pensar no que pensarão os outros. Às vezes – às vezes? – muita vez o poeta é induzido a modas, quando na verdade não há nada tão ridículo como os figurinos da última estação. Só nunca sai da moda quem está nu.

Entre outros autores você traduziu Proust e Virginia Woolf. Foi amor pelas obras ou alguma necessidade financeira que o teria levado à tradução?
Traduzi Proust por amor à dificuldade da tradução. Quando soube que Proust estava incluso no programa editorial da Globo, pedi para traduzi-lo, por medo que caísse em outras mãos. Retirei-me do quadro de funcionários da Globo quando, por ocasião de um aumento de salário, eu não fui contemplado, sob a alegação de que me demorava muito na tradução de Proust. Traduzi da primeira até a quarta parte *(Sodoma e Gomorra)*. Por felicidade, o restante foi cair em excelentes mãos (Manuel Bandeira e Carlos Drummond de Andrade). E Virginia Woolf? Pois foi isso mesmo: eu não tive medo de Virginia Woolf! *Mrs. Dalloway* é um denso, belo, misterioso poema. Brito Broca julgou a minha tradução à altura do autor. Fiquei contente de ter sido o outro livro de Virgínia *(Orlando)*

traduzido por um poeta como Cecília Meireles. Em tempo: quem me introduziu na vida literária foi Cecília Meireles. Lembro que ela publicou a *Canção do Meio do Mundo* no suplemento do *Diário de Notícias*, com uma bela ilustração de Correia Dias. Outro que sempre fez muito por mim foi Augusto Meyer, o nosso último humanista. O que mais me admira em Augusto Meyer é a admiração que eu tenho por ele. Embora apenas quatro anos mais velho do que eu, sempre o considerei um mestre. A saudação que ele me fez de improviso na Academia Brasileira de Letras em 1966, o Aurélio Buarque de Holanda me confessou que era uma obra-prima, com o perdão da palavra. Não sei se foi gravada.

No seu entender, o que é uma boa tradução?
Aquela que segue o estilo do autor, e não o do tradutor. Os períodos de quadra e meia de Proust (sim, o período dele dava volta na quadra) não poderiam ser divididos em pedacinhos, por amor da clareza ou coisa que o valha, como acontece às vezes na tradução castelhana. Mas a maior alegria que tive como tradutor foi quando a minha tradução dos *Romans*, de Voltaire, um calhamaço enorme, com joias como *Cândido* e *A Princesa da Babilônia*, foi remetida à apreciação de Paulo Rónai, especializado em literatura clássica francesa. Ele devolveu os meus originais com a seguinte nota: "É preciso ortografar". A tradução de Voltaire foi também a meu pedido. Você há de espantar-se que eu, assombrado com Camões, envolto de Virginia Woolf, tenha me comprazido na luz mediterrânea de Voltaire. A culpa foi também de meu pai, que adorava La Fontaine e me fez decorar algumas de suas fábulas antes que eu as pudesse ler. Assim as névoas e perigos do Cabo Tormentório eram varados pelo riso claro e simples do *bonhomme* fabulista. Não admira, pois, que, mais tarde, eu adorasse Racine, a par de Shakespeare. Cheguei a começar por conta e risco uma tradução da *Ifigênia*, de Racine, e do *Sonho de Uma Noite de Verão*, as quais infelizmente se perderam. Ou felizmente, nunca se sabe.

   Bem, eu estava falando nas minhas atuais leituras. Há uma época de ler e uma época de reler, como diria o Eclesiastes. Agora, para descanso, estou na época de desler. E, como continuo insone (uma vez escrevi que não tenho medo do sono eterno, mas da insônia eterna), agora leio principalmente para adormecer. É uma leitura de fora para dentro, como quem olha distraidamente a televisão. As outras leituras, as leituras de dentro para fora, excitam o cérebro e não são recomendáveis no meu caso. Leio ficção científica, uma espécie de volta a *O tico-tico*. A falar verdade, o que de melhor e pior se publica atualmente nos Estados Unidos são as novelas de ficção científica. Entre elas, descobri as de um grande poeta, Ray Bradbury. É dessas obras que a gente gostaria de ter escrito.

Você gosta da literatura norte-americana?
Gosto de Scott Fitzgerald, o que não é de admirar porque ele pertence à minha geração: o mesmo caldo de cultura, a mesma sensibilidade. Gosto de Edgar Poe, e eu não compreendo como é que ele foi aparecer por lá. Deve ter havido um engano de país ou de planeta. Gosto de Gertrude Stein (*Três Vidas* eu já li outras tantas vezes).

Só?
Só. Não esquecer que minha infância se passou na *belle époque*, quando até os americanos sabiam falar francês. Tenho uma amiga que foi para a Alemanha apenas sabendo francês. Como eu lhe observasse que era pouco, ela respondeu: "Não vale a pena conhecer alemães que não saibam francês". Aproveito a ocasião para lançar o meu protesto contra essa ideia de tirarem a língua francesa do currículo escolar. O que devemos à França não é a cultura francesa, é a cultura universal. Toda obra, para universalizar-se, teria de passar pelos tradutores franceses. Se não fosse a França, o mundo ocidental teria perdido Dostoiévski. Imagine você o que teríamos de conhecimento da alma humana se não conhecêssemos Dostoiévski. Nada. Ou quase nada. Pois me lembrei agora de Shakespeare. Mas a minha queixa é contra os americanos. Já disse e repito que, se há males que vêm para bem, há bens que vêm para mal. Exemplo: os Estados Unidos ganharam a guerra. Resultado: o povo, em geral, só lê os *best-sellers* americanos que eles nos impingem. São tão ruins que chego a acreditar que sejam apenas literatura de exportação. Enquanto isto, os livros brasileiros bons não são reeditados. Nem são reeditadas as traduções de bons livros

estrangeiros. Onde está, por exemplo, a minha tradução de *Poeira*, de Rosamond Lehman, o meu *Sparkenbrook*, de Charles Morgan?

Você tem sido bastante estudado pela crítica brasileira? O que pensa?
Nem tanto. Transcrevo aqui o final do meu verbete no *Pequeno Dicionário de Literatura Brasileira*, de José Paulo Paes e Massaud Moisés: (...) "O enganoso ar 'passadista' de boa parte da obra de M. Q., marginalizando-a no contexto da poesia brasileira posterior a 22, fez com que a crítica negligenciasse, as mais das vezes, o que há de refinadamente original no seu *humor* sutil e na sua diáfana melancolia". Dos que disseram bem do autor, isto é, dos que compreenderam e sentiram o autor, cito, por um dever de gratidão, o belíssimo estudo, com antologia crítica, de Fausto Cunha, em *Leitura Aberta*, quase uma terça parte do volume, e os estudos de Augusto Meyer em *A Forma Secreta*, Paulo Mendes Campos em *O Anjo Bêbado*. É muito significativo o meu verbete no *Dicionário da Literatura Brasileira e Portuguesa*, de Celso Pedro Luft.

O trabalho crítico tem algum efeito sobre você ou na sua obra?
Nenhum.

Quem teria sido o crítico mais sensível à sua poesia?
Augusto Meyer e Fausto Cunha. Os outros, os doutrinários, em vez de me julgarem pelo que eu sou, julgam-me pelo que eu não sou. É como quem olhasse um pessegueiro e dissesse: "Mas isto não é um trator!" Em todo caso, tive "o amor dos grandes", como escreveu Gustavo Corção a meu respeito: Cecília, Drummond, Augusto Meyer, Bandeira...

Aliás, se não me engano, foi no prefácio dos *Apontamentos de História Sobrenatural* que você disse que nunca evoluiu. Que foi sempre o mesmo. Não acredita no aprimoramento técnico etcetera e tal?
No fundo, sou sempre o mesmo. Só acredito em poema escrito de dentro para fora, e não de fora para dentro, isto é, os que são como redações, que até podem tirar grau 10, mas não passam de temas escolares. Aliás, um tema é sempre um ponto de partida e nunca um ponto de chegada, da mesma forma que as bem-amadas são um pretexto para o amor. Quanto à técnica do poema, isto já é outra

coisa. O poeta tem de criar ele mesmo a sua arte poética. Mas não se cristalizar nela. Aí seria então um poeta satisfeito. E um poeta satisfeito não satisfaz. Tenho tratado sempre de despojar-me. Muita vez sacrifiquei uma bela imagem em prol da unidade e do equilíbrio do conjunto. Em suma, para cada poema uma arte poética. É preciso evitar o excesso de inspiração. Ah, as associações de imagens! Elas vêm vindo, vêm vindo, até que o poema parece um desses altares barrocos, tão cheios de anjinhos que a gente não enxerga o santo. Mas escrevo tudo. Depois guardo. Deixo passar o tempo. Até esquecer o poema. Quando vou relê-lo é como se fosse de outra pessoa. Aí vou cortando, para só deixar o que julgo essencial.

Que critério deve ter um poeta ao selecionar poemas para uma antologia? O cronológico, como o adotado por você em *Apontamentos de História Sobrenatural*?
Ao compor a edição de meus outros livros, dividindo os poemas por afinidades entre eles, ao reuni-los depois num volume só, aconteceu que os críticos apressados, ao ler *Poesias*, julgaram o todo pela primeira parte. Quando adotei em *Apontamentos* a ordem cronológica, descobri, pela reação dos leitores, que era a melhor. Pois bem se pode dizer dos poetas o que disse dos ventos Machado de Assis: "A dispersão não lhes tira a unidade nem a inquietude a constância".

O que significam na sua obra os livros infantis?
Fazem parte do menino que faz parte de mim. O *Pé de Pilão* creio que é uma história que eu contei mais para mim mesmo. Foi escrito à maneira da poética infantil, porque as crianças gostam muito de rimar. As brincadeiras delas são rimas em parelhas. Assim: "Olha a Gabriela cuma cara de panela. Olha o João cuma cara de feijão." Coisas assim. Nada mais que duas linhas. Eu consegui escrever uma história dentro dessa poética infantil: duas linhas, ponto, duas linhas, ponto, duas linhas, ponto. E parece que não perdeu a naturalidade, porque as crianças gostaram. Já vai para a quinta edição. A propósito, na década de 20 vi Monteiro Lobato num famoso sebo do Largo da Sé (não sei se ainda existe). Disse-lhe que adorava os seus livros infantis. Resposta de Lobato: "Isto é

que me deixa com a pulga na orelha: eu escrevo para criança e barbado é que gosta". Respondi-lhe que tinha "uma imundícia de sobrinhos" (vi que ele gostou da expressão, não sei se tomou nota), e que os meus sobrinhos eram doidos pelas suas histórias. De modo que eu comprava os livros para eles, mas antes os devorava (os livros). Ora, uns dez anos depois estava eu na minha cidade natal (Alegrete) e lá eram publicados, mais ou menos mensalmente, os *Cadernos do Extremo Sul*. Pediram-me colaboração. Tinha eu uns pensamentos. Mas achei que umas sentenças isoladas pareceriam algo pedante e ridículo, como se eu quisesse bancar o Marquês de Maricá. Resolvi enquadrá-los em quartetos. Eram dez ao todo. O diretor da publicação enviou-a a Monteiro Lobato. Monteiro Lobato leu e gostou. Entregou à UJB, que os distribuía pelos jornais do interior (pelo mundo, disse Lobato), e pediu-me em carta que arranjasse mais, para serem publicados em livro. Entreguei-me então esportivamente à luta com as palavras. Essa luta parece que não termina nem no outro mundo. É pelo menos o que está escrito no último soneto de *A Rua dos Cataventos:*

> Hei de levar comigo uns poemas tortos
> Que andei tentando endireitar em vão.
> Que lindo a Eternidade, amigos mortos,
> Para as torturas lentas da expressão!

Por falar em conhecimentos ilustres, fui ao Rio em 1966 para lançar a minha *Antologia Poética* a pedido expresso de Manuel Bandeira, o qual me escreveu instando-me que fosse, pois não podia viajar porque já estava com oitenta anos e queria dar-me um abraço *antes*. Escrevi-lhe: "Isto não é um pedido. É uma ordem. Irei. Mas você não imagina como eu sou chato no intervalo dos poemas." A primeira vez que vi Manuel Bandeira foi no Rio, em 35, quando Egydio Squeff e eu estávamos sentados num banco do Passeio Público, ocultos por umas palmas. Bandeira passou, lento, cabisbaixo, mãos às costas. Gritamos: "Manuel!" Ele virou-se, olhou para o busto de Castro Alves e continuou imperturbável o seu caminho. A última vez que falei com Manuel

Bandeira, por assim dizer não falei com ele. Era num almoço da Editora José Olympio e quem falou todo o tempo foi Ivan Pedro de Martins, que estava à nossa frente e nos fez uma preleção sobre poesia, aliás belíssima.

Sei que você não gosta de dar entrevistas...
Poeta lírico, falo do meu *eu*, nos poemas, como ser humano. Mas acho incorreto estar falando sobre minha pessoa. Creio que a minha vida íntima nem a mim interessa. Quando a gente fala sobre si mesmo é para se gabar ou para se queixar. No primeiro caso, ainda passa. Mas, no segundo, ninguém gosta de despertar piedade. Disse que minha infância transcorreu na *belle époque*, mas isso implica uma disciplina vitoriana em matéria de educação. Como eu era o caçula, todos me observavam, me aconselhavam, me dirigiam. Havia um mundaréu de coisas que *não* se podia dizer, que *não* se podia fazer. A tragédia dos da minha geração é que nascemos e fomos criados numa casa de intolerância.

Mas aquele ambiente familiar de poesia a que você se referiu...
Era um mundo paralelo. Meus pais, embora lhes agradassem meus poemas, temiam a "vida de poeta". Seria bom você ler, em *Apontamentos de História Sobrenatural*, "O Velho e o Espelho", em que se nota a comovente tragédia pai-filho. Mesmo depois que vim para um internato em Porto Alegre, notei que certo bedel se interessava muito pelo que eu fazia. Desconfiei. Preguei-lhe algumas mentiras. E, nas férias seguintes, meu pai me falou naqueles inocentes pecadilhos inventados. Na adolescência, como eu sempre fui eu mesmo, queriam saber de onde é que eu tirava "aquelas ideias".

Tempos depois, vim a saber que meu pai fora à Biblioteca Pública do Estado informar-se sobre que livros eu lia. Consultado o fichário, verificou-se que as minhas leituras, feitas nas tardes e noites de sábado, eram os novelistas russos, os poetas simbolistas franceses, as revistas de arte europeias. Dessas e de outras leituras formativas, falo eu a páginas tantas de *A Vaca e o Hipogrifo*, creio que para desculpar-me de certas acusações de europeísmo. Puxa! É o diabo ser diferente! Certa vez, numa redação, escrevi eu: "Vasco da Gama transportou as Colunas de Hércules para a Índia".

Creio que o professor morreu sem acreditar que a imagem fosse minha mesmo.

Então a poesia só lhe trouxe transtornos?
A poesia só pode trazer alegria, a alegria criadora que, como no ato genésico, apaga tudo o mais. Em todo caso, os tempos mudaram. O fato de a Câmara de Vereadores conceder-me unanimemente, na passagem de meus sessenta anos, o título de Cidadão Honorário de Porto Alegre, pelo simples motivo de ser poeta, é uma prova de que outros ventos estão soprando. Tanto que, na minha fala de agradecimento, aliás brevíssima, disse eu: "Antes, ser poeta era um agravante. Depois, passou a ser uma atenuante. Vejo agora que ser poeta é uma credencial."

Outra coisa que achei extraordinária – e no mesmo sentido – foi que Alegrete, minha terra natal, resolveu gravar um poema meu em praça pública: a principal da cidade. Fiquei numa situação terrível, aquilo já tinha sido votado, mas como é que eu ia escolher um poema? Se eu achava que não poderia escolher, muito menos outros poderiam. Mas eu não podia cometer a grosseria de recusar. Em discussões que tive com o prefeito e o presidente da Câmara, disse-lhes que não podia escolher um poema porque um engano em bronze é um engano eterno. Discutiu-se, discutiu-se, e ficou assentado que ficaria apenas isto na placa: "UM ENGANO EM BRONZE É UM ENGANO ETERNO". MARIO QUINTANA (palavras com que o poeta se eximiu a que fosse gravado um poema seu, nesta praça, como justa homenagem de seus conterrâneos). ALEGRETE 1968.

Acho que este é um monumento único no mundo – foi uma grande solução. E, depois disto, no caso de não sobrar nada do que fiz, eu lavo as mãos, Alegrete lava as mãos e a posteridade toma um banho de corpo inteiro nas águas do Ibirapoitã.

Tenciona escrever, já escreveu um livro de memórias?
Se você conhecesse o meu eletroencefalograma... Bem, temo o perigo das falsas recordações. Embora não acredite na observação direta, acontece que tenho tal poder de visualização que às vezes não sei se aquilo que evoco eu vi mesmo ou foi algo que me contaram, ou

apenas imaginei. Mas há muito descobri que a mentira é uma verdade que se esqueceu de acontecer. Como vê, nada disto leva a um livro de memórias, só pode levar a um livro de poemas.

O poema,
essa estranha máscara,
mais verdadeira do que a própria face...

Você falou nas homenagens oficiais que lhe valeu a poesia. Que me diz da Academia?
As homenagens que recebi foram espontâneas, não partiram de mim ou dos meus empenhos. Quanto aos prêmios literários, tanto o Fernando Chinaglia, 1966, para o melhor livro do ano, como o Prêmio Pen Clube de Poesia, 1977, para os *Apontamentos de História Sobrenatural* não dependiam de inscrição. Para a Academia é preciso o próprio candidatar-se, mexer os pauzinhos. Ainda mais, eu tenho a coragem de não animar-me a solicitar pessoalmente o voto a cada um dos acadêmicos, como é de praxe obrigatória. A vida do acadêmico, por outro lado, é dispersiva. As Academias são uma espécie de sociedades recreativas e funerárias. Você sabe como é, não precisa explicar mais. Nada como o silêncio e o recolhimento para a criação. Antes, nas histórias da literatura, vinha assim: "No Rio Grande, Erico Verissimo, Augusto Meyer, Alcydes Maya, Eduardo Guimarães e outros". Nesses outros eu me sentia orgulhosa e anonimamente incluído. Agora passei para os citados. O que importa em entrevistas, tevês, homenagens... Isso é também uma vida dispersiva. Você não imagina a inveja que eu tenho de mim mesmo quando eu era os outros. Não gosto de estar sendo exibido como um macaco sábio. Sei que me acusam de introversão. Se eu fosse de fato um introvertido, não faria poemas. Pelos poemas sinto-me compensado, especialmente por causa do público jovem. Pois isso prova que, tendo eu atravessado umas três gerações, conservo leitores em todas elas, inclusive a minha. Portanto, deve haver algo de permanente na minha poesia.

Aos 73 anos de idade, Mario, valeu a pena ser poeta?
Valeu e vale.

MENOTTI DEL PICCHIA*

Você se lembra de quando começou a escrever versos? Em que circunstância se sentiu tomado pela "inspiração"?
Tenho impressão de que todos nascemos poetas. Há na alma de todos momentos de poesia. Às vezes os próprios poetas traduzem em versos esses instantes maravilhosos, e eles se eternizam nas suas obras, como em certas passagens da *Divina Comédia*, de Dante, ou dos *Lusíadas*, de Camões. As almas sensíveis que as leem nunca mais as esquecem. O normal, nos próprios poetas, é fazerem "versos". Bonitos, certos, interessantes, mas geralmente despidos da divina chama. Não raro, certos trechos de prosa têm mais poesia que longos poemas rimados ou não, mesmo criados por poetas famosos.

Existe o que se convenciona chamar de inspiração?
Tenho certeza de que, muito moço, comecei a fazer versos sem realizar, talvez, nenhuma poesia. A "inspiração" não é mais do que um estado de espírito que nos solicita a criar alguma coisa: prosa ou verso. Pode, nesses transes, nascer poesia.

O jovem poeta sempre tem modelos, foi ou é influenciado por muita gente.

No começo do século, quais eram as suas fontes, sobre quem recaía a sua admiração?
É claro que os geniais poemas que meu pai me recomendava – como, por exemplo, a obra dantesca e, já procurados por mim, a camoniana e as dos grandes poetas universais, além dos da nossa língua. Poemas franceses, italianos, espanhóis, a cujos idiomas eu tinha acesso –, se não me influenciaram a ponto de me levar a imitá-los, não deixaram de estimular minha vocação inata.

---

* Poeta, escritor e pintor ítalo-brasileiro, nascido em 1892. Participou da semana de Arte Moderna de 22 e foi membro da Academia Brasileira de Letras. Morreu em 1988.

É difícil falar de Menotti Del Picchia sem pensar em *Juca Mulato*, poema escrito em 1917, ano da famosa exposição de Anita Malfatti. Como o poema atende ainda a certos padrões do verso tradicional, seria possível estabelecer alguma relação entre ele e a poesia que surgiria em 22, de que você foi um dos grandes mentores? E essa relação, qual seria? É interessante que me lembre o *Juca Mulato*... A mim mesmo esse poema me impõe um problema: como nasceu e quem o inspirou? Antes dele eu publicara, muito jovem, os *Poemas do Vício e da Virtude*. Experimentações líricas ainda canhestras. Deles se salvam alguns versos. Depois criei o poema *Moisés*. Este – imprevisto e não classificável tecnicamente como parnasiano, ou romântico, ou clássico, consagrado que foi por um admirável soneto do grande Amadeu Amaral – situa-se na minha obra como poema à parte. Surgiu, depois dele, o *Juca Mulato*, em 1917. Naquela quadra, o parnasianismo dominava não apenas os grandes vates brasileiros como atingia seu esplendor na França. Creio que o *Juca* foi um divisor de águas na poética patrícia, nacionalizando nossa poesia e por fazê-la miraculosamente brotar da terra. Não foi uma oposição lírica ao *Jeca Tatu* do Lobato, visão dolorosa da decadência e do abandono do nosso pobre trabalhador rural. Nenhum sentido polêmico tinha o namorado da filha da Patroa. Desliga-se de todas as concepções poéticas reinantes de então para surgir, na forma e no fundo, como uma criação genuinamente nossa: terra e homem. Compõem o poema o Céu e a Terra. Todas as coisas telúricas e celestes, o chão que abriga o homem e o alimenta e o que há no mistério do azul quando ele olha as estrelas. Ali descobre como nova e mágica dimensão do universo os animais, como o prudente e confidente Pigarço, os lerdos bois pensativos e decorativos – o galo, clarim do dia, que ilumina as coisas para a vida e oferece as maravilhas do mundo ao homem que acorda... No fundo, o poema não é mais que o milagre do amor que tudo fecunda e cria. Agora, passados tantos anos, descubro que foi Dante Alighieri quem inspirou meu poema: *L'amor que muove il sole e l'altre stelle*... Foi a brasilidade do poema que, juntando-me a Oswald de Andrade, deslocando todo nosso pensamento, então errante pelos caminhos forasteiros do mundo, nos fez voltar para nossa terra, tornando-se o estopim da revolução modernista que explodiria nas famosas noitadas da Semana de Arte Moderna da qual, juntamente com Mário de Andrade, fomos inicialmente autores.

Quantas edições existem de *Juca Mulato*?
Não tenho a conta. São sessenta anos que ele jorra das mais variadas editoras. Estas não me comunicam as tiragens.

Você mostrava seus poemas a outros poetas ou autores para que o ajudassem com comentários?
Essa pergunta não faz nenhum sentido. Não creio que haja poetas que mandem seus versos a colegas para obter deles algum comentário. Essa função cabe aos críticos, os quais são absolutamente livres nos seus julgamentos.

Em 1921, quando saiu o *Máscaras*, poema em moldes não modernistas, Osvald de Andrade fez um discurso no banquete que lhe foi oferecido, saudando-o como "o mais vistoso padrão" do que ele chamava de "a extremada arte do nosso tempo". O que ele queria dizer com "extremada arte"? Referia-se à poesia, ao parnasianismo que chegava ao fim ou prenunciava o movimento de 22?
Máscaras foram dedicadas por mim ao grande poeta português Julio Dantas, o qual ao ler o *Juca Mulato*, escreveu, em Portugal, uma crítica tão festiva que transformei, nas primeiras edições do poema, em prefácio. Ao ser publicado o volume, meus amigos celebraram seu lançamento no famoso Restaurante Trianon. Oswald de Andrade, ao saudar-me, pronunciou um discurso no qual anunciava o movimento literário que estávamos preparando. Minha resposta ao discurso de Oswald, revelando nossos propósitos e o texto da sua criação, constituíram a programática da revolução cultural que tramávamos. A súmula dos dois discursos foi o que se passou a denominar "Mensagem do Trianon".

***Moisés*, poema sacro, surgiu em 1913. Vinte anos depois, em 33, você voltou ao tema religioso com *Jesus*. Hoje, os dois formam um só volume em sua poesia completa. Levando em conta a sua

iconoclastia de 22, em que medida o misticismo seria uma constante do seu temperamento?
Cada um desses poemas teve uma origem diferente. *Moisés*, concebi-o em São Paulo quando eu era estudante de Direito. *Juca Mulato* nasceu na minha fazenda em Itapira. As várias partes que constituem esse poema foram sendo sucessivamente criadas no prazo menor de um mês. Quanto à tragédia sacra *Jesus*, que considero talvez minha mais profunda criação literária, concebi-a numa semana por encomenda do meu amigo Viggiani, que pretendia, com ela, inaugurar o Teatro João Caetano, do Rio, por determinação do prefeito da então Capital da República. Quer *Moisés*, quer *Jesus*, não obedeceram a um imperativo religioso. Os dois poemas me ofereciam a oportunidade de criar alguma coisa nova, original, sobre tão transcendentes temas. *Jesus* concebi e realizei numa semana. Creio que foi a fase mais feliz de toda a minha vida literária. Aliás, a tragédia, representada em grande pompa no Teatro Municipal de São Paulo, constituiu meu maior triunfo. A crítica exaltou seu texto – que é em versos – como sendo minha criação mais profunda e feliz.

Todos os estudiosos de literatura gostam de saber o processo de escrever dos autores. Quais foram ou são seus hábitos? Escreve a mão ou diretamente à máquina?
Escrevo a lápis, sem hora certa, sob o impacto da minha inspiração. Corrijo apenas o original saído espontaneamente, sem grandes retoques. Sendo múltiplas minhas atividades – como jornalista e como político, forçadamente orador, como poeta e escritor procurando não repetir nunca os temas de cada criação – nunca eu mesmo sei como será meu livro de amanhã. *O Dente de Ouro*, romance que obteve tantas reedições, escrevi-o por encomenda da direção do *Jornal do Brasil*, para ali ser publicado, como foi, em folhetim. Salomé resultou de uma longa meditação sobre a dramática lenda da amante de Herodes. Creio que meu trabalho mais importante, quanto ao tema e quanto ao estilo, é *O Homem e a Morte*. Mário de Andrade julga-o um dos quatro livros surgidos em 1922 que se tornaram marcos do Movimento Modernista. Tristão de Athayde declara que, com ele, "tomei a dianteira do movimento em 1922".

Na famosa Semana de 22, você foi figura de proa. Eram destacadas as suas atuações no Teatro Municipal, como poeta, esteta e jornalista. Sob o pseudônimo de Helios, através do *Correio Paulistano*, você foi o divulgador e o estimulador das novas ideias. Acha que essa importância já foi devidamente avaliada?

Depois de uma longa gestação, a revolução modernista explodiu em 22, nas famosas três noitadas polêmicas do Teatro Municipal. Após a primeira noitada, a qual foi liderada pelo grande Graça Aranha, que aderira ao nosso grupo trazendo, do Rio, a colaboração de Ronald de Carvalho, o poeta, e do genial Villa Lobos, pois naquela altura o movimento já continha, além da parte literária, a parte artística, com pintores, escultores e músicos, coube a mim liderar a segunda. Foi nessa famosa noite que, ao apresentar nossa turma, primeiro Oswald de Andrade e a seguir Mário de Andrade, explodiu a maior vaia que se terá ouvido naquele teatro. A repercussão nacional dessa vaia foi a consagração dramática do acontecimento. Ecoou por todo o país e deu-lhe extensão histórica. Por outro lado, na imprensa, notadamente no *Correio Paulistano*, continuei, com meus companheiros, a defender e propagar a doutrina da cruzada renovadora. Sob o pseudônimo de Helios, meu *alter ego*, com o qual estive sempre presente comentando os acontecimentos do tempo, ajudei a difundir e a tornar nacionalmente vitorioso esse movimento. Defendi-o, também, na Câmara Federal, ao comentar a mensagem do presidente da República que declarava ter o movimento paulista determinado a Revolução de 30. Nossa ação não se reduzira a influir nas letras e nas artes. Repercutia, como força renovadora, no social e no político.

Poeta, ficcionista, teatrólogo, memorialista pintor, escultor, ensaísta e compositor; em meio a essa múltipla vocação, houve um momento de intensa preocupação política. Você considera o movimento de 22 um fenômeno de fundamento político, também? E a ligação ao verde-amarelismo de Cassiano Ricardo e Plínio Salgado?

Nosso grupo, que logo depois criou o movimento verde-amarelo com Plínio Salgado, Cassiano Ricardo, Motta Filho e eu, encontrou em Oswald de Andrade, Raul Bopp e outros uma oposição esquerdista que iria desbordar no comunismo. Retirando-se da nossa ala, Plínio Salgado saiu para criar o Integralismo. Com Cassiano e outros, fundamos o movimento da Bandeira, cujo lema era: "Contra ideologias forasteiras e dissolventes opõe o pensamento original da tua Pátria". Nessa área é que ficaram enquadrados os autores do *Juca Mulato* e *Martim Cererê*. O movimento de 22 foi inicialmente apenas cultural, pela integração do pensamento brasileiro, liberto de influências forâneas, no espírito e na paisagem da nossa terra e da nossa gente. Implicitamente, continha uma automática imposição política, pois pregava uma revisão básica de todos os valores, atingindo, assim, o social, o político e o econômico nesse fim do domínio exclusivo do café.

E suas preocupações com a Revolução de 32?
A Revolução de 32 tinha origem na revolta cívica dos paulistas contra a opressão da ditadura de Getúlio. Descrevi-a no meu livro *A Revolução Paulista*, sobre o qual recebi uma comovente carta do governador Pedro de Toledo, partida da Ilha do Rijo, onde, vencido e deposto, estava a caminho do exílio. Eu e o Cassiano Ricardo tínhamos sido seus secretários e o acompanhamos no drama, na bravura e na agonia da altiva gente bandeirante.

Trajetória literária realizada e tendo sido homem público e deputado estadual e federal, você pensa que o escritor, em particular o poeta, tem um lugar reconhecido na sociedade contemporânea? Não sendo ele um produtor de bens econômicos e sendo o valor econômico a medida dessa sociedade, que lugar é esse, na sua opinião?
Nesta altura dos meus oitenta e muitos anos, contemplando os quatro caminhos pelos quais andei na vida – no jornalismo, fundando jornais e revistas; na política, como deputado estadual e federal, chefe do PTB paulista; na administração, fundando o Monte de Socorro do Estado de São Paulo e dirigindo o Departamento de Imprensa e Propaganda; e na literatura, publicando meus livros, que me levaram à Academia Brasileira de Letras, sinto-me plenamente realizado. A geração à qual pertenci traçou todos os caminhos culturais e, como expliquei, também políticos, criando um Brasil Novo.

Como você situaria a sua obra no quadro atual da literatura brasileira?
No quadro atual da literatura brasileira desfruto a alegria de ver que poemas meus, como o *Juca Mulato*, não foram esquecidos. A face dramática do mundo de hoje, procurei retratá-la nos amargos temas de *O Deus sem Rosto*. Neles, o que possa faltar de lirismo, sobra em advertências sobre a marcha de uma humanidade desvairada pela técnica e que, com a bomba atômica, ameaça o mundo com o suicídio universal.

O seu livro *República 3000*, tem relação com a ficção científica contemporânea?
A *República 3000* foi meu passeio de descanso no mundo da fantasia. Sem nenhum intuito de fazer ficção científica, espantei-me ao ver que, em Paris, a tradução da Albin Michel provocou uma comunicação da *Societé d'Études Atlantiques*, na qual se declarou que o progresso técnico universal ali fora *"evoqué plus nettement qui ne l'avaient fait avant lui les romanciers du merveilleux scientifique"*.

Nessa sociedade tecnológica e de consumo, de que falamos, você acredita que o trabalho do escritor tem sentido ou vale a pena?
O trabalho dos escritores, em todos os tempos e em todos os países, tem influência decisiva no progresso humano. Às vezes decresce o interesse por eles quando as nações se tornam mais Esparta que Atenas. Creio, porém, que nos países cultos, os pés não podem substituir as cabeças.

O que você considera a mais válida e profunda mensagem de tudo o que escreveu? Observada da perspectiva do tempo, a sua obra o satisfaz?
Não sei como agradecer, na altura desta idade, as provas de interesse e carinho por aquilo que haja feito. Quando nada, se ressalvam na minha obra as intenções e este meu tão vivo amor pelo Brasil.

Moacyr Scliar*

Jura dizer a verdade, somente a verdade?

Não sei se isto acontece com todos que escrevem – com as pessoas em geral –, mas no meu caso qualquer tentativa de fazer um depoimento sincero sobre minha própria pessoa vê-se imediatamente prejudicada por uma irresistível compulsão à fantasia. À mentira, por assim dizer. Por mais que me esforce, não consigo me ver senão como personagem de ficção. Na infância, via-me frequentemente subindo a rua Fernandes Vieira, onde morava, na torre de um tanque de guerra, à frente das vitoriosas tropas aliadas. Com o passar dos anos, os devaneios foram ficando cada vez menos gloriosos, mas nem por isso menos pertinazes. Eu me via, por exemplo, como médico, atendendo doentes ou planejando campanhas de saúde pública. A propósito, devo dizer que sou médico; formei-me em 1962 pela Faculdade de Medicina de Porto Alegre. Desde 1969 dedico-me à saúde pública.

Desde a adolescência, também me via como escritor, isto é, um sujeito que, arrebatado pela inspiração, senta à máquina e matraqueia contos, artigos, romances. Devo dizer igualmente que matraqueio contos, artigos, romances; jamais, porém, com o arrebatamento do escritor dessas antigas, mas ainda atuais, visões.

Mentira & Verdade. O espírito humano descansa na verdade. Acredito nisto, ou, pelo menos, me esforço para acreditar. Busco a Verdade. Faço-o através da profissão, dos livros que leio (uma ampla variedade. Olhando as prateleiras: ficção – surpreendentemente pouca, a maioria estrangeira –, poesia, história, economia, sociologia, marxismo, psicanálise, judaísmo, biologia, arte, quadrinhos, dicionários vários, medicina, saúde pública),

---

* Moacyr Scliar (1937-2011) nasceu em Porto Alegre, Rio Grande do Sul. Contista, romancista, cronista, ensaísta e autor de livros infantojuvenis. Membro da Academia Brasileira de Letras.

das conversas com amigos. Não encontro esta Verdade. Ou, se a encontro, demoro-me nela uma infinitesimal fração de segundo; logo estou me arrancando, partindo para a ficção. Talvez procure neutralizar, com a ficção do papel, a minha ficção interna: *similia similibus curantur*, mas isso também já é ficção, é o Escritor Citando Frase Latina; e ficção da pior, esnobe. Um dos meus analistas – três, até agora, mas não simultaneamente, que não há orçamento que aguente – tentava me demonstrar que a Vida não é Ficção. Usava para isso metáforas freudianas.

Ficção ou não, fale um pouco de sua infância, dos seus pais, das suas lembranças infantis.

Por mais que persista na mentira, contudo, há documentos provando que nasci a 23 de março de 1937, na Beneficência Portuguesa, em Porto Alegre. Esse dia – o 23 de março de 1937 – passou. *Passou*. Passou para mim, passou para os que me leem e para os que não me leem. Passou para os que estavam vivos à época e que continuam vivos agora. Passou para os que morreram: minha mãe, por exemplo, uma mulher que contava histórias, que chorava, que ria gostosamente, e com quem jamais falei a verdade. Passou. O dia: passou para os que ainda devem nascer.

Pouco recordo de minha infância, parte da qual vivi na cidade de Passo Fundo, onde meu pai tinha, se não me engano, um bazar. Tinha mesmo? Preciso perguntar a ele. Preciso perguntar muitas coisas a ele. Não o faço por medo que não saiba responder. Ou por medo das respostas que me dará. Uma cena de Passo Fundo, que dei, generosamente, a um personagem, Benjamim (*Os Voluntários*): eu, com uns três ou quatro anos, caminhando pela rua. Começa a chover. Vejo na calçada baganas de cigarro, fósforos queimados. Dá-me uma imensa pena destas coisas, expostas à intempérie. Abrigo-as numa casa que tem a porta aberta e que é, por acaso ou não, a Delegacia de Polícia. O Poder. Poder Gaúcho, Poder Macho: pela porta aberta atira à rua fósforos e tocos de cigarro, mas recebe-os de volta, magnânimo. Era a mim mesmo que eu tentava abrigar?

De Porto Alegre, lembro as ruas calçadas com pedra irregular. Os bondes. A Festa do Divino. O pinhão quente. Nossa primeira casa, na rua Fernandes Vieira: o assoalho de tábuas cedia ao nosso passo; em compensação havia um quintal onde o capim vicejava, selvagem, e que ficava alagado com as chuvas de inverno. Mar. Neste mar eu navegava rumo aos países distantes dos livros da coleção *Terramarear*. Lembro da pequena fábrica de móveis do meu tio; guri habilidoso, eu fabricava meus próprios brinquedos. Sempre gostei do trabalho manual e muito tempo lamentei não ter nascido operário, entre outras razões porque aos obreiros pertence – mas isto já não me adianta muito – o futuro do mundo.

Meus pais contavam histórias, meus tios contavam histórias. Os vizinhos contavam histórias. Sentados em cadeiras nas calçadas, se a noite era quente, ou ao redor da mesa do chá, se fazia frio, contavam histórias. Mesmo quando jogavam canastra contavam histórias. Tinham prazer nisso. Não precisavam de televisão; eles eram os autores, diretores, personagens de suas próprias novelas. Claro, havia o rádio também. Os grandes rádios à válvula, em que eu escutava as aventuras do Vingador e do seu fiel Calunga, o radioteatro, os programas humorísticos. Ouvir e contar histórias era para mim tão natural quanto respirar. Quando dei por mim, estava de lápis na mão, escrevendo. O papel era o do pão, comprado na Padaria Três Estrelas. A obra; uma autobiografia, necessariamente curta, pois eu não teria mais de sete anos. Alfabetizado precocemente por minha mãe, professora primária, eu já então optava por escrever ao invés de viver.

A família teria então estimulado você a...
Escrever, isso era estimulado pela família. Eu tinha primos artistas, alguns com renome nacional: Carlos, o pintor, e Esther, a compositora, outros de menos destaque, mas de qualquer modo a conjuntura ajudava. Pequenos, minúsculos burgueses, meus pais não eram ricos; mesmo assim, um dos primeiros presentes que ganhei foi uma máquina de escrever Royal, importada, excelente (o único problema com ela era que não tinha acentos. Eu os colocava à mão: o toque personalizado ao texto).

As professoras da Escola de Educação e Cultura – conhecida no Bom Fim como o Colégio Iídiche – ajudavam muito. Me estragaram, tomando-me por prodígio. Talvez por isso até hoje tenho dificuldade em aceitar críticas desfavoráveis, embora saiba, resenhista que sou de vez em quando, com que facilidade são produzidas. Fiz o ginásio num colégio religioso, católico. Experiência dolorosa. No sistema de competição então adotado eu me destacava: e toda a agressividade de meus colegas adolescentes manifestava-se sob a forma de um virulento antissemitismo. O pior de tudo era a sensação de, como judeu, estar condenado a arder por toda a eternidade no inferno (embora um dos professores tivesse me garantido que, se eu andasse na linha, poderia pegar apenas um purgatório). Converti-me, secretamente, ao cristianismo e criei uma liturgia própria, com orações compostas por mim mesmo.

Uma situação semelhante a de *Os Deuses de Raquel*?
É. Essa situação, contudo, teve seus aspectos positivos. De novo: havia professores que me estimulavam. Gostava de português e até mesmo (*sic*) de latim. E sobretudo tornei-me um trabalhador tenaz. Mas a rebeldia do judeuzinho acabou predominando e fui fazer o científico no Colégio Júlio de Castilhos, menos organizado, mas mais liberal; lá, inclusive, me iniciei na política estudantil.

Até que ponto o fato de ser judeu marcou você?
A condição judaica. Você não se livra dela. Começa que está estampada na carne: a marca da circuncisão. Somos *diferentes*. Nem melhores, nem piores: diferentes. Muitas vezes amaldiçoei o destino que me fez judeu. Depois, iniciei uma longa trajetória de elaboração desse judaísmo. Marx ajudou muito, aquela lógica implacável, cristalina: povo-classe. Pensei em ir para Israel e viver num *kibutz*. Abandonei a ideia, muito dolorosamente, sem saber bem por quê. Depois descobri que estava atrás de um ideal messiânico. Transferi-o – ainda não sei se com êxito – para a saúde pública.

Tanto quanto possível, vivo em paz com meu judaísmo. Extraí dele o que tinha de melhor: a fantasia, o conteúdo ético (a solidariedade, o senso de justiça) e sobretudo o humor. Não conheço humor como o humor judaico: melancólico, agridoce, o humor do perseguido que luta contra o desespero. É a história do rabino que, fugindo do nazismo, vagueja de país em país, até que lhe arranjam um passaporte para a Austrália. É longe, advertem-no.
– Longe? – pergunta o rabino. – Longe de *quê*?

É assim mesmo. Estamos longe? Mas longe de quê? Muitos de meus livros têm a ver com judaísmo, a começar por *A Guerra no Bom Fim*, uma sucessão de histórias vividas por um mesmo personagem e que se passa no bairro judaico de Porto Alegre. Muita fantasia chagalliana.

O Exército de um Homem Só, a história de um quixote judeu que oscila entre se acomodar na vida e fundar, sozinho, uma nova e utópica sociedade. *O Ciclo das Águas* baseia-se num episódio verídico: o tráfico de brancas – judias – da Europa para a América Latina, e que me valeu pelo menos um telefonema ameaçador. *Os Voluntários* tem este personagem, o Benjamim, que sonha com Jerusalém; moribundo, seus amigos, um estranho quarteto, resolvem levá-lo para lá num rebocador desconjuntado.

Não faço a apologia do judaísmo. Reconheço suas contradições; afinal, há um Marx e um Rotschild, há um Trotski e há o fanático Gush Emunim. Para mim o judaísmo é basicamente uma cultura – sem futuro, talvez, mas com um rico e notável passado. E o tempo ideal para a literatura é o passado. Talvez seja mesmo um anacronismo, isto de escrever.

Por que *O Carnaval dos Animais* apareceu só em 1968? A produção literária infantil foi interrompida? Alguma desilusão precoce? Todos os seus livros falam de judaísmo?

Meu primeiro livro não teve nada a ver com judaísmo. Aliás, este livro não foi o Número Um; foi o Número Zero. Ponho-o na lista da *juvenilia* (Updike). São histórias de um estudante de Medicina, publicadas em 1962, ano em que terminei a faculdade. Que eu saiba, não há exemplares por aí: um crime que já não tem vestígios. Naquele mesmo ano entrei numa antologia de contistas do sul, *Nove do Sul*, e que eu saiba a primeira do gênero. Me parece que o Rio Grande nunca foi muito fértil, literariamente. Tivemos o enorme Erico Verissimo, sim. E quem mais? Dyonélio Machado levou décadas a ser redescoberto. Tudo bem. Levei mais seis anos para amadurecer. Muitas vezes pensei que não escreveria mais, e em 1968 publiquei o meu primeiro livro: *O Carnaval dos Animais*. Contos pequenos, num clima fantástico de cruel pesadelo. Não sei se hoje poderia escrever esse livro de novo. Com o passar dos anos, fui aprendendo a não agredir o leitor. Parece que as pessoas precisam mais de ajuda do que de pauladas. Não sei. De qualquer modo, a piedade é uma coisa corrosiva.

Os temas do primeiro livro aparecem de novo nos demais?
Sim. Os de contos, *A Balada do Falso Messias, Histórias da Terra Trêmula, O Anão no Televisor* e mais um livrinho de crônicas, *Os Mistérios de Porto Alegre*, têm qualquer coisa de *O Carnaval dos Animais*. Mas é uma agressividade mais contida, me parece. Duas outras novelas – prefiro este nome ao de romance, que me soa muito pretensioso, ao menos para o que faço – têm algo de documentário. *Mês de Cães Danados* usa como pano de fundo o episódio da "legalidade", que se passou no Rio Grande do Sul em 1961 – quando o então Governador Leonel Brizola reagiu a uma tentativa de golpe e exigiu que se desse posse ao sucessor do renunciante Jânio Quadros, o vice-presidente João Goulart. Pressenti que esse movimento tinha dois componentes: um popular, progressista; outro, representando o estertor do latifúndio gaúcho. Nesse cenário coloquei um quixote de direita (já se vê que gosto dos quixotes) que pensa em matar o governador. Toda a história, contudo, pode ser apenas imaginação de um mendigo que a narra.
Doutor Miragem é a história de um médico sequestrado por um frustrado motorista de táxi e que relembra sua vida durante esse sequestro. Vê-se então que os caminhos de ambos já se cruzaram várias vezes; existe uma luta de poder entre ambos. Não me foi fácil escrever este livro (nenhum é fácil, mas este foi menos fácil). Quis evitar fazer um depoimento sobre a Medicina, e desse modo o ficcionista teve de manter uma constante batalha contra o médico.

Como é que você escreve? Corrige muito um texto? Seus livros já nascem delineados ou você vai descobrindo o tema aos poucos?
Escrevo primeiro à mão, em pedaços de papel dos mais variados tipos. Não consigo escrever uma história em ordem (às vezes nem mesmo um conto): funciono sempre por livre associação. Depois é que junto estes pedaços e tento dar-lhes uma coerência. Só aí vou para a máquina – e de novo, muitas vezes. Na vida real não sou

perfeccionista, mas na literatura, sim. Por isso meus livros são geralmente curtos: se fossem mais longos, não poderia reescrevê-los tantas vezes quanto acho necessário. Neste processo, vou descobrindo a história que queria narrar – e às vezes sintetizo duas ou mais histórias numa só. Sofro – terrivelmente – de um excesso de inspiração. Poderia escrever um romance atrás do outro, ou vários a um tempo, o que às vezes me acontece. Felizmente não tenho tempo. Felizmente, porque isto me obriga a estabelecer prioridades.

Conto, novela, crônica, romance. Já experimentou a poesia? E o teatro?
Comecei como contista. Aos poucos, fui descobrindo que certos contos eram, na realidade, embriões de novela. Ainda escrevo contos, porém em menor quantidade. Talvez por ser agora menos ansioso. Mas – e isto digo com orgulho – poucas vezes cometi poesia. E o teatro nunca experimentei.

Tem preferência por algum personagem? Costuma dar os originais para alguém ler antes de publicar?
Meus personagens prediletos são os fracassados, os *gauches* da vida, os anti-heróis – como o capitão Birobidjan, de O *Exército de um Homem Só*.

Considero escrever um vício solitário. Mostro meus livros para minha mulher, para meus amigos; em geral só dizem o que já sei, ainda que inconscientemente. Minha experiência é de que, se você não acha o caminho sozinho, ninguém pode ajudá-lo.

Meus livros não são autobiográficos mas contêm, inevitavelmente, experiências pessoais. Escrever na primeira pessoa é uma tentação contra a qual luto – nem sempre com sucesso – pois acho que a terceira pessoa é que estabelece a terra de ninguém onde se desenvolve a ficção.

Escreve diariamente ou só quando tem assunto?
Se pudesse, escreveria diariamente. Me atrapalham as limitações de tempo ou os bloqueios pessoais. Fico angustiado quando não consigo escrever; ou talvez não consiga escrever por estar angustiado, não sei. De qualquer forma, as duas coisas andam juntas.

Alguns autores ouvem seus personagens, outros veem o cenário. Com você, o que ocorre?
Não tenho nenhum tipo de percepção sensorial ao escrever. Nem mesmo imagino a cena que descrevo. Cada vez mais é a *palavra*, a *palavra*. Quando adolescente, ficava excitado ao escrever cenas eróticas, mas depois optei pelo sexo propriamente dito.

Fala-se muito em "denúncia da realidade", na participação social do escritor brasileiro. O que pensa a respeito?
Em relação à literatura brasileira atual, estamos passando por uma fase de denúncias, de depoimentos – inevitável e necessária depois de um período de repressão e obscurantismo, do qual, espera-se, estamos livres. Dessa literatura, parte sobreviverá pelo mérito literário, parte como documento e parte pelas duas razões. O critério fundamental de permanência, para mim, diz respeito à evidência, à demonstração da condição humana em suas circunstâncias, adversas ou não; em sua luta por um mundo mais justo.

Você, especificamente, se enquadra...
Não sei que rótulo me aplicaria. Passei pelo fantástico, passei pela temática judaica, por uma literatura mais próxima do real – mas estas passagens não são irreversíveis, voltarei ao fantástico ou ao judaico quando for o caso.

Acredito em boas ideias e em bons propósitos, mas acredito sobretudo no texto. Não tolero textos frustrados do ponto de vista de técnica literária – principalmente os meus. Rasgo adoidado, ou melhor, amasso e atiro longe.

O que você gostava de ler na adolescência? Alguma vez tentou imitar algum escritor?
Em ficção, li de tudo anarquicamente. Houve época em que tentei me organizar, ler e escrever sistematicamente. Pegava um conto – de Alcântara Machado, por exemplo – e tentava reescrevê-lo, mudando o tema e as palavras, mas conservando o *ritmo*. Não sei se esse tipo de exercício me beneficiou. Acho que sim. De qualquer modo, há uma fase, necessária, em que se copia. Invejei muitos autores: Kafka, os contistas norte-americanos, Isaac Babel, Erico, Jorge Amado. Isso passou. Hoje já não sou capaz de

distinguir influências no que faço. Bem ou mal, cheguei a meu próprio jeito de expressão.

Você é um emérito ganhador de prêmios literários. Por que se inscreve em todos os concursos?
Não sou contra prêmios literários – pelo menos quando os ganho. Os prêmios são uma forma de projetar o escritor brasileiro, de reforçar seu ego e de meter algum dinheiro em seu bolso – às vezes muito mais do que ele vai ganhar em direitos autorais.

Houve época em que me interessava concorrer a prêmios. Em parte, acho, por causa do isolamento em que vive o autor gaúcho. Hoje, esse isolamento diminuiu um pouco; por outro lado, estou cada vez mais interessado na coisa em si – isto é, no texto – e menos em suas repercussões. Digamos assim: concorro agora em concursos internos, nos quais sou meu principal adversário e ainda o júri. Se for o caso, continuarei concorrendo a prêmios, mas certamente não a todos os prêmios.

O que está preparando agora? Há uns cinco anos você vem publicando um livro por ano...
No momento estou escrevendo duas novelas; uma, sobre cristãos-novos, outra que tem algo a ver com psicanálise. Não sei se darão certo, não sei se mais uma vez terei de rasgar ou amassar. Escrever é como viver. A gente nunca sabe no que vai dar.

NELSON RODRIGUES*

Você nasceu no Recife, em 1912, mas é um típico cronista do Rio. O fato de ser nordestino deixou marcas em você?
Uma das minhas marcas é a minha infância profunda. Eu falo disso nas minhas memórias. Por exemplo, o que primeiro se manifestou em mim foi o olfato. Alguém, montando a cavalo, me carregou junto e eu senti então o cheiro de um cavalo. Ainda hoje, quando eu chego perto de um cavalo, sinto que alguma coisa me toca e cria um clima retrospectivo. Com quatro anos de idade vim para o Rio. Eu gosto de ser pernambucano, de ter nascido no Recife. É um dos meus prazeres. Mas descobri realmente o mundo no Rio de Janeiro. Nunca me esqueço de que, no dia em que mudamos da casa do Olegário Mariano para a nossa própria casa, tocava a valsa do conde de Luxemburgo. Isso me deu uma sensação de beleza e, ao mesmo tempo, a certeza de que eu já tivera experiências muito anteriores ao meu nascimento. Por isso eu digo nas minhas crônicas esportivas que nós nascemos quarenta anos antes do nada. Estávamos sendo feitos. Todos nós viemos de um passado remotíssimo. Eu acredito em reencarnações primitivas. Sou cristão. Acredito na vida eterna. O Hélio Pellegrino me disse uma vez que ele era cristão sem vida eterna. Achei isso absurdo, um sujeito se demitir de sua vida eterna como um suicida depois da morte. É ser muito cruel consigo mesmo.

E as suas famosas paixões infantis?
Eu frequentava a escola pública e, sem nenhum exagero ou dado pitoresco, me apaixonava por todas as professoras. Costumo dizer que as grandes paixões, do homem e da mulher, ocorrem dos seis aos dez anos. O que eu senti na infância nunca mais se repetiu.

---

* Nelson Rodrigues (1912-1980) nasceu no Recife, Pernambuco. Dramaturgo, romancista, jornalista.

Eu ia para a esquina, cabeçudo e pequenino, e ficava vendo no sobrado uma professora que eu achava deslumbrante. Quando se é criança, nenhuma mulher é feia. Eu olhava as empregadas lá de casa com deslumbramento. Aquelas crioulas de ancas poderosíssimas. E a minha primeira professora, dona Rosa, de narinas apertadas! Eu voltava da escola, ficava no quintal, sozinho, junto do tanque, sonhando, construindo histórias.

Conte como você começou a escrever.
Meu pai, depois que saiu do *Correio da Manhã*, fundou o jornal *A Manhã*, com vários amigos. Um grande sucesso. Era um jornal que, na primeira coluna, publicava gente como Agripino Grieco, Antônio Torres, José do Patrocínio, Monteiro Lobato, todo mundo importante da época. Foi aí, nessa coluna, que uma vez escrevi um artigo intitulado "A Tragédia da Pedra". Eu tinha treze anos. Meu velho leu o artigo e mandou publicar na primeira coluna. Foi o meu grande êxito literário.

Este foi o primeiro texto publicado?
Não. Eu escrevia em outras seções do jornal com o pseudônimo de Braz Buriti. Já era repórter de polícia aos treze anos. Me lembro que uma das maiores experiências da minha vida profissional foi uma notícia sobre o suicídio de uma menina. O repórter terminava assim a notícia: "E nem um goivinho ornava a cova dela". O pessoal gozava o repórter, mas eu não. Achava aquilo singelo.

Qual foi, então, o seu primeiro texto?
A rigor, o meu primeiro texto foi escrito na Escola Prudente de Morais, aos sete anos de idade. Um texto que já me definia. A professora resolveu que não íamos escrever nada sobre estampas de vacas e pintinhos. Que podíamos fazer uma história da nossa cabeça, para ver quem era o melhor. Ganhamos eu e um outro garoto que escreveu sobre um rajá montado no seu elefante favorito. Eu escrevi sobre o adultério. Minha primeira *A Vida Como Ela É*. Um sujeito que entra em casa, inesperadamente, abre o quarto e vê a mulher nua e um vulto pulando pela janela e desaparecendo na noite. O cara puxou a faca e matou a mulher. A redação produziu o que Aristóteles deseja para as tragédias: horror e compaixão. O

horror que eu, cabeçudo como um anão de Velasquez, escrevi à caneta, num caderno. Eu tinha um sonho, escrever um grande romance. Este sonho ainda me persegue. Estou demorando muito.

Alguma vez tentou imitar algum escritor?
Eu lia muito, em criança. Li especialmente um livro, que Jorge Amado até cita num romance, que se chamava *Elzira, a Morta Virgem*. Não me lembro de quem era. Zola foi um momento importante para mim, que o achava o maior escritor do mundo. Eu queria ser formidável como o Zola, mas sempre escrevi as coisas do meu jeito.

Vamos dar um salto para a sua primeira peça, A Mulher Sem Pecado. No livro de memórias você diz que foi ao teatro assistir a uma peça de *vaudeville* e que, inclusive, tinha ficado convencido de que o teatro não podia jamais fazer rir...
É o seguinte: essa peça, *A Família Lero-Lero*, de Magalhães Jr., fazia um sucesso danado. Eu pensei comigo que o Magalhães estava ganhando uma nota firme, por que eu não podia ganhar dinheiro com uma peça no gênero? Fui pra casa decidido a fazer uma chanchada. Escrevi a primeira e a segunda páginas, a peça tomou conta de mim e saiu uma coisa tenebrosa: um mendigo humano, espectral, paralítico e a mulher que foge com o chofer. Tudo exatamente como a mulher descrita na infância. E fui procurar um empresário. Quem me ajudou foi um amigo do meu irmão Mário Filho, o Vargas Neto. Estávamos em pleno Estado Novo e, pelo fato de se chamar Vargas, tinha todas as portas abertas automaticamente. Ele escreveu uma carta para o diretor do Serviço Nacional de Teatro, me chamando de Tchekhov para cima. O Abadie Faria Rosa topou e, dois meses depois, estreava *A Mulher Sem Pecado*, no Teatro Carlos Gomes. Nunca me esqueço dessa experiência. Encontrei o Santa Rosa, na porta do Amarelinho, na Cinelândia, e pedi que ele fosse ver a minha peça. Achei que ele não ia, não, porque naquele tempo ninguém sabia que eu era inteligente, a não ser uns quatro ou cinco iniciados. Mas, um dia, vi o Santa saindo do Teatro. Ele foi tão generoso, tão cálido, que se ouviu um barulho: era a minha cara batendo no chão. O maior espanto que tive na vida

literária. Voltei deslumbrado para casa. No domingo, ele publicou uma crítica ou uma crônica, com o seguinte título: "Nelson Rodrigues Descobriu o Teatro Moderno".

Nessa época você já possuía algum livro publicado?
Não, era apenas jornalista e olhado com uma certa ironia, porque meio estilista. Um crítico de *O Globo*, Bandeira Duarte, meteu o pau na peça. O Roberto Marinho ficou indignado, mas não disse nada. Um dia, eu estava conversando com o Manuel Bandeira, o Roberto se aproximou e perguntou o que ele tinha achado de *A Mulher Sem Pecado*. Ele respondeu: "Esse rapaz tem um grande talento. A peça é formidável. Só sou contra o paralítico não ser paralítico." O Roberto Marinho ficou impressionado e despediu o Bandeira Duarte.

Você interrompe os atos em *A Mulher Sem Pecado* e recomeça o ato seguinte com a última cena do anterior, o que não era comum. Fez intervalos porque era de praxe ou...
Fiquei temeroso de fazer um ato só. Achei que no meio da peça o público iria embora. Não tive coragem. Podia ser repelido na primeira peça, se não seguisse as normas.

Vestido de Noiva, considerada um marco no moderno teatro brasileiro, foi escrita como?
Depois de *A Mulher Sem Pecado* eu pensei em dar, não uma pirueta, mas um salto mortal. Queria escrever alguma coisa que fosse um estouro. Primeiro pensei em escrever sobre um sujeito que começa a sonhar em cena e o público só fica sabendo que ele estava sonhando no fim da peça, para daí o público descobrir que também sonhou. Acabei colocando uma mulher atropelada, no momento da desintegração da sua memória, da sua inteligência, da sua imaginação. E a solução me pareceu realmente melhor.

Trabalhando tanto em jornalismo, a que horas você escrevia a peça?
Eu trabalhava no jornal *O Globo*, onde ganhava quinhentos mil-réis, e na UNE, onde recebia trezentos. Salário de um miserável de Victor Hugo. Chegava em casa às dez horas, jantava e escrevia. Depois de muita revisão, passei a limpo, e comecei a mostrar a

todo mundo. Jayme Costa e Dulcina de Morais acharam graça. O Roberto Marinho disse que eu precisava perder a mania de gênio incompreendido. O Pongetti não gostou.

E a estreia foi bem?
Quando terminou o primeiro ato, houve uma frieza incrível do público. Eu fiquei na maior estupefação. Público sempre aplaude em qualquer peça, e eu estava sendo sacrificado. No segundo ato, nada. Nem um aplauso. No terceiro ato, baixou o pano e simplesmente não ouvi nenhuma palma. Pensei comigo que estava bancando o palhaço. Mas algumas palmas isoladas acabaram se transformando numa ovação formidável. Gritavam: "O autor! O autor!" Eu estava no camarote, me levantei, mas ninguém me conhecia fisicamente. O autor só recebeu aplausos mesmo na hora de ir ao Caixa do Teatro Municipal. O Ziembinski gritou: "Olha o autor!" Daí recebi uma ovação. *Vestido de Noiva* mudou a minha vida completamente. No dia seguinte, o David Nasser me convida para um almoço. Me ofereceram dois empregos. Se eu topasse, ia ganhar seis vezes mais do que ganhava. Uma coisa incrível. Por toda a parte um rumor me acompanhava e senti a glória. Eu saía da minha obscuridade desesperadora. Dera o salto mortal e não morrera.

Você conhecia a cozinha teatral quando começou a escrever peças?
A única peça que eu conhecia bem – palavra de honra – era *Maria Cachucha*, de Joracy Camargo. Eu lia muito, de maneira voraz e ininterrupta, mas só romances. Quando imaginei o delírio, a agonia de Alaíde, pensei que precisava criar muitas cenas e que o cenário não podia ser fixo. Aí nasceram os quatro arcos de *Vestido de Noiva*, a fim de que eu pudesse fazer vários palcos.

Ter cultura é importante para um dramaturgo?
Acho que sim. Ler muito, nem que seja um único livro como o *O Idiota*, *Crime e Castigo*, *Ana Karenina* ou *Guerra e Paz*.

Como nasceu o pseudônimo de Suzana Flag?
Quando entrei para os *Diários Associados*, o Fred Chateaubriand disse que ia comprar um romance norte-americano para publicar em capítulos. Eu me propus a fazer uma experiência de

escrever uma história em folhetim. O Fred argumentou: "Fazer experiência nas minhas costas?" "Está bem", eu falei, "então não vai ser experiência, vai ser para valer." E escrevi *Meu Destino é Pecar*, que alcançou logo um sucesso enorme. Eu gosto muito do livro. Acho que carrego a nostalgia do folhetim. E tenho bossa para escrever folhetim.

É curioso você ter escolhido um pseudônimo feminino... Na época as mulheres tinham tanta dificuldade para publicar...
Por isso mesmo era mais interessante usar um nome de mulher.

Você assinaria hoje *Meu Destino É Pecar* com o seu próprio nome?
Assinaria, mas apenas como curiosidade, nada mais. O outro folhetim, *O Homem Proibido*, eu assinei. Foi publicado com o meu nome na *Última Hora*.

Nós estávamos falando em mulheres e me ocorreu que a maioria dos seus personagens femininos não prima pela virtude, é pouco séria...
Não existe mais a mulher séria. Nem tem sentido. Acho a mulher séria formidável, mas definir uma mulher como séria é até ofensa. Onde se encontra hoje uma mulher fiel?

Você sofreu algum desencanto para ter uma visão tão ruim das mulheres?
Não. É uma constatação, uma visão da época. Eu sou uma alma da *belle époque*, quando as mulheres tinham ataque. Tão bonito mulher ter ataque, desmaiar. Me lembro que em 1928, no carnaval (tempo em que carnaval era carnaval, porque agora não é mais nada), passou uma menina por mim, na rua. Eu botei o pé na frente e ela tropeçou. O noivo, que vinha logo atrás, resolveu tomar satisfação. Do meu lado, um amigo que era metido a valente tomou as minhas dores. E houve um fecha. A noiva caiu desmaiada. Isso é tão sepulto que...

Seus personagens masculinos também não primam pela virtude. Basta ver o Werneck, o Peixoto...
A natureza concedeu ao homem um privilégio exasperante. Para o homem, o ato sexual é uma coisa frívola, irresponsável, esportiva. Para a mulher deve ser, e o será, pelo menos psicologicamente,

uma expectativa de modificação, de transfiguração até física, ela vai adquirir uma barriga imensa, aquilo é uma coisa assombrosa na sua vida.

O tema do amor é uma constante na sua obra, Nelson.
Todo mundo faz sexo. Uma ínfima minoria, seletíssima minoria, faz amor. O resto faz até amor grupal, um critério de Sodoma e Gomorra. Não tem nada a ver com amor. Eu acho que se pode amar sem sexo. O sexo é um pretexto do amor. O sujeito devia ir ao sexo só amando.

Você tem algum texto, romance ou peça, em que o amor dá certo?
Estou pensando, mas desconfio que não.

E Edgar e Ritinha, em *Bonitinha, mas Ordinária*?
Ah, é. Tem razão. Não me lembrava. O casal do anti-Nelson Rodrigues talvez... Se alguém examinar bem o assoalho das minhas peças, vai encontrar todas as respostas, os meus vestígios, a minha visão do mundo, do ser humano, do pecado.

Mudando um pouco de assunto, a temática da tragédia carioca foi induzida pelo trabalho jornalístico?
A indução vem desde a minha pré-adolescência, a infância inclusive. Usar a violência, um tipo de violência, foi justamente o que redundou no meu teatro. Eu fui para a reportagem de polícia aos treze anos. Ora, por quê? A preferência pelo assunto já era uma antecipação da minha obra.

Você já me disse que em geral tem sempre a história, mas que depois da terceira ou quarta página é que constrói a peça. Como é isso?
Eu começo a escrever a peça, sabendo a história. Agora, a história está sujeita a mil reforços, a mil retoques. Mas sempre sei exatamente o que quero contar.

O que significa escrever para você?
Se eu não escrevesse, seria um desgraçado. A rigor, se você examinar bem, todos os meus personagens são tristes. Salvo algum esquecimento, não vejo ninguém alegre.

Mas você faz ou não humor, com as suas peças?
Humor? Faço. O fracasso do Leon Hirzman com *A Falecida*, no cinema, foi exatamente a falta de humor.

Quer falar um pouco do seu lado de cronista? Quando você começou a escrever *A Vida Como Ela É*?
Em 1951. Levei dez anos escrevendo um conto por dia. A coluna não era de crônicas, mas de contos.

Por que você nunca publicou *A Vida Como Ela É* em livro?
Agora, que a Nova Fronteira vai editar minhas obras completas, preparei dois volumes com uma seleção. Escolhi uns cem contos.

Em *A Vida Como Ela É* os personagens estão prontos para o teatro...
Os personagens de *A Falecida*, *Boca de Ouro* e *Beijo no Asfalto* foram tirados da coluna. Nos contos, eu testava os personagens ou as situações.

Como é que você dá nomes aos personagens?
Varia. Uma vez eu cheguei na redação do jornal e perguntei se alguém tinha um nome para uma bicha de pensão de mulheres. Surgiram muitos, inclusive um, Pola Negri. A verdade é que os personagens já aparecem com nome, Palhares, Werneck, assim por diante. Apenas alguns exigem um certo esforço.

E das *Confissões*, Nelson, você tirou personagens também?
Eu gosto muito das minhas *Confissões*, mas não aproveitei nada ainda. Talvez venha a aproveitar. Outro dia, escrevi sobre uma menina linda, linda. Grande dama, família das melhores do Brasil, uma menina que foi vaiada pelos colegas de escola quando disse que era virgem. Uma vaia tremenda. Por que virgem? Ela respondeu que estava se reservando para o homem que amasse. Pois bem. Ela descobre um tal de Fernando, um bico doce, um sujeito de fala bonita e voz acariciante. Um dia eles se casam, ela apaixonadíssima. Na hora de sair da igreja, ele convida a noiva para dar uma passadinha na casa de um amigo. Cinco minutos. Ela ficou vagamente decepcionada mas, como era um sacrifício pequeno, topou. A casa era um palacete da avenida Niemeyer,

perto do Hotel Nacional. Ela, toda vestida de noiva, tem a surpresa de ver um monte de gente desconhecida. O noivo grita: "Chegou a noiva! Todo mundo nu!" Ela ficou aterrada. Aí todos se despiram e dez homens vieram carregá-la. Fizeram as piores coisas. As piores. Houve um momento em que ela teve prazer naquilo. Um momento só. Quando os noivos saíram do palacete, o vestido todo sujo do desejo dos homens, ela não disse uma palavra ao marido. "Gostou?" – ele perguntou. Ela nada. Um silêncio espectral. Ao chegarem em casa ele se deitou sem nem tirar os sapatos. Ela pegou o dinheiro reservado para a lua de mel, desceu correndo, tomou um táxi e pediu ao motorista que a levasse para o leprosário de Jacarepaguá. O médico de plantão, vendo aquele frescor de menina, perguntou se ela estava doente. "Antes fosse", ela respondeu. "Quero ser enfermeira ou acompanhante das agonias dos leprosos." A partir de então, tratou dos doentes, assistiu aos que morriam. E todos os dias ia para o espelho ver se tinha alguma feridinha no corpo. Algo que denunciasse a doença. Mas nada. Continuou trabalhando até que tirou a camisola e reparou que estava toda florida em chagas.

Esse é o romance que eu quero escrever.

Romance ou peça?
Não sei. Estou na dúvida ainda. Acho que vai ser romance.

É curioso, Nelson, mas você, que é considerado um marco no teatro brasileiro, por que nunca deu atenção à sua carreira de prosador? Quantos romances você escreveu?
Escrevi *Meu Destino É Pecar*, *O Casamento* (sou das raras pessoas do país que gosta do livro), *Núpcias de Fogo*, *Minha Vida*, de Suzana Flag, *O Homem Proibido*, *Engraçadinha, Seus Amores e Seus Pecados* – em dois volumes, dos doze aos dezoito anos e depois de 30 anos –, *Escravas do Amor*, um folhetim, como o *Núpcias*. Eu nunca me assumi como romancista. Não tenho tempo. Preciso escrever para comer. E a minha obra teatral é mais importante para mim. Eu levo a sério meus romances. Acho que têm defeitos que são fatais, mas têm qualidades e algumas virtudes também.

Você terminou o livro de memórias em 1967. De lá para cá não continuou as *Memórias*?
As memórias publicadas no livro representam apenas a metade do que escrevi no *Correio da Manhã*. Não editei o segundo volume por relaxamento. As *Confissões* têm muita coisa de memória mas... Não sei.

Acho estranho você não ter abordado nas memórias todos os seus casamentos. Por quê?
Passei longe de Elza, minha primeira mulher, vinte anos. Depois voltei. Até prova em contrário, isso é prova de amor. Ela sempre foi o grande amor da minha vida.

E os outros amores?
Algumas mulheres me fizeram sofrer. Não porque o quisessem, mas porque eram, de natureza, cruéis. É duro. Um amor é duro. Encontrar amor é uma batalha.

Você amou muito, Nelson?
Amei muito. Agora, sinceramente, acho que o amor não precisa ser realizado. Na nossa vida vale muito o apenas sonhado. O valor está no sonho. Eu diria que esse "apenas sonhado" é mais importante do que o realizado. O sonho não aceita nem respeita os limites. A única maneira de um sujeito ter o sentimento do universo é sonhando, se não só se vê a esquina.

A morte e a tragédia rondam sempre você. O Nelson Rodrigues dramaturgo existe por causa disso?
Eu, como qualquer pessoa, venho através de gerações, me repetindo. Eu sou um predestinado. Eu digo sempre nas minhas crônicas esportivas que o Fluminense ganhou porque estava escrito há quarenta mil anos. E um tricolor autêntico não acha isso absurdo.

Você entende mesmo de futebol?
Entendo. Mas tenho uma maneira especial de escrever sobre futebol. Por exemplo, o nosso escrete é o maior do mundo, e meus colegas da crônica esportiva parece que não concordam com a afirmação. Em 58, quando nós fomos campeões do mundo, ninguém acreditava. Mesmo agora, os idiotas da objetividade consideram

os clubes europeus melhores. Eu gosto de futebol pra burro. O Fluminense é a minha vida.

Você começou a fazer crônicas esportivas só porque gostava de futebol? Elas teriam a mesma qualidade do resto da sua prosa?
Meu irmão era chefe da seção esportiva do jornal *Crítica*, do meu pai. Como eu já torcia pelo Fluminense, fui ser também repórter esportivo. Há duas semanas escrevi uma crônica que começava assim: "Acusam-me de ser muito restritivo com os imbecis (os torcedores)". Ora, isso não é de má qualidade. Eu publicaria uma seleção das minhas crônicas esportivas em livro. O meu sucesso de cronista de futebol resulta do fato de eu não escrever como os outros.

Você tem facilidade para escrever?
Tenho. Eu sou o pior datilógrafo do mundo, mas escrevo diretamente à máquina. Para *O Casamento*, fiz cada capítulo duas vezes. *Confissões* escrevi direto, sem retoque. Em *A Vida Como Ela É*, nunca fiz revisão. No momento de bater à máquina, a ideia já está pronta.

E as peças?
Reescrevo bastante. Acrescento, modifico, corto coisas.

Tem preferência por alguma peça, Nelson?
Gosto de todas. Devo a *Perdoa-me por me Traíres* a vaia mais fantástica que um autor mereceu no Brasil, em qualquer tempo. O Gláucio Gil vendeu até o automóvel para produzir a peça.

E personagens, tem predileções?
Alaíde, de *Vestido de Noiva*, Zulmira, de *A Falecida*, Glorinha, de *Perdoa-me por me Traíres*, Arandir, de *Beijo no Asfalto*, Boca de Ouro.

Você andou anunciando uma peça em nove atos, que seria uma autobiografia. Está trabalhando nela, ou abandonou a ideia?
Nada disso. Espero trabalhar nessa peça.

Há pouco falamos em cinema. Em geral, os filmes adaptados de obras suas são fiéis ao espírito rodriguiano?
Os filmes costumam obedecer aos meus diálogos. *Toda a Nudez Será Castigada* e *O Casamento*, do Arnaldo Jabor, são muito bons

filmes. Gostei (com restrições) do *Boca de Ouro*, do Nelson Pereira dos Santos. Eu destacaria ainda *A Dama do Lotação* e *Os Sete Gatinhos*, do Neville de Almeida, o *Beijo no Asfalto*, de Bruno Barreto. Também o *Bonitinha Mas Ordinária*, do Braz Chediak.

Sempre lê os roteiros?
Leio. Acabo de vetar um roteiro ignominioso de *A Mulher Sem Pecado*. Imagine que começava com um telegrama: "Querida, volte, porque eu fiquei paralítico". Isso era da maior burrice.

Desculpe a indiscrição, Nelson, mas quais são realmente suas convicções políticas?
Eu direi que sou uma coisa que ninguém mais é. Fica até meio ridículo dizer, mas eu sou um democrata. Eu sou um ridículo democrata.

Quer dizer que você não é reacionário?
Reacionária é a Rússia. Reacionária é a China. Eu digo que sou reacionário por gozo.

Quem é o Nelson Rodrigues?
O sujeito mais romântico que alguém já viu. Desde garotinho sonho com o amor eterno. Na minha infância profunda, os casais não se separavam. Havia brigas, agressões de parte a parte, insultos pesadíssimos, mas o casal não se separava. A separação era uma tragédia. Em último caso, a mulher apelava para o adultério. Sou romântico como um pierrô suburbano. Diga-se de passagem, eu sou suburbano. Tenho a alma do subúrbio. Deodoro, Vaz Lobo – um estilo de vida. Um estilo apaixonante.

OCTÁVIO DE FARIA*

Vamos fazer de conta que ninguém sabe nada sobre você, além de que nasceu no Rio de Janeiro em 1908 e que é filho do escritor Alberto de Faria. Que recordações tem da infância? Descreva, por favor, o ambiente onde cresceu.
Já que falou em meu pai, Alberto de Faria, convém também falar em minha mãe Maria Teresa de Almeida Faria, filha de Thomaz Coelho de Almeida, por duas vezes ministro do Império, inclusive no Gabinete da Abolição. Esses dados não me parecem inúteis, já que eles estão intimamente ligados ao clima de minha infância. Família grande, intimista, muito fechada, consciente da posição que ocupava. Eu era o oitavo filho e, em consequência, gozava das vantagens e desvantagens de ser o "caçula" da família. Tímido por natureza, cresci fechado em mim mesmo, falho de amizades. Creio que não tive um único amigo até entrar para o colégio, já bem tarde. Minha companheira de jogos era minha irmã, mais velha quatro anos, com quem eu brigava muito, mas a quem eu devo toda uma vida de compreensão e amizade. Minha grande recordação de infância é a casa onde passávamos os verões, em Petrópolis. Casa enorme, rodeada por todo um terreno a que se juntava um morro com muitas alamedas, onde todos os sonhos eram possíveis – casa e morro que eu acabei "emprestando" a um dos heróis de meu romance *Tragédia Burguesa*. Era um mundo meu, fechado, impenetrável. Nele vivi todos os meus sonhos de menino arredio, sensível e essencialmente imaginativo.

Quando sentiu vontade de escrever? Algum livro, ou alguém o teria impressionado, despertando-lhe a vocação?
Foi nesse morro que a ideia de meus romances nasceu. Nenhum livro, *pessoa alguma* o provocou. Foi o dia a dia de minha vida nesse

---
* Octávio de Faria (1908-1972) foi ensaísta, crítico, romancista e escritor. Nasceu no Rio de Janeiro. Foi membro da Academia Brasileira de Letras.

morro de sonhos que desencadeou tudo. Verdade é que, completado pela estadia no Rio, sempre em casas dotadas de amplo terreno, propício aos sonhos e divagações do menino enclausurado que eu era.

Fale-me na sua adolescência, na descoberta do cinema.
Se alguma coisa marcou minha adolescência, foi o cinema. Desde muito cedo, quatro, cinco anos, fui um assíduo frequentador. Devo a meu cunhado, Afrânio Peixoto, essa iniciação. Levava-me ao cinema, principalmente aos filmes de *cowboy*. Mas o que realmente me interessava eram os filmes para gente grande, notadamente os dramalhões franceses. Muito cedo já era fã de Gabrielle Robine e das grandes divas do cinema italiano, das inesquecíveis grandes mulheres Pina Menichelli e Francesca Bertini. Foi através dessas divas que me interessei pelo cinema e, mais adiante, travei conhecimento com a nova arte que começava a surgir.

Por que escolheu o curso de Direito? Aos vinte anos, enquanto estava na faculdade, você fundou o Chaplin Clube. O que era o *Fan*? Quem eram os seus amigos na época?
Desde menino, eu só ouvia falar em três carreiras: Direito, Medicina e Engenharia. Não se cuidava de outras. Em Medicina ou Engenharia, nem pensar queria. Direito ficava como única possível escolha. E foi exclusivamente por isso que entrei para a Faculdade de Direito. Nunca pensando em advocacia, pela qual, inclusive, tinha profunda aversão. Na verdade, nunca estudei *direito*. E, sim, um pouco sociologia. E outras coisas: literatura, filosofia, cinema.
    Fundamos o Chaplin Clube, em 1928, nós quatro: Claudio Mello, Plínio Sussekind Rocha, Almir Castro e eu. Era um clube que se destinava ao estudo da nova arte, o cinema. Realizava sessões, discutia, estudava cinema. E fundou um jornalzinho, onde eram publicados os trabalhos de seus quatro fundadores e de outros amigos que se interessavam por cinema: o *Fan*. Depois de publicados sete números, transformou-se em revista que ainda conseguiu editar dois números. Esses fundadores de Chaplin Clube eram os meus únicos amigos nessa época.

Quando jovem, nunca pensou em escrever para o cinema?
De um modo sistemático, não. Meu interesse era pelo *estudo* do cinema. Nessa época o cinema ainda *existia*. Podia ser estudado.

Oferecia amplas possibilidades para isso. Era o tempo do cinema mudo, e ainda não havia surgido o sonoro e o falado. Ou, como tão bem diz Evaldo Coutinho, o cinema ainda não tinha se transformado em simples "espetáculo". Era possível estudá-lo como nova forma de arte. E nós o estudamos *como arte*. Quanto a escrever para o cinema, nunca o fiz sistematicamente. Meu interesse, para essa finalidade, era o romance. Sempre que pensava em alguma coisa, era em termos de ficção, de romance, não de imagens, de filme. Era uma questão de natureza, creio que seria melhor dizer: de vocação.

Em várias entrevistas, você disse que desde o início, com a publicação de *Mundos Mortos*, em 1937, a *Tragédia Burguesa* já estava planejada. Em que consistia esse planejamento?
Durante a "gestação", o material de *Tragédia Burguesa* sofreu várias modificações. Desde as primeiras "ideias", que datam de bem cedo e revelam a pouca idade que eu tinha, até os primeiros "planejamentos" que são da primeira mocidade. Basta lembrar que teve os títulos, sucessivos e perfeitamente ridículos, de *Estudo sobre o Homem*, *Miséria Moral Maior que Física* e *Precocidades Monstruosas*, antes de se chamar *Tragédia Burguesa*. Como o título, não foram menores as modificações na sua estrutura. Por ocasião da publicação de *Mundos Mortos* (primeiro volume da série, publicado em 1937), eram vinte os volumes programados. De lá para cá, ocorreram algumas modificações. Não só no título, mas no número e no conteúdo dos volumes. Dos vinte, inicialmente programados, alguns desapareceram, outros foram surgindo. Alguns desgarraram-se da série, constituindo volumes à parte, complementares. Hoje são treze volumes formando a série *Tragédia Burguesa*, e oito ou nove volumes ou volumetes complementares, a serem publicados depois do aparecimento do último da série. E ainda sujeitos a modificações.

Quantas horas por dia, normalmente, você dedicou a *Tragédia Burguesa*? Tem ideia de quantas páginas escreveu, ou de quantas foram impressas?
Não escrevo horas determinadas por dia. Escrevo quando me dá vontade, isto é: quando a inspiração vem. Às vezes, dias seguidos.

Às vezes, com intervalos de vários dias. Às vezes, mesmo, paro longo tempo entre os diversos capítulos de cada volume. Não forço nunca. E não saberia fazer de outro modo. De forma que fica difícil responder à pergunta formulada. Quanto ao número de páginas escritas por mim, calculo: umas quinze mil (páginas de bloco médio, escritas a mão). Páginas impressas? Mais ou menos o mesmo número, pois só um volume foi retirado do prelo antes da publicação: *Atração*, que constitui hoje a primeira parte de Os *Malditos*, volume complementar de *Tragédia Burguesa*.

Em algum lugar, li que você escreve à tinta, corrige e depois passa à máquina.
A maior parte de *Tragédia Burguesa* foi escrita com uma caneta Parker que ainda possuo. Hoje escrevo com uma simples Bic. Escrevo, corrijo e depois passo à máquina. Torno a corrigir, então. O romance está, assim, pronto para ir para a tipografia.

As páginas à tinta sofrem muitos reparos? De que ordem?
Por mais que não pareça, corrijo muito os meus originais, escritos à tinta ou a lápis. Menos, bem menos já, os datilografados. Essa declaração surpreenderá a muitos que me julgam desleixado, mas assumo a responsabilidade dos meus defeitos de estilo etc. Não por tola pretensão. Mas porque acho que certas coisas só podem ser ditas de certa maneira – essa que emprego. Quem não gostar que não goste. É só não ler...

Fez revisões nos primeiros volumes publicados? Se começasse a *Tragédia Burguesa*, hoje, cortaria muito?
De uma coisa tenho certeza: sou o pior revisor do mundo! Fiz revisão de todos os volumes. Mas parece que não adiantou muito. Tanto que neste último, *O Pássaro Oculto*, deixei o esforço com terceiros, os editores. Quanto ao problema de recomeçar *Tragédia Burguesa*, confesso que gostaria muito de reescrever certos volumes. Não para "cortar". Apenas para dar nova forma a certos episódios. Isto é: não para cortar, mas, provavelmente, para acrescentar. Os leitores que me perdoem...

Você relê seus próprios livros com frequência? Tem algum ou alguns trechos de que gosta mais?
Não tenho esse mau hábito. Releio apenas quando tenho necessidade de verificar certos pontos de "engatamento", isto é: para acertar, concordar certos acontecimentos do romance que estou escrevendo com outros, de romances anteriores. Mas, por gosto, não. Não posso dizer que seja um autor que se compraza com o que escreve. Os trechos que menos me desagradam são os trechos finais de *O Lodo das Ruas* e de *Os Loucos*. Ou, talvez, o episódio "Geralda ou o Ninho entre os Astros", de *O Lodo das Ruas*.

E os personagens, quais são os preferidos? Alguma vez eles o surpreenderam, tomando rumo diverso do pretendido?
De um modo geral, eles podem se medir pelo número de páginas que ocupam. Uma única exceção, talvez: o Carlos Eduardo: que aparece apenas em *Mundos Mortos* e que é fundamental no todo de *Tragédia Burguesa*. As "surpresas" não provêm bem do "rumo" que alguns personagens tomam à minha possível revelia. Originam-se na importância que assumem a medida que vão surgindo. Caso típico: a Ângela que surge em *O Anjo de Pedra* e não consegue dar todo o seu recado em *Ângela ou as Areias do Mundo*, sendo necessário, então, ter eu de escrever *A Sombra de Deus*, que não estava programado na seriação inicial. Isto é: o herói cresceu em mim mesmo, à minha revelia, e exigiu um novo volume para "dizer" tudo o que tinha de ser dito. E ainda sobrou um pouco para *O Pássaro Oculto*...

***Três Tragédias à Sombra da Cruz* o que representam para você: uma tentativa de encontrar novo meio de expressão?**
Simples necessidade de testemunhar, como está dito na apresentação do livro. Nunca uma tentativa de encontrar novo meio de expressão. Sempre soube que meu meio de expressão não era o teatro. Sem dúvida, escrevi peças de teatro. Algumas à margem ou inspiradas em *Tragédia Burguesa*, mas mais ou menos com a certeza de que não era esse o meu meio natural de expressão. Não julgo que não seja um bom meio de expressão. Mas não é o meu. Posso ser um mau romancista, mas que, por natureza, sou romancista, não tenho

a menor dúvida. É por meio do romance que posso me exprimir. E sinto que trago em mim alguma coisa que preciso dizer, por vontade de Deus. Por pior que o faça, por mais que desagrade a muitos...

Por que suas peças nunca foram montadas? Alguém, pelo menos, se interessou?
Nunca tive preocupação maior nesse sentido. Aliás, uma dessas peças, *Judas*, já o foi, em Minas Gerais, por iniciativa de meu amigo João Etienne Filho. Quanto a interesse por elas, tenho a relembrar, agradavelmente, o de Martim Gonçalves, que pensou fazer "leituras públicas" de algumas delas. Sua morte deixou a ideia em fase de simples projeto.

Muitos escritores se viram obrigados a fazer tradução para equilibrar o orçamento mensal. O que o levou a traduzir Jacob Wassermann, Thomas Hardy, Léon Bloy e outros: alguma necessidade financeira ou amor às obras?
No mais das vezes, amor às obras. Mas, aqui e ali, necessidades financeiras. Não propriamente para equilibrar o "orçamento mensal", que não tive, por graça de Deus, essa necessidade imediata, mas para me permitir certa liberdade na aquisição de livros, isto é: material de trabalho. Já nessa época de traduções, os livros estavam por demais caros. Hoje...

O que você considera uma boa tradução?
Acho que são condições essenciais a tradução estar em bom português e reproduzir exatamente o pensamento do autor. Isto é, respeitar o texto, dando-lhe uma forma agradável, correta. Também não convém exagerar o agradável da tradução. As traduções puramente "literárias" não me agradam ou, pelo menos, não me parecem valer grande coisa como "traduções". Vejam-se, por exemplo, as traduções francesas de Nietzsche ou de Dostoiévski do princípio deste século – e foram as que eu li...

Os prêmios recebidos contribuíram de alguma maneira para divulgar os seus livros ou foram apenas reconhecimento pelo alto valor de sua obra? Quais foram os mais significativos para você?
Os primeiros prêmios foram os mais significativos porque conferidos numa época em que "prêmios" tinham mais valor e a eles era

dada maior significação. Influíam mais, portanto, na opinião pública. A gente era o "detentor" de tal ou qual prêmio... E a nenhum dei mais valor do que ao Prêmio Felipe D'Oliveira, de 1942, ganho pelo meu romance *O Lodo das Ruas* (e "arrancado" pelo meu grande amigo, o poeta Augusto Frederico Schmidt...). Também me foram especialmente gratos os Prêmios Machado de Assis, da Academia Brasileira de Letras, e a concessão do Golfinho de Ouro em 1968. Também repercutiu muito na opinião pública o Prêmio do Instituto Nacional do Livro, de 1968, concedido a meu livro de novelas *Três Novelas da Masmorra*. Para mim, o "preferido" foi o Prêmio Felipe D'Oliveira, talvez por ter sido o primeiro: 1942...

Você poderia apontar os críticos que melhor estudaram a sua obra?
Muitos. Mais, seguramente, do que ela merece. Entre eles, citarei Tristão de Athayde, Álvaro Lins, Adonias Filho e Ernani Reichmann. Particularmente, uma carta de Mário de Andrade, incentivadora, quando do aparecimento de *Mundos Mortos*, em 1937. Sem falar das teses, onde minha obra é base, de Maria de Fátima Mamede de Albuquerque, Elisabeth Mokrejs, Maria Tereza Aina Sadek e Alberto Venâncio Filho. A estes, como a todos os críticos, sou particularmente grato.

Os dez primeiros volumes de *Tragédia Burguesa* foram publicados pela Livraria José Olympio Editora. *O Cavaleiro da Virgem* e *O Indigno*, pela Pallas Editora. O que aconteceu, a José Olympio não quis completar a série?
Por ocasião da publicação de *O Cavaleiro da Virgem*, colocou-se o seguinte problema: a Livraria José Olympio Editora estava disposta a continuar na publicação dos meus romances, mas não podia arcar com a reedição dos nove volumes que já estavam esgotados. Compreendi perfeitamente o problema, dado o custo do empreendimento. Ora, nessa época, meu amigo Hermenegildo de Sá Cavalcante estava lançando a sua Gráfica Record Editora em grandes proporções. Combinei então com José Olympio "passar" o todo (meus romances a publicar e a reedição dos já publicados) para a Gráfica Record Editora. Tudo na maior harmonia. Continuei a ter por José Olympio o mesmo apreço, pessoal e editorial.

Infelizmente, porém, a editora de Hermenegildo Cavalcante de Sá, depois de publicar vários livros meus, entre os quais os meus *Léon Bloy* e *Três Novelas da Masmorra*, não foi para frente. Redundou, para mim, a publicação de *O Cavaleiro da Virgem* na Companhia Editora Americana e, mais adiante, de *O Indigno* na Pallas S.A., onde acabo de editar *O Pássaro Oculto*. Como vê, tudo na maior paz do Senhor. Minha relação com os meus editores sempre foi a melhor possível, ao contrário da maioria dos autores nacionais que vivem brigando com seus editores e dizendo deles cobras e lagartos...

Além dos treze volumes da *Tragédia Burguesa*, publicados de 1937 a 1977, você publicou vários volumes de ensaios, o livro das peças, as traduções e dois livros dedicados ao cinema: *Significação do Farwest*, em 1942, e *Pequena Introdução à História do Cinema*, em 1964. Por que não escreveu contos? Não aprecia o gênero?

Não escrevi contos mas publiquei novelas, que é quase o mesmo. Publiquei *Três Novelas da Masmorra* em 1968 pela Gráfica Record Editora, reedição de *Novelas da Masmorra*, da mesma editora, em 1966. Se aprecio o gênero? Muito. Mas, devo confessar: não é *meu* gênero. Só me sinto à vontade em histórias mais ou menos longas, demoradas. Meu limite é a novela. Cada um como Deus o fez, não?

Você disse numa entrevista para Esdras do Nascimento: "Não escrevo para ser lido pelos contemporâneos, nem pelos que virão, um dia. Escrevo porque preciso, porque minha função na vida é escrever." Nunca pensou em leitores enquanto trabalha, pelo menos quanto à técnica de prender-lhes a atenção?

O que quis dizer a Esdras do Nascimento, se não me engano, foi que, quando escrevo, escrevo ditado por uma exigência interior, minha, fundamentalmente minha. Nada me move em relação ao leitor. Se ele encontra algum obstáculo, pode ter certeza de que não foi intencional. Se o que quero é dizer uma determinada coisa, eu a direi ao preço que for, mesmo desrespeitando regras de gramática. Louvo-me em Proust e não creio que haja maior santo... Mas não creio que, com isso, desrespeite a "atenção" do leitor.

Para você, o que é um bom romance?
É uma história que me emociona, que me faz sentir os acontecimentos ou os fatos que estão sendo narrados. É qualquer coisa que me lembra Proust, ou Faulkner, Dostoiévski ou Balzac. É uma narração como *Os Irmãos Karamazóv*, de Dostoiévski, ou *La Chartreuse de Parme*, de Stendhal, como *Jude The Obscure* (*Judas, o Obscuro*), de Thomas Hardy, ou *The Forsyte Saga* (*A Saga dos Forsyte*), de Galsworthy, como *O Caso Maurizius*, de Jacob Wassermann, ou *À la recherche du temps perdu* (*Em busca do tempo perdido*), de Proust. Nunca essas "possibilidades" inventadas pelo *nouveau roman* e congêneres. Romance é romance e nada mais do que romance...

Com a publicação de *O Pássaro Oculto* você anuncia o encerramento da *Tragédia Burguesa*. Considera que o tema – o entrelaçamento de vários destinos numa sociedade em agonia – foi absolutamente esgotado ou tem algum outro motivo?
Não creio que o assunto esteja esgotado, mas, pelo que me diz respeito, está completado. É verdade que, depois de *O Pássaro Oculto*, ainda resta publicar os volumes complementares: *Os Malditos*, *O Livro Negro do Professor Sousa*, *A Morte de Rodolfo Borges*, *Sangue sobre Bela Vista*, *Gildinha*, *A Morta-Viva*, *As Reses do Coronel*, *A Infância Trágica de Mário Soares* e *Os Filhos da Ira*. Isto é: trabalho para muitos anos. Infelizmente, falta saúde para uma tarefa dessas...

Nunca ninguém pensou em passar para o cinema nenhum dos seus livros?
Já. Meu amigo, o cineasta Paulo César Saraceni, tem projeto nesse sentido. Aliás, ele já filmou um *short*, tirado do episódio Roberto-Silvinha (de *O Lodo das Ruas*), de que gostei muito. Além disso, já me consultaram sobre a possibilidade de uma adaptação de *Tragédia Burguesa* para a televisão. É tarefa muito difícil, penosa mesmo, mas não deixa de ter suas possibilidades. Vamos ver...

Mudando um pouco de assunto (as chamadas "patrulhas ideológicas" são denunciadas hoje tranquilamente): o fato de ser um escritor católico atrapalhou de alguma forma, teria bloqueado um maior interesse pela sua obra?

Acho que sim. De certo modo, houve muito "preconceito". Muitos acharam que, por ser católico, pessoalmente, eu fazia propaganda "católica" em meus romances. Quando eu, na verdade, mostrava apenas *a visão do mundo* que um católico tem. Visão que, necessariamente, um cristão, católico, tem do mecanismo do mundo. Não "propaganda", mas sim "testemunho". Não se tratava de um "romancista católico", no sentido habitual do termo, mas de um católico que escrevia romances.

Você ainda é um leitor voraz? O que prefere ler?

Não. Nada mais daquele leitor voraz que lia uma média de um livro por dia. Leio muito menos, mais ou menos o que não posso deixar de ler. Não porque não sejam interessantes as coisas que se escrevem. Apenas por falta de tempo disponível e por certo cansaço que a idade trouxe. Em resumo, escolho muito o que leio. Em geral, romances. E acho curioso que as pessoas, na minha idade, costumem responder à pergunta sobre qual seja a sua leitura favorita com esse testemunho de saudosismo: memórias...

"Não sou operário do meu ofício." Pode explicar melhor?

Não me lembro a propósito de que, nem a quem disse isso... Explicaria melhor se o "não" fosse retirado. Pois, operário do meu ofício é o que sou, na verdade.

Como é o seu cotidiano, Octávio, aos 71 anos de idade?

Sistemático, sem a menor dúvida. Acordo cedo, me cuido, faço face às obrigações de rua, almoço, cuido dos meus trabalhos imediatos, janto, leio um pouco antes de dormir, durmo. Quase o oposto do que acontecia na minha mocidade. Então, não tinha hora nem para dormir nem para jantar: escrevia ou lia até altas horas da madrugada, saía muito, ia ao cinema quase todo dia, jogava *snooker* ou ia ao futebol (acompanhava os treinos do Fluminense, profissionais e amadores), ficava conversando com amigos pela noite afora. Hoje, a idade me tolhe todos esses movimentos de franca liberdade. E não traz compensação alguma. A não ser, talvez, uma certa tranquilidade...

Todos esses livros complementares da *Tragédia Burguesa*, apesar de que não façam parte da série, já estão escritos?
Apenas um – *Os Malditos* – está acabado. Outros dois, começados. O resto, ainda em projeto. Só Deus sabe *se* ou *quando* ficarão prontos. *A Infância Trágica de Mário Soares* está bem adiantado. Mas terá o seu título mudado. (Aceito sugestões...) Em preparo: *O Livro Negro do Professor Sousa* e *A Morte de Rodolfo Borges*. Em fase de projeto, ainda: *Os Filhos da Ira* e *Sangue sobre Bela Vista*. E três outras novelas, também em projeto. Haja vida e paciência para realizar tudo isso.

Tem escrito algum livro de memórias ou um diário?
Livro de memórias, não. O gênero não me seduz. Quanto a diários, tenho vários, mais ou menos redigidos, mas não creio que os publique. São diários de trabalho, observações anotadas durante o preparo dos romances. Não creio que justifiquem uma publicação.

OTTO LARA RESENDE*

Você queria ser escritor desde criança. Como é que surgiu a vocação? Sinceramente, não sei se eu queria ser escritor desde criança. Queria ser qualquer coisa, o meu destino me inquietava. Talvez quisesse me exprimir. E porque sempre gostei de livro, logo no limiar da adolescência estava impregnado de literatura. Quem sabe porque não havia outra opção. O cinema era um mito distante, quase extraterreno, Hollywood. A música tinha um toque de severa disciplina. Durante anos estudei violino. A evasão estava no livro. No alfabeto residia toda possibilidade de fugir da realidade, de interpretar a realidade e de me decifrar. Ler e escrever eram formas de ultrapassar os limites e os constrangimentos da infância.

Todo livro era bom. Qualquer texto, de bula de remédio a volante de circo. Um dicionário era uma festa. Me lembro do dicionário de Jayme de Séguier, refúgio, lanterna mágica, permanente convite à viagem. A qualquer hora, mas à noite sobretudo, o Séguier era a porta da libertação. Povoava minha solidão, distraía o meu tédio. Todas as palavras eram encantadas. As palavras em ordem unida, disciplinadas, cada uma no seu lugar. E todas se abrindo, como flores, para fora do sufoco, da aridez do cotidiano. Entre os nomes comuns e os próprios, havia as locuções latinas e estrangeiras. Era bonito, dava gosto essa intimidade do menino com o dicionário.

E havia também a antologia. As antologias. Outros dicionários, que foram sendo descobertos. E livros com janelas para o mar: Jack London. Júlio Verne, com aventuras demais, passava um pouco além do meu eixo. A coleção *Terramarear*. *Os Três Mosqueteiros*. Dumas. Emílio Salgari. Mil tesouros e aventuras que não me sobressaltavam.

---

* Otto Lara Resende (1922-1992) nasceu em São João Del-Rei, Minas Gerais. Contista, romancista, jornalista. Membro da Academia Brasileira de Letras.

O desejo, a compulsão de escrever vinha naturalmente dessa vontade de me exprimir, de me interrogar, quem sabe orgulhosamente de me afirmar. Eis-me aqui, eu existo. Estou sozinho entregue a mim mesmo.

Veio daí o desejo de escrever um diário ainda no seu tempo de menino?
Provavelmente. Escrevi bastante, às vezes em código. Pobres anotações de nada que talvez quisessem dizer aquilo a que Tristão de Athayde se referiu mais de uma vez: que a criança não é feliz. Bernanos fala da "tristeza misteriosa das crianças" e diz que a experiência demonstra que há também "desesperos na infância".

Por que o internato?
O internato ainda era, naquela época, um regime aceito e recomendável de estudo. O colégio interno era visto como um prolongamento do lar, da família. Havia alunos externos, semi-internos e internos, mas todos estudavam em dois turnos, de manhã e de tarde, o dia inteiro. Os internos tinham um estudo à noite, antes do café, da reza e do leito.

Como eu estudava no colégio de meu pai, a casa estava muito próxima, praticamente dentro do colégio. Não chegava a ser um exílio. Foi uma forma de convívio social que começou muito cedo.

Adolescente, fez também poesia?
Adolescente e mesmo antes. Mal sabia fazer versos e enchi um caderno de sonetos. Depois do ginásio, na faculdade, continuei a escrever "poesia". Conhecia as minhas limitações, mas os "poemas" se impunham assim mesmo. No Rio, juntei uma série deles e dei-lhes o título de *Poemas Necessários*. Lúcio Cardoso chegou a desenhar a capa de um possível livro, que nunca pensei em publicar. Ainda assim, em jornais e revistas, não fiquei inédito. Publiquei versos em Minas e no Rio. Estão esquecidos para sempre.

E os contos?
Escrevi as primeiras histórias no ginásio. Como aprendi a escrever à máquina muito cedo, datilografei-os e fiquei feliz com o que me parecia um livro. Dei-lhe o título de *O Monograma*. Se não me engano, dessa primeira fornada só um conto chegou a ser publicado.

Seus começos na imprensa...
Entrei no jornalismo como o cachorro entra na igreja: porque encontrei a porta aberta. Concluído o ginásio, em 1938, estava em Belo Horizonte. Frequentava *O Diário*, cuja direção pertencia meu pai. Ali conheci João Etienne Filho, que eu já tinha visto em São João del Rei. Lia-o, como lia Milton Amado, que aparecia diariamente com uma crônica assinada com o pseudônimo de Lucílio Mariano. Conheci Oscar Mendes, depois meu professor de Sociologia no Colégio Universitário, e diretor do jornal. E Edgar de Godoi da Mata-Machado, redator-chefe.

A redação me parecia muito simpática e descontraída, ao contrário do que eu imaginava. A oficina era no térreo. Em pouco tempo tornei-me íntimo do jornal. O noticiário do Rio vinha por telefone, uma hora à noite. Quando falhou o encarregado, tive a ousadia de aceitar substituí-lo. O telefone era ruim, pouco nítido. Ouvia-se mal com aqueles dois tampões nas orelhas e era preciso ir batendo à máquina em velocidade supersônica. De vez em quando a ligação se interrompia. Era algo de épico. Provas assim me enchiam de silencioso orgulho, me via capaz de também trabalhar no jornal. Em pouco, estava copiando "sociais" e logo alguém descobriu que, além de datilógrafo, eu levava algum jeito para escrever sem montar no que Camilo Castelo Branco (eu já o tinha lido um pouco) chamava "a corcova de um solecismo".

Passei a escrever assinado. João Etienne Filho nos estimulava a todos os jovens. Passamos a nos encontrar na sua biblioteca da rua Timbiras.

Nunca mais me afastei da imprensa. De *O Diário*, passei para a *Folha de Minas*, de que fui redator e diretor de seus suplementos dominicais. Quando deixei a *Folha*, resultado de uma irreverência, Paulo Mendes Campos entrou no meu lugar. Já éramos jornalistas e escritores, apesar da idade juvenil. Escrevíamos desvairadamente. Eu estava sempre com um texto no bolso. Estava sempre "armado", como se dizia.

Seus artigos eram de crítica?
A maioria. Mas publiquei também contos e textos de gênero indeciso, meio confessionais, meio cifrados. Até poemas em prosa,

gênero em que insisti muito. E fiz entrevistas, inquéritos, *sueltos*, o que pintasse. Por pouco tempo andei "cobrindo" o necrotério, como repórter policial. Aliás, sempre gostei da reportagem de polícia, que episodicamente vim a frequentar no Rio em mais de um jornal. É possível que eu gostasse de ser repórter.

Chegou a pensar que a sua vocação era para a crítica?
Não assim tão explicitamente. Os amigos nunca me estimularam a fazer poesia, e com toda a razão. Mas alguns exaltavam a minha capacidade crítica. Quase afivelei a máscara. Queria estudar a sério, fazer uma cultura sistemática. Pensei em deixar a Escola de Direito e passar para o Curso de Letras da recém-fundada Faculdade de Filosofia. Fui bravamente desaconselhado. O Direito ainda mantinha antigas fumaças de prestígio, enquanto as Letras constituíam incipiente frivolidade, mais propícia para as moças... Vivia aflito, dividido entre os mil afazeres e compelido ao estudo sério, disciplinado. Estudo de quê? De tudo. Queria saber línguas, me interessava profundamente por Literatura, as Ciências Sociais me fascinavam, o próprio Direito tinha encantos insuspeitados. E a Filosofia, meu Deus! A fome de saber me tirava o fôlego. Queria ler tudo, saber tudo, sofregamente. E ao mesmo tempo tinha de conviver com minha indisciplina, minha dissipação, aceitar os alegres convites da boemia...

A certa altura, escrevi sobre Álvaro Lins. Álvaro me mandou seus primeiros livros (até o primeiro de todos, uma tese sobre o ocaso do Império) e eis aí: me impôs os galões de grande vocação para a crítica. Escrevia-lhe, pedia-lhe conselhos. E lia. Sonhei que seria o José Veríssimo da minha geração. Mas alguma coisa sobrava do "crítico" que eu era. Quem sabe podia ser o intérprete de Minas? Escrevia ao Mário de Andrade, ao Alceu Amoroso Lima (Tristão de Athayde foi o primeiro escritor de glória nacional que conheci).

Em Belo Horizonte, descobrimos os "mais velhos". Chateávamos Guilhermino César, poeta, romancista, crítico, erudito. Guilhermino era paciente, divertia-se, me chamava de Marcel Proust de São João del Rei (porque eu era asmático). Arrastávamos o doce poeta Emílio Moura para noitadas intermináveis. O anjo pernalta era decisivo na nossa formação. Tínhamos presentíssima a recente lembrança de Carlos Drummond de Andrade, de Pedro Nava, de todos os que nos tinham precedido naquela Belo Horizonte bem próxima dos anos 20 e 30. A Cidade-Jardim (juro a sério), ainda preservada do câncer que a atacou. Cyro dos Anjos: li com fervorosa admiração *O Amanuense Belmiro* e fui entrevistar o autor. Escrevi sobre o romancista, pessoalmente meio sumido, monopolizado pela escravidão burocrática.

Foi importante essa relação com os escritores mineiros da geração anterior?
Decisiva. E não apenas mineiros. Mineiros de Belo Horizonte, mineiros do Rio. Paulistas. Nordestinos. Todos. Especialmente com alguns de que nos aproximamos – o Mário de Andrade, o Carlos Drummond de Andrade. Eu fui amigo também do Oswald de Andrade, com quem briguei numa conferência em Belo Horizonte. A briga selou uma relação que só se interrompeu com a morte dele. Dávamo-nos com todo mundo. Octávio de Faria é todo um capítulo. Lúcio Cardoso é outro. E Vinicius de Moraes, de quem nunca me afastei desde que o vi pela primeira vez. Manuel Bandeira. Impossível citar todos, parece mentira, como é que tínhamos tempo?
 Esse convívio foi importantíssimo para a minha formação. Foi mais do que admiração e amizade. Foi uma pedagogia, não apenas no sentido literário, mas humano, cultural – e político. Havia também os companheiros e amigos pouco mais velhos, como Alphonsus de Guimaraens Filho, Murilo Rubião. Tantos e tantos. E os que andavam pela mesma faixa de idade, logo seguidos dos que vinham um pouco depois, mais moços. Aí reside a minha "educação sentimental". Eu seria outra pessoa se não tivesse existido essa formação, na qual distingo hoje, com espanto, a generosidade, o carinho, a paciência com que fui, com que fomos sempre acolhidos. Um privilégio, que vale mais do que uma universidade, sobretudo num país sem tradição universitária. Um estágio de sabedoria.

Então você não hostilizou os mais velhos, nem teve conflito com a geração anterior, a dos modernistas?
Absolutamente não. Fomos herdeiros e beneficiários da geração que nos precedeu, uma geração de peso, missioneira, investida de

um papel que hoje é possível avaliar, histórico, de revisão de valores, de reformulação cultural, para diante e para trás, no passado, no presente e no futuro.

Vocês mantinham contato com escritores de outros estados?
A guerra e a precariedade dos transportes e das comunicações evidentemente não permitiam a mobilidade e o intercâmbio que vieram a ser possíveis mais tarde. Ainda assim, não vivíamos isolados. Tínhamos contato sobretudo com o Rio. Mas São Paulo estava permanentemente à vista. Não apenas em função dos "consagrados", a começar do "papa" Mário de Andrade, mas também com referência aos jovens da revista *Clima*. Cito dois nomes expressivos, entre tantos: Antonio Candido e Paulo Emílio Salles Gomes. Paulo Emílio foi a Belo Horizonte e manteve conosco um convívio muito rico, em todos os sentidos, e também no sentido político. Tinha vivido em Paris, sabia das coisas. Chamou a nossa atenção para o cinema. Ensinou-nos, ou pelo menos tentou ensinar-nos a ver. Pessoalmente, gostava muito dele, que me deu um exemplar do livro de homenagem a Manuel Bandeira, quando o poeta completou cinquenta anos. Antonio Cândido, exemplar, é uma admiração de sempre.

Fora do meio literário, você tinha outras figuras digamos oraculares?
Enquanto estudante de Direito, sendo hostil ao Estado Novo ditatorial e profundamente aliadófilo, antifascista, aproximei-me de alguns homens públicos que tinham uma dimensão cultural. Por exemplo, Milton Campos, espírito sutil, amigo de Carlos Drummond de Andrade e de Rodrigo M. F. de Andrade. Aproximei-me também de Virgílio Alvim de Melo Franco. Da minha relação com Virgílio dei notícia várias vezes, em particular no prefácio que escrevi para a quinta edição de *Outubro, 1930*, a pedido de Sérgio Lacerda, para a editora Nova Fronteira (1980).

Escreve poesia ainda hoje?
Não. Nunca mais tive coragem de escrever poesia, a não ser uma vez ou outra, de brincadeira, paródias que fiz de pura molecagem.

Francisco Iglésias fala de uns seus contos, escritos em Belo Horizonte e nunca reunidos em livro. Por quê?
De fato escrevi e até publiquei alguns contos em Belo Horizonte. Alguns, enquanto eu morava em Minas, foram publicados no Rio e em São Paulo. Havia uma série de histórias ditas familiares – "O Pai", "A Tia", "O Irmão" etc. Publiquei "O Pai" no Suplemento Literário da *Folha de Minas*. Saiu depois na revista *Planalto*, de São Paulo. Há poucos anos, reli-o. Foi o único que reli. Não tenho razão para lamentar não ter publicado em livro essas, histórias. A opinião do Iglésias é generosa e ajudou-me, na época, a prosseguir na tentativa de montar essa "família" de contos felizmente esquecidos.

Quando veio para o Rio, Belo Horizonte já não o satisfazia?
O Rio era então uma fatalidade. Intelectual ainda não emigrava de Minas para São Paulo. O Fernando Sabino casou e mudou. O Paulo Mendes Campos veio ver o Pablo Neruda e ficou. Eu me bacharelei, tive uma oportunidade de ser promotor no interior de Minas e saí correndo para o Rio. Aqui fui muito bem recebido. Tinha vários amigos, além dos mineiros. Vinicius de Moraes e Moacir Werneck de Castro tinham me acolhido nas páginas de *O Jornal*. Carlos Lacerda chamou-me para o *Diário Carioca*, mas no dia em que devia começar ele brigou e saiu. Edgar da Mata-Machado me levou imediatamente para o *Diário de Notícias*, depois para *O Globo*.

Quer falar um pouco da sua vida de jornalista?
Mudei muito de pouso e de jornal, contingência das próprias circunstâncias que caracterizam os últimos decênios no processo de vertiginosa transformação da imprensa. Às vezes o jornalismo, muito absorvente, me irritava. Achava-me com direito a outro destino. Pensei em ser professor. Aliás, fui um pouco professor. Acabei jornalista mesmo, por imposição da sobrevivência. Trabalhei em dezenas de publicações. Sem ambicionar chefias, fui chefe. fui diretor de *Manchete*, a *Manchete* da rua Frei Caneca, 511, fui diretor do *Jornal do Brasil*. São mais de quarenta anos de vida de jornal. Fiz de tudo. Escrevi assinado e não assinado. Fui repórter político e parlamentar. Cobri a Assembleia Nacional Constituinte de 1946. Entrevistei muita gente. Vivi intensamente a vida de jornal,

que me aproximou do cotidiano, ampliou o meu conhecimento do mundo e da natureza humana. É possível que o jornal tenha contribuído também para aprofundar o meu interesse obsessivo pelo Brasil. Sou uma alma cívica e tenho cada vez mais fé em princípios para mim inabaláveis. Creio na liberdade e desejo ardentemente o fim do arbítrio, o império da lei, a participação democrática, a justiça social.

Sua estreia só se deu em 1952. Não foi tarde?
Não. Quando estreei com *O Lado Humano*, tinha trinta anos. Nunca desejei estrear cedo. Sofro de uma timidez, de uma reserva em relação ao livro, aos meus livros. Podia ter publicado muito mais. Não quis. E não me decido a reeditar-me, ainda quando aparecem oportunidades e propostas.

Por que você não publicou nada além de ficção?
Estou admitindo publicar em breve uma seleção de artigos com teor mais literário do que jornalístico. Não me faltam planos, nem originais. Falta-me coragem. E sempre me desanima o imenso número de livros que existem por aí, à cata de um piedoso leitor.

***Boca do Inferno* foi uma forma de recriar o clima infantil?**
Os contos de *Boca do Inferno* foram concebidos e escritos com a intenção de fazer um livro com certa unidade. Tenho a impressão de que calou em mim uma palavra de Mário de Andrade. Não saberia dizer por que escolhi o tema da infância. Quem não se interessa pela infância? Mas não tive a intenção de recriar um certo clima infantil, nem muito menos de refletir ou pesquisar a minha própria infância.

Por que nunca mais editou *Boca do Inferno*?
O livro causou escândalo. Fiquei traumatizado. Eu admitia que as histórias podiam ser chocantes, mas estava convencido de que tinha escrito um livro dramático e, até certo ponto, poético. Pois desabou sobre mim uma saraivada de insultos e incompreensões. Nos dias de hoje, não sei como *Boca do Inferno* seria recebido. Não tem um só palavrão. A violência e o sexo são apenas sugeridos. Mas talvez o que tenha causado impressão é o fato de os personagens infantis não

serem convencionais, segundo o perfil romântico da infância pura e inocente. Bernanos, que escreveu coisas tão bonitas sobre a infância, disse que conhecia a impureza das crianças, mas que não a tomava pelo lado trágico. Quem sabe minha temeridade está aí, nesse lado trágico das minhas histórias. Mas veja, por exemplo, *O Ateneu*: não se trata propriamente de um doce de coco...

Você gostaria de voltar ao tema?
Num certo sentido nunca o abandonei. Escrevi vários outros contos em que meninos são personagens. Alguns figuram em meus livros, outros foram publicados em revistas, outros nunca serão divulgados. De *Boca do Inferno*, dois contos foram republicados. "Três Pares de Patins" saiu numa revista de São Paulo. Fui relê-lo e achei-o excessivamente barroco, com muita graxa. Era a minha maneira de escrever, quando fiz o livro. Reescrevi a história, apenas enxugando aqui e ali.

Supõe que hoje *Boca do Inferno* teria outra recepção?
Não tenho a mínima ideia. As histórias são tristes. Rubem Braga, com toda razão, tomou horror dos "meus meninos", que um crítico chamou de "os monstrinhos de Otto Lara Resende". O livro é inseparável da noção e da consciência do pecado, creio que muito distante da atmosfera moral de hoje. As crianças que circulam nos contos de *Boca do Inferno* estão cheias de culpa e de medo. E os adultos estão sempre longe, surdos, insensíveis.

Em *O Braço Direito* você retoma o tema infantil, agora num orfanato. O seu objetivo era resgatar o tempo da infância?
Suspeito que nenhum escritor de ficção parta de um determinado objetivo ou pressuposto. *O Braço Direito* nasceu de uma nota que fiz, uma noite no Rio, ao voltar de uma viagem a Minas. Encontrei em Minas um antigo colega de ginásio e conversamos sobre um crime que nos tinha impressionado a ambos, quando éramos meninos. Não pensei na hora em aproveitar a história. Uma certa madrugada, acordei com o fio da meada e anotei-o. Esqueci. Quando vivia em Bruxelas, catapultado da agitação do Rio para uma vida de solidão e inverno, a tentação de escrever o romance se apossou de mim. Escrevi seis dias quase sem parar.

E era a história do crime ocorrido no seu tempo de menino?
Devia ser. Ao reescrever, o romance ganhou outro rumo e se meteu num orfanato, ou melhor, no tal Asilo da Misericórdia. Nunca tinha entrado num orfanato. Em São João del Rei, eu via do lado de fora um orfanato de meninas que, no máximo, me evocava o poema de Manuel Bandeira. *O Braço Direito* deu no que deu. Na sua primeira versão mostrável, foi lido por Lucy Teixeira e João Cabral de Melo Neto, que me fizeram sugestões úteis. Acabei cancelando uma parte escrita na terceira pessoa e depois, no Rio, reescrevi o livro tal como acabou sendo publicado. Quero crer que seja a história de um pobre-diabo em luta consigo mesmo, encerrado num orfanato e tendo como pano de fundo a luta política e social numa cidade dominada pelo tradicionalismo e pelos preconceitos. A presença da maçonaria nem eu sei como explicar. Deu-me na veneta. Parecia uma instituição extinta, de repente você vê toda a imprensa do mundo de novo tratando da maçonaria. por causa do escândalo na Itália, com repercussões até no Brasil.

***O Braço Direito* é mesmo um romance humorístico, tal como você declarou uma vez?**
O romance tem muitos "casos", uma série de histórias sucessivas que talvez facilitem a leitura. O personagem é dramático, mas acho que é também engraçado, pelas próprias limitações que o configuram. Quando eu datilografava os originais para entregá-los a edição, várias vezes me surpreendia rindo da história e do personagem que tinha inventado. Acho que há no romance uma linha de *sense of humour*, o que talvez contribua para o fato de ter sido traduzido na Inglaterra e estar ameaçado de ser traduzido para o alemão.

Por que não escreveu outros romances?
Porque não calhou. Programei mais de um. Comecei pelo menos dois. Um romance exige grande concentração. No meu caso, é incompatível com a rotina da vida profissional, com esse cotidiano sujo e disperso que não nos deixa tempo para "limpar o aparelho" como dizia o Guimarães Rosa, e escrever em estado de total adesão ao ato criador.

Tem planos de escrever outros romances?
A Clarice Lispector aconselhava a não contar plano de escrever, porque agoura. Anunciei dois livros que me empolgavam: *O Baile da Aleluia* e *As Andorinhas de Nossa Senhora*. Nunca saíram, e olhe que trabalhei muito.

O conto parece ser a sua forma predileta.
Não tenho preferência pelo conto. Gosto do conto, gosto de ler e de escrever contos. A mesma Clarice dizia que um conto a gente vai escrever ou já escreveu, enquanto que um romance a gente está escrevendo. Por isto ela preferia o romance. Uma vez, Clarice, Fernando, Paulo e eu, combinamos de escrever uma história a partir do mesmo personagem e da mesma situação. Só eu escrevi. Os outros três adiaram e nada. O meu conto está publicado: é "O Casto Redelvim".

E a novela?
Escrevi um romance que intercalava a primeira pessoa com a terceira pessoa. Havia uma parte da ação na infância e uma parte na vida adulta. Abandonei a terceira pessoa e a parte adulta e transformei o romance numa novela – *O Carneirinho Azul*, que está em *O Retrato na Gaveta*. Aliás, o livro devia chamar-se *O Carneirinho Azul*, mas tinha saído a peça de Maria Clara Machado *O Cavalinho Azul*. Acho que a minha novela é anterior à peça, mas a Maria Clara publicou primeiro. Não tem nada uma coisa com a outra. Aí o Fernando Sabino sugeriu *O Retrato na Gaveta*. Curioso: o conto que tem este título chamava-se antes "Dois Irmãos", exatamente como o conto que está em *Boca do Inferno*. Eram duas histórias com o mesmo título: uma de dois irmãos meninos, bastante trágica, e outra com dois irmãos adultos, bastante triste. Mas tudo acaba num frouxo de riso, como está no conto que tem o título de "O Retrato na Gaveta".

Escrevi outra novela, *A Cilada*, para figurar no livro que Enio Silveira encomendou e editou – *Os Sete Pecados Capitais*. Essa novela me deu um trabalho insano. Eu tinha muitas notas tomadas, o que dificultou soltar e afinal fixar a história. *A Cilada* está em *As Pompas do Mundo*.

Gostaria de escrever outras novelas, claro. Pelo menos uma, muito ambiciosa. Uma novelinha pode definir e justificar um escritor. Pense, por exemplo, em *A Morte de Ivan Ilitch*, de Tolstói, ou *Un Coeur Simple*, de Flaubert.

Você escreve contos por falta de tempo?
Escrevo contos segundo um impulso que não sou capaz de conter. Posso estar sufocado na falta de tempo e, se o conto vier, sai. Às vezes guardo um conto anos a fio. Escrevo pedaços. Ou nem isso. De qualquer forma, reconheço que o tempo e uma certa disponibilidade interior favorecem a criação literária.

Como dá nome aos personagens?
Histórias que se passam em cidades imaginárias têm às vezes nomes que guardam ecos infantis, de pessoas que de fato existiram. Mas nada têm a ver com os seres reais. Frequentemente os nomes sofrem propositada deformação. Outras vezes o próprio personagem busca *o* seu nome, batiza-se por sua própria iniciativa. Em *O Braço Direito*, o personagem-narrador só aparece nomeado uma única vez. É quando recebe um envelope que lhe é destinado: Laurindo Flores. O nome tem uma conotação para mim evidente com o personagem. Além dos nomes, há também os apelidos que, como na vida real, buscam ser sempre expressivos. Ainda em *O Braço Direito*, o padre Bernardino teve vários nomes, segundo as várias versões do livro. Acabou padre Bernardino, mas, lá uma hora, ele aparece com outro nome. Na hora de passar a limpo, deixei passar essa distração e acho que ninguém deu por ela. Aliás, na linha de distração, há no romance um revólver que dá sete tiros seguidos. Nunca ignorei que o tambor de um revólver tem seis balas. Mas foi Raymundo Faoro que me chamou a atenção para o equívoco.

Há evidentemente uma certa afinidade entre o nome do personagem e a sua personalidade. Limito-me a um exemplo, o do conto "Os Amores de Leocádia". A solteirona infeliz de amores imaginários exige um nome de certo peso e o seu tanto fora de moda.

Que é um bom conto para você?
Um conto que a gente lê, que nos acrescenta e a gente não esquece. Um bom conto desvenda algo de novo, que ressoa para sempre.

Há alguma diferença entre conto e novela?
As óbvias, inclusive de tamanho. *O Alienista*, de Machado de Assis, é um conto ou uma novela?

Você escreve diretamente à máquina?
Quase sempre. Faço anotações à mão. E anoto também à máquina. Não escrevo em máquina elétrica, mas sou um datilógrafo razoável. Para textos jornalísticos ou impessoais, sou rápido. Antigamente meus originais não tinham um erro, eram limpos. Se errasse, abandonava a lauda e começava de novo, sem usar a borracha. Hoje em dia me permito originais sujos, cheios de emendas, mesmo e sobretudo em artigos assinados. Recorro a qualquer pedaço de papel para anotações. E às vezes, sobretudo em viagem, uso cadernos de bolso, que encho com uma letra miúda e frequentemente ilegível. Recorro a abreviaturas e a pequenos truques, como palavras estrangeiras, sinais de memorização, até desenhos toscos. Mas basicamente sou datilógrafo. A maior parte da minha vida profissional passei sentado à máquina. Uma escravidão.

Como se manifesta a doença da grafomania?
Aprendi a palavra *grafomania* com Eduardo Frieiro, autor de *O Clube dos Grafômanos*, livro com que estreou em 1927. Adolescente, li o Frieiro, esse e outros livros dele, e me classifiquei entre os grafômanos, ou grafomaníacos. Tenho a mania de escrever. Tento me livrar, mas não consigo. Por todo lugar onde passei, sempre tive o hábito de me comunicar por escrito, através de bilhetes. Acho prático evita erros de interpretação, é uma prova de polidez. Escrevo muitas cartas. Já escrevi mais. Hoje tento escrever o menos possível.

Há um clima de morte em *As Pompas do Mundo*. A morte é para você uma obsessão?
O clima de morte em *As Pompas do Mundo* não foi propositado, isto é, não foi como *Boca do Inferno*, que reúne contos deliberadamente escritos em torno de personagens infantis. Quando fui escolher os contos para o livro, não me preocupei em buscar aqueles que tinham a marca da morte. Assustei-me quando vi que havia neles uma nota fúnebre, deprimente. O título do livro tem uma óbvia sugestão religiosa, mas pode lembrar também "pompas fúnebres".

Sendo eu o autor do livro, será difícil dizer que a morte não me preocupa. É um tema muito presente também nas minhas reflexões. Li tudo que pude sobre a morte e durante muito tempo me interessei por assuntos como o suicídio. Fora da ficção, podia ter escrito a respeito. Aliás, escrevi pelo menos duas vezes, mas não publiquei. A morte é um tema universal, não é? Talvez seja o único tema.

E o amor, Otto? Não acredita no amor como tema?
O amor e a morte, Eros e Tanatos. Claro que acredito no amor como tema.

Mencione os cargos que ocupou.
Comecei cedo, meio por acaso, a minha vida de funcionário público. Ainda em Minas, como se usava, num tempo em que o jornalismo não dava para viver. Quanto à literatura, nem falar. No Rio, fui assistente jurídico, advogado substituto do antigo Distrito Federal e, com a mudança da Capital para Brasília, passei por força da lei a procurador do Estado do Rio de Janeiro. Estive duas vezes no exterior, na Bélgica e em Portugal, como adido à Embaixada. Fui diretor de um banco do Estado de Minas, do qual me afastei em 1964.

"Sou um político com uma bomba-relógio no ventre" – que significa isto?
Isso está numa entrevista que o Odylo Costa, filho, fez comigo. Seria preciso voltar ao contexto, ao estado de espírito daquele momento. Hoje não me considero político e não tenho bomba--relógio nenhuma no ventre...

Se você não fosse um grande papo, teria hoje talvez mais de dez volumes publicados. Que pensa disso?
Eu poderia publicar mais. Como disse, espero uns restos de decisão interior para publicar uma seleção dos meus artigos, aqueles que, pelo tema e pelo tratamento literário, tenham possibilidade de maior interesse. Escrevo muito, ao léu. A propósito de prefácios e textos assemelhados, outro dia descobri que, só com esse material, podia publicar um livro.

Quanto ao papo, suspeito que já fui de mais conversa do que sou hoje. Os amigos é que fazem esse tipo de legenda. Ao contrário do que possa parecer (até pelo que escrevo), sou um homem do convívio. Gosto do convívio. E sempre gostei de conversar, desde que também me reserve para a indispensável solidão, em que a gente recarrega a bateria. O bate-papo não prejudica o trabalho literário. Quantos escritores conseguiram conciliar uma coisa e outra? Jean-Paul Sartre, com obra tão numerosa, adorava a conversa fiada e a vida boêmia. Esta coincidência, do trabalhador com o boêmio, é mais comum do que parece. Eu sempre fui capaz de grandes esforços, de noites seguidas em claro, seja para o que for, desde que esteja motivado. Claro que a idade pesa, e agora preciso cada vez mais de recolhimento e, se possível, de vadiagem.

Há quem diga que você tem uma grande ambivalência entre ser personagem e ser escritor...
É possível que o meu nome, a simples sonoridade dele, explique a obsessão com que às vezes fui citado. Personagem mesmo, acho que nunca fui. Aqui e ali fui mencionado, ou caricaturado. Uma dose de equívocos parece que é inseparável de qualquer notoriedade. Nunca busquei badalar o meu nome. Se ele se tornou mais ou menos conhecido, nem sempre este conhecimento dá notícia de mim, do escritor que sou, ou que pretendo ser.

Algum autor abusa de sua generosidade?
Sempre fui um leitor de boa vontade de originais de toda espécie, bons e maus. Ultimamente disponho de pouco tempo e às vezes sou muito solicitado, acima das minhas próprias forças. Naturalmente, como eu próprio faço com uns tantos amigos, há amigos escritores que me dão originais para ler. Essa prática é felizmente cada vez mais rara. Aconselho a qualquer autor a enfrentar o público sozinho, de cara, sem apoio de qualquer espécie.

Nunca jamais aconselhei ninguém, nem tenho autoridade para isto, a não dar entrevista.

Sou um leitor minucioso e atento de tudo quanto escreve Dalton Trevisan que, por ser meu velho amigo, às vezes me concede a honra de lê-lo no original, antes de impresso.

Fernando Sabino, Paulo Mendes Campos, Hélio Pellegrino... se propuseram a que, na juventude?
Todo o numeroso bando de mineiros mais ou menos da mesma idade acho que se propunha, cada um a seu modo, fazer uma vida intelectual. O saldo não pode ser avaliado por nós, ou pelo menos por mim. No meu caso, não posso dizer que estou satisfeito com o que fiz. Aceito-me com uma ponta de melancolia e de *sense of humour*. Não tenho razões de queixa.

A sorte... ou você acredita que o espaço foi conseguido?
A sorte conta muito. Em tudo. Eu nunca parti de um pressuposto do gênero "vou conquistar o mundo". Acho que sou isento desta paranoia. Fui deixando a vida acontecer e eis aí: deu nisto.

Se não fosse mineiro, que seria de você? E da sua literatura?
Não tenho a menor ideia. Ainda consciente de que o mineiro é um ser igual a qualquer outro, o fato é que a circunstância mineira integra a minha personalidade e a minha experiência. Evidentemente esta impregnação deixa marcas no que faço e no que escrevo.

Já pensou em escrever um livro de memórias?
Não. Em todo caso, no que escrevo fora da ficção vou dando notícia mais objetiva do que vivi. Gostaria talvez um dia de dar um depoimento sobre a minha vida de jornalista. Mas não sei se chegarei a escrevê-lo. O resto é silêncio, para sempre.

Mais de uma vez você se referiu à "mitologia literária". Que quer dizer esta expressão?
Mais de uma vez, de fato, lamentei, ou melhor, constatei a morte de uma certa mitologia literária. Digamos que seja o conjunto de valores e até de mitos que aprendi a identificar, nos quais acreditei, nos quais me formei e que agora não existem mais, no mundo de hoje. Ou pelo menos não existem com a mesma configuração. Tudo mudou.

O livro fazia parte dessa "mitologia literária"? E a crise do livro tem alguma coisa a ver com a morte dessa mesma mitologia?
Claro que fazia, mas a crise do livro não é de hoje, é de sempre. O livro mudou de personalidade. Será fácil provar que estatisticamente

nunca se editou tanto, como nunca se leu tanto. Mas o livro entrou no ciclo do objeto de consumo. Digamos que perdeu uns restos de sacralidade, ou que outro nome tenha. Tudo contribui para o fim da mitologia literária a que me referi. O escritor e o livro de hoje são muito diferentes do livro e do escritor da nossa juventude. Se é bom, se é mau, no caso não interessa: é diferente.

E a "fé literária" a que você também sempre se refere?
Difícil de explicar sem cair no jargão de comunicólogo etc. Limito-
-me a dizer que perdi, sim, a minha fé literária.

Então desistiu de escrever?
Não desisti, não. Nem consigo desistir. Pode ser até que nunca mais escreva. Mas serei sempre um escritor. Um escritor *défroqué*.

Plínio Marcos*

O que você lembra da infância?
A gente veio de origem mais ou menos humilde, mas a minha infância foi muito feliz, pelo menos foi muito despreocupada. A única dificuldade que eu tinha era exatamente o colégio. Eu não suportava escola. Esse foi o grande problema. Desde o primeiro ano, me rebelei contra a escola, minha mãe tinha que ir me arrastando. Arrastando é o termo exato – eu ia rolando pelo chão. Levei exatamente dez, quase dez anos, para sair do primário. E quando saí já não dava mais para continuar estudando. Houve várias tentativas de me fazer entrar no ginásio do governo, essas coisas todas, mas eu nunca consegui passar num exame.

Você nasceu onde?
Em Santos, dia 29 de setembro, 1935.

Como era a sua família?
Meu pai era bancário. Morava numa vila de pequenos bancários – e foi nessa vila que me criei. Hoje, a vila se transformou num bairro rico. Mas, no meu tempo de infância, quando nós chegamos naquele lugar, naquela vila, tinha o muro do campo do Jabaquara, a nossa vilinha e o resto era tudo mato, mangue e algumas chácaras. Nós fomos os pioneiros daquele pedaço. Tive uma vida tranquila. Todos da minha família, meus tios, meus pais, meus irmãos foram sempre chegados a futebol. Meu pai era um cracão de bola, inclusive eu e meu irmão mais velho chegamos a jogar no mesmo time que meu pai jogava. Ele era um contador de histórias fantástico. Acho que devo a essa influência eu contar bem histórias. Ele era um homem altamente liberal, não tinha esse negócio de muita

---
* Plínio Marcos (1935-1999) nasceu em Santos, São Paulo. Dramaturgo, ator, jornalista e romancista.

repressão, nem nada. Evidentemente ele preferia que a gente fosse pobre mas honesto...

Vocês eram muitos irmãos?
Éramos não, somos seis: cinco homens e uma moça. Agora, eu neste aspecto de honestidade, desde pequeno dei muito desgosto a ele, porque sempre estava envolvido com a bandidagem. Por exemplo, eu tinha o apelido de Frajola, não porque andasse bem vestido, mas porque tinha saído uma revista em quadrinhos, *Mindinho*, com um gato chamado Frajola, que sempre queria pegar um passarinho – e eu fui preso roubando um passarinho numa casa, na ocasião em que saiu a revista. Fiquei com o apelido até uma boa parte da vida. Isso dava muito desgosto a meu pai.

Mas quando é que você começou a vida profissional como palhaço de circo?
Eu queria namorar uma moça do circo. Eu andava com um cara que era cantor, o cantor do meu bairro. Cada bairro tinha o seu próprio cantor, e havia até campeonato de bairro contra bairro, essas coisas de antigamente que sumiram. E o cantor do nosso bairro foi cantar no circo. Fui com ele e conheci a tal menina lá dentro... Agora, o pai dela só deixava ela namorar gente do circo. Então eu entrei para o circo. Eu era realmente uma das figuras mais atrevidas e pretensiosas do mundo. Achei que era mais engraçado do que o palhaço e que eu devia ser o palhaço... Vi, espantado, que era uma coisa que dava muita popularidade, principalmente com a mulherada. Palhaço sempre agrada.

Qual era a sua idade?
Comecei a ficar mais fixo em circo depois que saí do quartel, com dezenove anos. Mas desde os dezesseis já estava trabalhando como palhaço. Cheguei a ser humorista da Rádio Atlântico e da Rádio Cacique. A Rádio Atlântico naquele tempo tinha um programa chamado *Onda do Riso* que levava todos os grandes artistas da Rádio Tupi de São Paulo. Trabalhei nessa rádio, nesse programa, ainda com dezesseis anos, e já ganhava um cachê. As pessoas achavam que eu prometia muito como contador de anedotas. E mais, cheguei a trabalhar para umas pessoas que hoje são quase outra

geração: com Wilson Batista, na Rádio Atlântico (depois vim a escrever sobre ele no *Poeta da Vila e Seus Amores*). Trabalhei, por exemplo, em circo, como Vicente Celestino, na peça *O Ébrio*.

O circo era diferente naquela época?
O circo era um pavilhão-teatro. Tinha a parte dos *shows* e a parte do teatro. Na primeira parte, a gente fazia os *shows:* entrava o palhaço, essas coisas todas, os números de circo; e, na segunda, tinha sempre uma peça e, às vezes, o circo trazia, por exemplo, o Vicente Celestino. A gente ficava ensaiando a semana inteira *O Ébrio*, aí ele chegava no dia, entrava no papel dele e fazia a peça.

Qual era o seu papel?
Vários pequenos papéis. Nunca cheguei a fazer um grande papel, mas sempre com falas, papelzinho de destaque.

O que você queria realmente ser?
Queria ser jogador de futebol – era isso o que eu queria ser. Cheguei até a jogar no juvenil da Portuguesa Santista, no Jabaquara. Fui convidado para treinar em time de interior. Tem até uma história curiosa. Os caras vieram a Santos, me viram jogar e convidaram a mim, a um crioulo chamado Giba e a um lourinho chamado Alemão, para treinar no time Estrela do Piquete. Nós fomos para o Estrela do Piquete. Chegando lá, o cara falou assim: "Nós podemos dar um salário mínimo para cada um e um emprego na fábrica de pólvora do Exército". Aí eu falei: "Pelo amor de Deus, a última coisa que eu quero ser é operário trabalhador". E vim embora. Os dois ficaram e acabaram até fazendo carreira futebolística. Eu não fiquei porque não quis mesmo. Inclusive fui para a Aeronáutica seduzido pela ideia de jogar no time dela. A gente tinha uma vida de jogador no quartel. Entrava ao meio-dia, treinava e ia embora para casa: voltava no outro dia, treinava e ia embora para casa e no domingo e no sábado jogava. Até que mudou o comando, e o novo mandou rapar nossa cabeça, porque nós usávamos o mesmo cabelo de frequentar as casas... os cabarés... Aquele cabelão cruzado que o quepe da Aeronáutica mal cabia na cabeça. E aí, por causa da boemia, fui gostando mais da vida noturna, de circo, dessas coisas todas.

Mas você disse que trabalhou em muitos circos. Além desse, quais foram os outros?
Trabalhei em todos os outros, no Circo dos Ciganos, no Circo do Pingolô e da Ricardina, no Circo Toledo. Agora, o primeiro pavilhão – o Pavilhão-Teatro Liberdade – tinha um elenco de primeiríssima qualidade: a Júlia Fayam, o Olindo Dias, que era diretor artístico, a Aurora Vianna – toda a família Vianna trabalhava lá, a Biloca, o Chuca etc. Era um time de primeiríssima.

Eram peças escritas especialmente para circo?
Não. Muito pelo contrário. Montamos, por exemplo, *Onde Canta o Sabiá*, que eu fiz no circo e na Companhia da Cacilda Becker, anos depois. Consegui muito sucesso no circo, no mesmo papel em que, na Cacilda Becker, eu fui mal, por causa da direção, que me inibiu completamente. Era uma grande criatura humana, inclusive, a que veio dirigir – o Hermilo Borba Filho. Ele tinha montado com grande êxito esta peça no Recife e queria, por força, que a gente entrasse nos esquemas de lá, o que me inibiu completamente.

Era problema de sotaque?
Não, sotaque, não, problema de dialogação mesmo. Eu não sabia falar. Para mim, que vinha de circo, trabalhar com a Cacilda Becker era terrível. Me lembro que uma vez, me pegaram no circo, num dia de folga, para fazer uma ponta, ponta não, figuração, com o Procópio Ferreira. Eu devia entrar em cena, jogar uma moeda e dizer: "É para os dois". Fiquei tão nervoso que errei a fala, gaguejei.

Qual era a sua dificuldade?
Quando cheguei ao teatro, muito mais que hoje, havia um elitismo tão grande que, de repente, você não ter uma cultura de base com diplomas assinados, essas coisas, era um negócio constrangedor mesmo. A toda hora você estava conversando com pessoas como o D'Aversa, como o Ziembinsky, como o Boal, que tinham lido milhares de livros, que sabiam tudo e você sempre tinha a sensação de que não sabia nada e de que só o seu talento não ia resolver problema nenhum.

Além do trabalho de circo, você teve outras profissões, não é?
Pois é. Meu pai tentou me enfiar em todas as profissões possíveis. Eu dei muito vexame. Uma vez ele me arrumou um ótimo emprego de contínuo. Eu roubei as estampilhas, depois de uma semana, e vendi. Então naquela época, fiquei com três milhões, não consegui gastar, não conseguia gastar. Aí fui despedido, para desgosto dele. Ele dizia: "Olha você que gosta muito de andar, que pretende andar de lá para cá, se você tiver uma profissão sempre vai sobreviver". Então meu pai me botou de aprendiz de encanador. E eu trabalhei de encanador e acabei ficando funileiro. A minha profissão mesmo é funileiro – no meu certificado de reservista consta funileiro. E eu fui também encanador, uma profissão duríssima. Pegar um prédio como este aqui onde eu moro e abrir laje – é um trabalho que te mata... você tem que ficar com um martelo e uma talhadeira abrindo um buraco para correr o cano. Pega uma laje da grossura dessa aqui, você quer morrer. Parece que nunca vai furar.

Mas era uma tentativa de corresponder à imagem que o pai queria de você ou simplesmente de sobrevivência?
Para ser franco, parece absurdo, mas eu, quando pequeno, era tido como débil mental. Sabe como é. Não conseguia aprender... Meu poder de concentração era nenhum, e eu fazia coisas de que até Deus duvida. Então eles me tratavam um pouco como débil mental. Era uma forma do meu pai me proteger, me dando um ofício de funileiro ou de encanador, com o qual eu ia poder sobreviver. E eu, de certa forma, aceitava aquilo como normal. Eu falava: "Porra, eu não vou ser merda nenhuma mesmo, então vamos tentar ser funileiro". Acontece que eu não gostava. Aí eu saí desse emprego e arrumei um emprego de ajudante de caminhão, no Moinho Irmãos Bento Ferreira. E nisso trabalhei muito tempo.

Plínio, qual foi o primeiro livro que você leu?
Não sei dizer. Meu pai gostava de ler. Lia quase tudo. E ele gostava de contar para nós os livros que lia. Por exemplo, do Aluísio de Azevedo, *O Cortiço*, *O Mulato*, *Casa de Pensão* eram livros de que ele gostava. Depois, ele se converteu ao espiritismo e começou a ler muito livro espírita, Alan Kardec, os romances de Chico Xavier. E

minha mãe, também. Eu, particularmente, não tinha nenhum interesse: não ligava carreira artística a cultura, em hipótese alguma. Você entende? Essa é a diferença que a gente encontrava do circo para o teatro: os artistas de pavilhão de circo consideram a profissão como uma outra qualquer. Nunca eu tinha escutado ninguém falar assim: esta peça é cultural, é rica, essas coisas. Não. Eu ouvia: "É uma grande peça porque dá margem a grandes interpretações".

A experiência no circo contribuiu para a sua dramaturgia?
Não só o circo, também o samba (porque eu sempre fui muito chegado a bloco de carnaval, que em Santos tinha muito), a festa de terreiro (não o espiritismo de Kardec, mas, por exemplo, candomblé de caboclo, que era uma verdadeira festa, onde as pessoas dançam, namoram e comem bastante), toda essa informação de cultura popular que eu estava recebendo inconscientemente, mais a vivência de artista de circo, onde você vai pegando um ritmo de espetáculo, a forma de se dirigir ao público – porque o público de circo é terrivelmente hostil, se não gosta do que você está fazendo, te vaia mesmo, te apedreja. Tudo contribuiu.

Como e quando você conheceu a Patrícia Galvão?
Eu tinha vinte ou 22 anos, não sei. A Patrícia Galvão, a Pagú, uma das mulheres mais brilhantes que eu conheci, foi no circo procurar um cara para "quebrar um galho" duma peça infantil dela que tinha que ser feita no outro dia. Ela ia entrar no Festival do Paschoal Carlos Magno, e o ator dela brigou, sei lá o que aconteceu, ficou doente, não me lembro mais, e ela foi ver se tinha alguém que conseguisse entrar de um dia para o outro, porque o papel era até pequenino. Ela me viu e deu preferência a mim. Na ocasião ela bebia, gostava de bar, e eu adorava a noite e bebia. Ficamos amigos de infância. Começamos conversando, brigando, falando, discutindo. Aquelas coisas da Patrícia Galvão, que tinha sempre o bom senso e a inteligência de respeitar cada um integralmente, com a sua própria cultura. Logo apareceu o Geraldo Ferraz, ranheta como ele só...

O que a Patrícia fazia na época?
A Patrícia era uma espécie de incentivadora do teatro amador.

Como você descreveria a Patrícia Galvão? Ela era uma mulher bonita?
Quando conheci a Pagú, ela já estava velha, mas conservava uns traços de beleza. Era um anjo anarquista que tinha consciência de que veio para inquietar o seu próximo. Ela era terrível, não perdoava nada. Nessa altura, ela já estava vivendo acima do Bem e do Mal. Ela escangalhava qualquer solenidade com uma tranquilidade absoluta. Mas, para não perder o pensamento, eu queria dizer o seguinte: quando encontrei a Patrícia, conheci um grupo de intelectuais raríssimo. E recebi uma forte influência desse grupo. A Patrícia fazia o Geraldo Ferraz ficar lendo peças para a gente. Peças como *Esperando Godot*. Todos os domingos o Geraldo Ferraz tinha que ler uma peça para nós, para desgosto dele e alegria dela, e para "saco" nosso, porque não havia nada para beber nem comer. A gente foi conhecendo tudo... Naquele momento começava-se a falar na música dodecafônica e, por acaso, em Santos, duas pessoas iam se tornar importantíssimas nesse setor: o Gilberto Mendes e o Willy Correia. E poetas que nem o Roldão Mendes Rosa, uma porção de gente; um Clube de Cinema cheio de atividades, onde se discutia, onde se levava diretores. A Patrícia Galvão tinha uma verdadeira adoração pelo Alfredo Mesquita, pelo Sábato Magaldi, pelo Décio de Almeida Prado, pela Cacilda Becker, pela Radha Abramo. O ídolo dela em escultura era o Bruno Giorgi. A gente ficava ouvindo a Patrícia falar e aquilo nos despertava para ler, para estudar.

Quando é que você escreveu *Barrela*?
Houve um caso, em Santos, que me chocou profundamente: um amigo meu foi preso por uma besteira e, na cadeia, foi currado. Quando saiu, dois dias depois, matou quatro dos caras que estavam com ele na cela. Fiquei tão chocado com aquele negócio todo que escrevi a *Barrela*. Evidentemente, levei a *Barrela* para o circo, para os meus amigos fazerem a montagem. Eles ficaram indignados porque a peça tinha palavrão. Agora, veja bem, isto era inconsciente. Usei palavrão, não porque quisesse fazer um retrato de linguagem, mas porque, realmente, o meu vocabulário não tinha vinte palavras.

Alguma vez você sentiu que não tinha cultura?
Não. Muito pelo contrário. Conto um caso que vai ilustrar bem qual era a minha posição. A Patrícia Galvão foi para a Europa se tratar e descobriu lá um jovem, mais ou menos da nossa idade, que tinha escrito uma peça que ela achava sensacional, que era inédita no mundo inteiro: *Fando & Lis* (do Arrabal). Fomos fazer uma leitura na casa dela. A Pagú queria que eu fizesse o papel de Fando. Ela brigou comigo por causa do Fando e eu disse para ela: "Esta merda jamais fará sucesso, eu jamais entro nesta peça". E ela falou: "Por quê?" Eu falei: "Pô, ninguém vai entender". Eu ainda trazia comigo o ritmo do circo. "Ator tem que fazer sucesso, porra, como é que eu vou entrar no palco e fazer uma coisa que ninguém vai gostar? E por um processo de um diretor idiota que não deixa a gente caquear, nem nada, é o cacete. Não, não vou." E me recusei a fazer o *Fando & Lis*, que foi um marco do teatro amador brasileiro, um negócio assim que todo mundo foi a Santos para ver. Até o Sérgio Cardoso, o grande ídolo nosso. Aliás, a Patrícia também amava o Sérgio Cardoso. Eu queria ser um ator que nem ele. Não queria ser um ator que fala e ninguém entende. Eu, particularmente, achava o Geraldo Ferraz um babacatso, que escreveu um livro que todo mundo achava maravilhoso e ele tinha vergonha de dar entrevista! Cansei de discutir isso com ele. Falei assim: "Pô, você parece um bobo, escrevi aí a minha *Barrela*, todo o mundo sabe quem eu sou, ando na cidade, todo mundo me conhece. Tu é diretor de um jornal, escreveu um livro que todos ficam dizendo que é gênio e ninguém sabe quem você é." Porque eu achava que a popularidade é que era importante, não a cultura, compreende?

Você ainda acha?
De certa forma sim, porque não adianta absolutamente nada a cultura enrustida. Hoje, por exemplo, eu me filio muito mais à tese da convivência. Você tem que conviver mesmo, para poder ser o artista do seu povo, senão vai ficar artista de elite e não significar nada. Neste momento, nós temos grandes escritores, grandes artistas mesmo e grandes atores que não conseguem chegar junto a seu povo, não é? E qualquer *babaquara* da Globo chega violentamente...

O que você chama de "artista de elite"?
As pessoas herméticas, as pessoas que não falam uma linguagem que seja compreendida por todos.

Independente do nível cultural?
Independente. Tenho certeza hoje, por exemplo, de que se uma vanguarda não caminhar junto do povo acaba até servindo a quem detém o poder. É preferível caminhar no nível do povo, não fazendo concessões de ideias, mas fazendo concessões na forma para atingi-lo. Então, todo o meu conflito foi o seguinte: eu tinha tão forte a minha cultura popular, a cultura que eu assimilei, sem saber, de festas de bairro, do próprio circo, aquela noção de espetáculo, a necessidade de fazer sucesso para sobreviver que, de repente, eu não aceitava o apadrinhamento. Houve épocas em que a Patrícia andava todos os dias comigo, pô, todos os dias a gente ficava andando de lá para cá, em todos os bares; mas dava sempre em briga porque, com toda a inquietação dela, com toda a maravilha, de certa forma, ela queria paternalizar, queria me fazer gostar à força de filmes que eu não entendia, uma porção de coisas que eu não aceitava. Eu achava que a função primeira do ator era fazer sucesso. Por isso eu adorava o Sérgio Cardoso, porque tudo que ele fazia tinha sentido de sucesso.

O circo não quis montar a sua peça?
Ninguém quis montar e levei para Patrícia Galvão que leu e falou assim: "Porra, é uma merda essa tua peça, mas você tem um diálogo tão poderoso quanto o do Nelson Rodrigues". Ela não gostava do Nelson Rodrigues, mas achava o diálogo dele fantástico!... Ela levou *Barrela* para o Paschoal, que estava querendo realizar outro festival de teatro amador, querendo arrancar dinheiro de Santos. Então ela fez um puta escarcéu, descobriu um gênio, essas coisas todas. Aí eu fiquei anos e anos sem inquietação nenhuma de escrever, fiquei desfrutando o meu retrato nos jornais...

Quando escreveu *Barrela*, você tentou colocar a linguagem falada que ouvia ou tentou recriar a linguagem falada?
Não tentei nem uma coisa nem outra. Eu te falei que eu punha palavrão, porque não tinha outra palavra para xingar. Eu convivia

com vagabundos e sabia qual era a linguagem deles. Não foi um negócio pensado, foi um negócio espontâneo.

Barrela foi proibida, não é?
Foi proibida. Ficou vinte anos proibida. O Paschoal Carlos Magno mandou os estudantes montarem a *Barrela*. Aí, eu é que fui dirigir, eu que fiz um papel, eu que fiz o cenário, eu que fiz tudo e foi um puta de um rebu na cidade. Todo mundo discutia: a faculdade de Direito fez debates e julgamento da peça. A polícia prendeu, soltou, proibiu. Juscelino mandou um telegrama. O Cléber, garoto que fazia o Tirica, morreu, caiu no canal com o carro e morreu. E aí proibiram de novo a peça. Veja bem o que aconteceu. Fiquei o gênio da cidade, porra. Passei a desfrutar de prestígio em Santos: comendo o máximo de mulheres que eu podia, indo e roubando nas festas da alta sociedade, mijando em aquário, essas coisas todas que eram engraçadas... Até que um dia a Patrícia começou a me encher o saco. Fez outra vez o Geraldo Ferraz ler *Esperando Godot* e eu, pra encher o saco dele, muito mais para encher o saco dele, falei assim: "Pô, igual a essa, eu escrevo dez por dia". Foi um desafio. E eu escrevi uma peça chamada *Jornada de um Imbecil até o Entendimento*, que na época tinha o nome de *Chapéu em Cima de Paralelepípedo para Alguém Chutar*. E foi um vexame tão grande, mas tão grande, tão grande, que no dia seguinte a Patrícia Galvão botou na *Tribuna* o meu retratão de gravata borboleta e tudo, topete e o cacete, com uma manchete assim: "Esse analfabeto esperava outro milagre de circo". E pau nele.

Depois do *Barrela*, você trabalhou como ator, como diretor, ganhou prêmios em festivais... Como é que você sobrevivia financeiramente?
Eu não precisava mais, eu era o gênio da cidade. Eu tomava, não pedia.

De quem?
Das pessoas todas. Era um negócio lindo, eu tinha 22 anos. Saído do circo, analfabeto de pai e mãe e, de repente, um gênio. Vem um ministro do Juscelino, o Paschoal Carlos Magno, e fala que você é um gênio, então você entrava no bar, comia e bebia e não pagava. Chegava, entrava nas festas. Achava que era uma puta alegria pra

festa eu ter chegado. Sabe, eu era o Deus da cidade. Chegava para as outras pessoas, os intelectuais, falava: "Porra, eu estou precisando de uma grana aí". Eles faziam listas, faziam o que todo o mundo sempre fez – me davam dinheiro, me davam coisas. Era uma boa vida. O que me estragou foi o Geraldo Ferraz lendo *Esperando Godot*, porque me levou a escrever a *Jornada de um Imbecil Até o Entendimento*. Veio o período da vingança. Passei de gênio a idiota perfeito. Eles falavam na rua: "Olha o analfabeto". Num país de analfabeto, você não ter ido à escola passava a ser um crime. Um vexame horroroso. Aí o pessoal da estiva me chamou e disse: "Olha, é o seguinte – este negócio de você não ter ido à escola, isso não tem importância nenhuma, porra. Neste país, a maioria nunca foi à escola. E você tem uma grana para fazer o teatro que você quiser aqui na estiva... Você não pode se misturar com esse pessoal, porque eles vão sempre ficar nessa de que você é analfabeto. Ou você trabalha na cartilha deles ou você está perdido. E você pode vir para cá e fazer espetáculos no seu nível cultural."

Para cá, onde?
Para o Sindicato da Estiva, Administração Portuária. Foi então que eu fiz peças como *O Triângulo Escaleno*, do Silveira Sampaio. E aquele negócio chamado – nem sei quem é o autor mais – *Gênio no Pomar*. Passei a montar as peças infantis do Oscar von Pfuhl, que é também santista.

Quando e como você se decidiu a vir morar em São Paulo?
Foi em 62, 63, a barra pesou muito lá em Santos, muita perseguição, muita coisa. Eu estava ligado demais ao Sindicato. Tinha passado de gênio a ser olhado assim como o cara que era comunista... Eu não era mais nada, não tinha trânsito, não conseguia mais teatro para fazer peças, tinha que continuar no Sindicato.

Então, foi por isso que você veio para São Paulo?
Aqui, a primeira viração foi vender coisas de contrabando. Eu ia buscar em Santos e vendia aqui: cigarros americanos, rádio de pilha, esses troços. Fiquei um tempão trabalhando de camelô. Pegava no Largo do Café e vendia na esquina. Depois, vi o pessoal do Teatro de Arena, porque eu parava no Bar Redondo. Havia uma

Companhia, da Jane Hegenberg e Milton Bacarelli. O Milton foi embora para o Nordeste e eu entrei na companhia. Montamos uma peça que foi um desastre, chamava-se *O Fim da Humanidade*. Fiz teatro infantil. Naquele tempo estava começando o CPC: eu me liguei ao da filosofia, por acaso. E descobri que ia ter um outro festival do Paschoal, em Campinas. Estava se apresentando o Grupo do Fauzi Arap, com a Dina Sfat, a Valderez de Barros, uma patotinha da Faculdade de Filosofia. No último dia, o baile da entrega das medalhas. A última grande façanha minha: fiquei no corredor passando a mão na bunda das meninas. De repente chegou um grupo de penetras de Campinas, os caras também passavam a mão. Até que veio a Valderez. Um cara passou a mão, ela se virou e disse: "Se o meu irmão estivesse aqui, ele ia te dar uma porrada". Eu falei: "Pode deixar que eu dou". E bumba, dei-lhe um murro. Foi aquela briga, porque eles eram uns dez.

E depois o que aconteceu?
Foi anunciado um teste para a companhia da Cacilda Becker. Um teste de atores para a peça *César e Cleópatra*, que o Ziembinsky ia dirigir. Fui lá, me candidatei. Fomos aprovados, eu e o Jovelty Arcângelo.

Você passou no teste para fazer qual papel?
Várias pontas: carregador de tapete, guarda romano, guarda egípcio, fazer umas dez coisas. E foi um dos maiores fracassos da Cacilda e um momento difícil da vida dela, muito difícil. Ficamos muito, mas muito amigos mesmo. Trabalhava em duas peças ao mesmo tempo: fazia o primeiro ato de *César e Cleópatra*, na companhia da Cacilda, e entrava em *O Noviço*, no Teatro de Arena, no último ato.

Fale um pouco da Cacilda...
Era uma mulher extraordinária. Uma atriz de uma vitalidade raríssima. Uma mulherzinha pequena, feia, frágil e, no entanto, ela se transformava e ganhava um vigor e uma força fantástica dentro do palco. Uma das criaturas mais extraordinárias que eu conheci. Uma grande intuição.

Que tipo de atitude a Cacilda assumiu com você?
Comigo nenhuma, porque nós fomos trabalhando juntos e logo ficamos amigos, por exemplo, uma vez, eu em cana, veja bem como é que era a Cacilda Becker. O General Sílvio Correia de Andrade, se está vivo, pode confirmar. No auge do terrorismo, o general falou para a Cacilda: "Mas o Plínio é acusado de ter atirado uma granada não sei onde". E a Cacilda virou e falou assim: "Ora, general, o que o senhor pensa que um homem de teatro é? Ele escreve peças e peças são muito mais fortes que todos os seus canhões. Solte ele!" E o general soltou. Ela tinha a dimensão do teatro, sabe, a grandeza de atriz. Era realmente a grande liderança teatral, não porque tivesse uma consciência política, mas porque realmente impunha um respeito que as pessoas não têm mais hoje em dia. Ela fazia um teatro realmente apaixonado e sabia o valor disso. Agora estou me lembrando de algumas coisas que ela nos dizia. Eu me lembro que um dia ela me olhou e disse: "Você não saiu cansado de cena?" Eu falei: "Porra, eu entro por uma porta e saio pela outra." Ela me disse: "Então fique sabendo que quando você não sair cansado é porque você não fez o seu papel. Porque eu saio exausta." Eu falei: "Porra, mas você fala muito. Você é a Cleópatra." "Todos os atores têm que sair do palco cansados. Se você tem o que dar para o público, você tem que sair exausto." Eu não via como sair exausto numa ponta em que eu só dizia: "Os romanos já estão no pátio". Eu não conseguia. A Cacilda ficou tão minha amiga, que a festa do meu casamento foi ela quem deu, na casa dela. Eu tinha verdadeira ternura e admiração por ela.

Você tem grandes amigos no teatro?
Não discriminei ninguém jamais no teatro, apesar das brigas grandes que eu tive. A Nídia Lycia é muito minha amiga, foi quem me emprestou os cinquenta mil-réis para montar *Dois Perdidos...* Nunca tive aquele negócio de ser de um grupo. Trabalhava onde me deixavam.

No Arena você trabalhava...
Como ator, como administrador, como qualquer coisa. Eu tinha que trabalhar, viver de uma profissão, e a minha profissão era essa

– teatro. Quantas e quantas vezes o Sábato Magaldi quebrou galhos para o Arena. Eu me lembro, por exemplo, uma vez ia estrear o *show* do Arena, eles não tinham dinheiro para pôr o anúncio. Eu falei com o Boal pelo telefone: "Porra, o homem não quer pôr sem dinheiro". Ele era tão goiaba que me dizia: "Vai lá e fala que é pro Arena". Eu dizia para o cara que era pro Arena e ele dizia: "Só pagando". Aí eu telefonei para o Boal e o Boal disse: "Fala com o Sábato Magaldi". E ele foi avalista no balcão, de que segunda-feira a gente ia lá pagar.

Mas você ganhou dinheiro com *Dois Perdidos numa Noite Suja* e com *Navalha na Carne*, ou não?
Com *Dois Perdidos*... ganhei. É tão fantástico dizer isto. Eu ganhava tão mal, tão mal nesse tempo (era técnico do Canal 4), que com os *Dois Perdidos*... o primeiro dinheiro que ganhei – era um absurdo, porra, não era nada –, mas eu achava que era tão grande, tão grande, que gastei tudo errado. Agora, *Navalha na Carne* deu os tubos. Eu tinha tantas peças em cartaz, estava ganhando tão bem que... *Quando as Máquinas Param*, *Homens de Papel* e *Dois Perdidos numa Noite Suja* estavam dando tanto, que eu comprei o meu apartamento.

Dá para você contar a experiência da prisão com detalhes?
Em 69, eles estavam achando que a gente estava envolvido com toda a onda de terror, o cacete. Tinha vários movimentos no país. Um deles era o da rebelião dos jovens e dos artistas. Outro, era o movimento armado, com o qual a gente não estava envolvido.

Você foi preso como intelectual?
Eles achavam que tudo era uma coisa só, porque a gente estava em todas. Se alguém berrava contra a censura, eles achavam que era a mesma coisa que assaltar banco. Então eu fui preso várias vezes.

Em 69, você ficou preso quanto tempo?
Fiquei acho que uns três dias, no Exército. Eles me prenderam como terrorista. Eles falavam: "Foi aquele banco que você assaltou?" E eu dizia: "Mas que banco, não sei de banco". "Quem mandou você escrever esta peça?" Só que esta não pode nem falar que eles prendem de novo: *Verde que te Quero Verde*. Eles não perdoam até

hoje. A *Feira Paulista de Opinião* era um espetáculo que seria liberado na época sem nenhum problema, se não fosse esse *Verde que te Quero Verde*. Deu uma briga na televisão contra deputados. Eu, o Boal e o Fernando Torres contra a Conceição, o Aurélio Campos e um tal de Carvalhaes, que não existe mais. Foi um rebu violento. Eles achavam que nós éramos agitadores e ficaram com tanto ódio de teatro, que o teatro foi a arte mais massacrada depois de 68 – com o Ato 5 –, a mais perseguida. Depois teve a famosa briga de Santos. Outra vez eu fui preso. Em 69 – eu saí do Exército, e fui para Uberlândia. Assaltaram a minha bilheteria. Fui para Sorocaba, só tinha metade da renda – aí eu fiz o prefeito me pagar o resto. Fui para Limeira e não pude fazer espetáculo porque veio um reforço de Piracicaba, não me deixando entrar na cidade. Fui para Santos e veio um capitão dizer que eu não podia fazer o espetáculo. Aí eu falei: "Aqui não, aqui eu vou fazer, porque aqui eu sou maioria". Eram cinco horas da tarde e já estava lotado o teatro: as firmas tinham comprado ingressos, os portuários tinham comprado ingressos, todo mundo. "Vai ter espetáculo", eu falei. O cara disse: "Eu não vou deixar". Eu retruquei: "O senhor sozinho não vai impedir". "Eu vou buscar reforço. Onde está o telefone?" Eu disse: "No meu telefone o senhor não vai telefonar, porque não vai chamar a polícia no meu telefone, não é?" Tinha graça. Aí ele saiu, eu tranquei todas as portas, botei o público e começamos o espetáculo. Eu acho que nenhum ator no mundo passou por isto. É um negócio realmente comovente. Eu fiz um discurso antes, dizendo o que estava se passando, e todas as frases que dizia no texto dos *Dois Perdidos...*, desde o "Oi, você está aí?" foram aplaudidas. Todas as frases, eu abria a boca e era aplaudido. E, quando acabou, ficou todo mundo de pé aplaudindo, aplaudindo, aplaudindo. Eu pedi para ficarem em silêncio. "Os ratos vêm me pegar." O público queria incendiar o carro de polícia, aquelas coisas todas. Fui preso – fiquei dois dias em Santos –, daí eles me trouxeram para a Polícia Federal, fiquei mais dois dias. Foi quando a Cacilda me tirou.

Você escreveu os *Dois Perdidos...* para alguém em especial representar?
Foi escrita especialmente para mim, porque eu estava realmente cheio de ser técnico de televisão.

Mas por que ninguém convidava você para trabalhar como ator?
Ator pequeno, sem nome, sem carreira, sem nada, trabalhando de técnico no Canal 4, ninguém convidava para nada. Nessa época eu era também administrador do Arena. Ninguém se lembrava de que eu era ator. Então escrevi uma peça com papel para mim. Mostrei para a Cacilda Becker. Ela leu a peça e falou: "Você pretende ir com essa peça para o interior? Vão te enforcar no poste." Foi o comentário dela. Eu peguei o Ademir Rocha, um ator que também estava sem trabalho. Você veja, as pessoas acreditavam tão pouco na possibilidade da peça, que o Fauzi Arap aguentou só metade da leitura. O Alberto D'Aversa leu, achou que era muito boa, mas que tinha outras coisas para fazer e não dava para ele dirigir. Nós tivemos que nos autodirigir, até que, por motivo de contrato do Canal 4, o Ademir Rocha trouxe o Benjamin Cattan, que nos dirigiu em três ou quatro ensaios. Aí nós não tínhamos local, resolvemos estrear no Ponto de Encontro. Cinco pessoas foram assistir a estreia: a Valderez, a mulher do Ademir, um bêbado que não quis sair porque aquilo lá era um bar também, o Roberto Freyre, o Carlos Murtinho, irmão da Rosa Maria Murtinho. Estreamos para cinco pessoas. Aí o Roberto Freyre começou a fazer uma onda em torno, dizendo que a peça era boa. Veio o estouro dos *Dois Perdidos...* que não fez sucesso de grana imediato, mas fez um tremendo de crítica. Logo escrevi *Navalha na Carne, Os Homens de Papel*, uma em seguida à outra.

Saindo do assunto, por que escrever prosa? Teatro não era suficiente como força de expressão?
Eu fui escrever literatura porque a censura não estava liberando nenhuma peça minha. O *Querô* ia ser mais uma peça de teatro. Só escrevi em forma de romance porque não achei que iria passar na censura. Tanto é que ela está adaptada para teatro. *A Barra do Catimbó*, que é outro romance meu, foi proibido como novela de televisão. *Nas Quebradas do Mundaréu* é consequência das historietas que escrevi na *Última Hora*. *Querô, A Reportagem Maldita* e o *Inútil Pranto, Inútil Canto dos Anjos Caídos* são volumes de contos.

Para você, Plínio, o que é que determina o gênero: romance, conto, peça?
A necessidade. *A Barra do Catimbó* ia ser uma novela de televisão; uma vez proibida, guardei a história, que eu achava engraçada. Apareceu uma oportunidade de publicar num jornal uma história-folhetim, e eu comecei *A Barra do Catimbó*. Virou um livro. *Querô*, quem decidiu que era romance foi o dono da editora, que falou assim: "Novela não vende. O público confunde com novela de televisão, então vamos chamar de romance." E todo mundo começou a chamar de romance. *A Barra do Catimbó*, a mesma coisa, para mim era folhetim, escrito todos os dias no jornal. "Folhetim ninguém sabe o que é, então vai ser romance."

Quer dizer, você não escolheu, escolheram?
É. Eu escrevo histórias. Eu tenho histórias para contar.

Você não se arriscaria a dizer, por exemplo, essa história dá uma crônica, dá um conto, dá um romance, ou dá uma peça?
Não. Tudo que escrevo dá sempre teatro.

E a diferença de linguagem?
Quem faz a linguagem é o autor. É a mesma coisa que o cinema. Você escreve em diálogos, conta uma história em diálogos, eles é que fazem a câmara correr, mas o seu diálogo conta a história.

Quando você constrói uma peça, por exemplo, ou um romance, ou um conto: como é que a história nasce, através de um personagem ou de uma situação?
Eu sempre escrevi em forma de reportagem. Na verdade, eu seria um repórter. As minhas peças não têm ficção, sabe. Eu escrevo, desde *Barrela*, reportagens.

Você tenta reconstruir a realidade?
Eu tento sempre contar uma história. O fundamental é você contar uma história.

O que significa para você contar uma história – uma coisa que tem princípio, meio e fim?
Exatamente. Que seja uma coisa que todo mundo possa entender.

Com algum objetivo?
Com o objetivo de passar um recado.

Quando é que você começa a escrever uma história?
Quando tenho o fim. O importante para mim é ter o fim. Se o fim é bom, posso ficar horas desenvolvendo aquele tema. As minhas peças são sempre lineares. O máximo que acontece é eu pegar uma situação e ficar nela mesma, quase como um exercício de desenvolver a mesma situação olhada por uma porção de ângulos.

Você ouve os seus personagens falando?
Não. Uma figura fantástica, o melhor ator de todos os tempos, foi o Ziembinsky. Quando eu escrevi *Oração para um Pé de Chinelo*, eu pensava nele representando, imaginava ele falando.

O que surge primeiro, a situação ou o diálogo?
A situação.

Algum escritor influenciou você?
Uma vez li um conto, que eu achava romântico, *O Terror de Roma*, daquele cara, o Alberto Moravia. Eu pensei: "Porra, vou pegar esta história e vou contar outra..." O final do conto dele é diferente do meu, tudo dele é diferente do meu, mas parti daquela história.

O Cyro dos Anjos disse numa entrevista: "Eu queria escolher os meus leitores". Você gostaria de interpretar todos os seus personagens?
Eu tenho uma frase que as pessoas pensam que é demagogia, mas quando alguém me pergunta: "Por que você não trabalha mais como ator?" Eu respondo: "Eu só trabalho nas peças dos outros que é para não estragar as minhas". Em *Dois Perdidos...*, por exemplo, eu saía do palco realmente transtornado. Aí é que eu entendi a Cacilda Becker. Todos os atores que trabalharam comigo tiveram até que brigar fisicamente comigo, porque eu saía transtornado.

Mas você gosta ou não de ser ator?
Não, não. Eu odeio trabalhar como ator. Agora mesmo, por exemplo, eu prefiro muito mais ficar vendendo meus próprios livros em porta de teatro, do que ficar trabalhando como ator. A Globo me chamou duas vezes. Não fui. Não gosto. Odeio. A última vez que eu tentei trabalhar como ator, fugi da novela no meio. Fugi, fui

embora. Me enche o saco ensaiar. Não tenho condições, não tenho temperamento. Eu gostava de fazer, por exemplo, os meus *shows*. Fazia um roteiro do que eu ia dizer. Sem ensaio, sem nada. Cada dia a gente fazia um *show* diferente.

Você fala errado e escreve certo. Como é possível isso?
Eu não escrevo certo. Eu tenho uma boa revisora. A Valderez revisa tudo.

Ela corrige só a parte gramatical?
É, a parte gramatical. Se eu pegasse um revisor imbecil, até hoje não teria feito uma linguagem própria, porque os revisores corrigem tudo.

O que é ter cultura para você?
Eu acho que a cultura erudita é excelente, só que ela é tão boa quanto a cultura popular. A gente chega à conclusão de que *cultura não é o que você lê, é como você vê*. Alguém pode ter lido todos os livros do mundo e não ter cultura, e pode não ter lido nenhum e ter cultura. Cultura é saber ver, perceber, penetrar nas coisas. Eu tenho uma formação intelectual muito melhor do que as pessoas que saem da faculdade, porque eu tive possibilidade, sorte, sei lá, de conviver com pessoas que são realmente importantes neste país. Olha o Geraldo Ferraz, a gente não pode negar que ele escreveu um romance revolucionário, que era um homem de alta cultura, a Patrícia Galvão...

Para você, qual seria a melhor peça – aquela que você gostaria de ter escrito?
É difícil. Cada época tem alguma coisa. O homem é mutante. O que eu lembro que me marcou mesmo, pode parecer grotesco, foi *A Raposa e as Uvas*, de Guilherme Figueiredo. Eu fui cinco vezes ver aquela porra, com o Sérgio Cardoso. Porque na verdade, veja bem, eu nunca fui ao teatro para ver o autor, mas para ver o ator.

Isso é a negação do dramaturgo...
Shakespeare é grande, mas o grande valor está em que os papéis dele deram margem a grandes interpretações, como dão ainda hoje. Então é a negação do dramaturgo. Teatro a gente faz sem dramaturgo.

Rachel de Queiroz*

Quais são os seus hábitos... escreve à mão e depois passa a limpo, ou diretamente à máquina? Tem preferência de horário? Escrevia de um jeito no começo da carreira e agora escreve de outro? Atualmente escrevo à máquina. Acho que não consigo mais nem correspondência entre a pena e o pensamento. Mas, quando comecei, escrevia principalmente a lápis e em cadernos de colegial. O Quinze, por exemplo, foi escrito pelas noites, quase clandestinamente. Eu andava muito magra e minha mãe vivia com medo de que eu ficasse tísica. E, assim, perseguia as minhas vigílias de literata. Mas a casa era grande, éramos seis irmãos, eu trabalhava e só à noite conseguia sossego para escrever. Nós morávamos num sítio – Pici – nos arredores de Fortaleza, e lá não tinha chegado ainda a luz elétrica. Toda a noite, um lampião de querosene dormia aceso, posto no assoalho da sala. Quando todos se deitavam, eu pegava do caderno e do lápis e, para não me denunciar, deitava de borco no chão, junto à luz do farol. Escrevia horas e horas. Depois, meu pai me deu um presente uma pequena Corona portátil, comprada de segunda mão de um frade nosso amigo – um grande e querido amigo –, Frei Leopoldo. Aprendi a escrever à máquina então. Aliás o meu único aprendizado oficial de datilografia foi anos mais tarde, em São Paulo: vinte dias com um japonês, professor na Praça da Sé. Uma saleta, num segundo andar. O japonês era velhote e tinha poucos alunos; usava aquele processo de ensino que tapava o teclado com um papelão. Nos achávamos horrível e, assim que ele dava as costas, levantávamos o papelão. Por isso, com vinte dias enjoei e deixei a escola. Vem daí nunca ter aprendido a escrever à

---

* Rachel de Queiroz (1910-2003) nasceu em Fortaleza, Ceará. Romancista, jornalista, cronista, dramaturga e autora de livros infantojuvenis. Membro da Academia Brasileira de Letras.

máquina segundo as regras. Uso normalmente seis dedos, eventualmente mais dois, os anulares, em horas de muito luxo, quando quero me exibir. Escrevo depressa, mas erro muito e bato as letras umas em cima das outras.

"As unhas dela, segurando o copo, reluziam de verniz vermelho. Parecia que usava as pedras dos anéis nas pontas dos dedos." A forte miopia (quantos graus?) teria feito você enxergar e registrar as coisas de maneira especial?

Ai, os meus olhos míopes. Adolescente, no colégio, eu já sentia que enxergava mal. Mas só fui saber realmente o quanto era míope, depois de comprar os primeiros óculos – um Lörnhom. Olhei a noite, um céu estrelado. Eu não sabia que o céu era assim. Nunca tinha me apercebido da luz das estrelas. Foi uma revelação extraordinária. Eu tinha dezesseis anos. Mocinha, fiquei dividida entre usar óculos para ver ou não usar e não enxergar nada. Meu pai caçoava comigo: "Coitada de minha filhinha que não pode namorar. Se ela está sem óculos não vê os rapazes. Se põe os óculos, os rapazes não olham para ela." Quando vieram as lentes de contato, tive uma grande esperança de me livrar daquilo que eu chamava de prótese ocular. Mas meu marido, médico, tinha medo, por razões complicadas de medicina, e, na verdade, as primeiras lentes ainda eram muito imperfeitas e desconfortáveis. Uma das pessoas que mais me desanimaram de usar lentes foi Sérgio Cardoso, que tinha horror delas e me contava brincando que fez várias tentativas de convencer o diretor a deixá-lo fazer o Esopo de óculos. O que ele achava melhor no papel de Lampião era o uso obrigatório dos óculos. Com a velhice, fui me habituando, mas não me conformando: cada vez é mais difícil o meu relacionamento com os vidros. Uso habitualmente quatro pares de óculos: um de perto, para ler e costurar; um de distância média, para escrever à máquina; um forte, de vidros brancos, para ir ao cinema e ao teatro; um forte, escuro, para andar à luz do sol. É mão de obra demais. E agora ando com começo de catarata e me apavoro de operar. Várias vezes tenho pensado seriamente em aprender Braile como alternativa à operação. Será que a miopia me faz enxergar as coisas de maneira especial? Talvez. Na verdade não sou um escritor propriamente panorâmico. Sou mais dos *close-ups*. Os espaços abertos, as paisagens, nunca foram o meu forte. E, você tem razão, talvez essa minha falha seja condicionamento da minha miopia.

Que marcas conserva da infância passada em Quixadá e em Fortaleza?
Acho que tudo o que sou, e como sou, depende dessa infância, passada entre Quixadá e Fortaleza, e mais o interlúdio de dois anos passados em Belém do Pará. Houve outros interlúdios menores no Rio e em Guaramiranga, mas foram curtos e não marcaram quase. Aliás, creio que a infância é o período mais marcante da vida de todo mundo. Mostre-me o menino e aí terá o adulto. Talvez comigo a impressão tenha sido mais forte. O fato é que faz 41 anos que estou morando no Rio e ainda não desencarnei do Ceará.

Alguém a orientou nas primeiras leituras, ou, como muitos autores, lia tudo o que lhe caía nas mãos? (Alguma revista? Qual?) Lembra-se do primeiro livro de que realmente gostou?
A nossa casa era um lugar onde todos liam muito. Liam todo o tempo. As minhas tias velhas censuravam minha mãe porque "vivia de romance na mão". Ainda hoje, na fazenda, a biblioteca deixada por minha mãe enche estantes e estantes e dá um trabalho danado à minha cunhada, pois o meu irmão mais velho é que ficou com a fazenda, o Junco. Criei-me ouvindo discussões sobre literatura, os partidários do Eça e os remanescentes românticos que às vezes se apoderavam de meu pai, grande admirador de Gonçalves Dias e de Castro Alves. Meu avô materno era mais sofisticado e lia muito os críticos franceses. Lembro-me, quando eu aprendi a ler, de ter soletrado o nome de um autor que ele lia no momento: Sarcey. Nunca esqueci o Sarcey. Vivendo no meio de livros, aprendi a ler sozinha, aos cinco anos de idade. Me lembro que ataquei de *Ubirajara*, de José de Alencar, e não entendi nada. Guardei só os nomes próprios, que eu soltava no meio da conversa, como mistérios. Dizia: Araci, Ubirajara.

Mais tarde li o *Gulliver*, que foi o primeiro de que gostei realmente. O meu caso mais sério foi com *Robinson Crusoé*. Passei vários meses invocada com o livro, sonhava com ele. Aquela cena em que o Robinson vê na areia da praia as pegadas do selvagem, que viria a ser o Sexta-Feira. O terror daquele sinal humano na sua solidão me contagiava; eu podia ler a cena dez vezes e em todas o coração me batia com força, o suspense me possuía, como da primeira vez. Ou como ao pobre Robinson. Nesse mesmo período, eu lia também *O Tico-Tico*, mas no colégio as meninas me identificavam com o herói das historinhas, com quem me achavam parecida, e me puseram o apelido de Chiquinho do Tico-Tico. Na verdade eu parecia um pouco, com aqueles olhos muito grandes, a franja na testa e a saia curta preguada, semelhante ao timão. Natural que eu tomasse, então, a maior antipatia ao Chiquinho. Abandonei a revista. Eu talvez estivesse também muito sofisticada para *O Tico-Tico*, pois tendo de certa forma o uso da livraria de minha mãe (sob severa censura), dispunha de muita coisa para ler. Lia Alencar, lia Macedo, alguma coisinha do Eça. Não me deixavam ler traduções, para que aprendesse o francês, então a segunda língua de todo brasileiro mais ou menos cultivado. Essa preferência pelos autores mais sérios ou mais importantes era imposta por minha mãe. Recordo que um dia, eu tinha uns doze anos, ela me viu lendo um romancinho emprestado, da *Bibliothéque Rose*, *Le Baiser au Clair de Lune*, de Chantecler. Mamãe me tomou o livro dizendo: "Minha filha, não leia esses romances para moça. Só tratam de sexo." E me deu para ler *A Cidade e as Serras*, do Eça.

Outra influência muito forte na minha vida foi a de minha avó materna, de quem herdei o nome e o sobrenome, dona da Fazenda Califórnia, que era para mim o paraíso. Eu adorava essa minha avó. De certa forma ela também influiu na minha formação literária. Me deu o gosto dos velhos autores; gostava que uma das netas lesse para ela que, sentada na sua rede, no alpendre, fazia renda de bilros ou crochê ou sapatinhos de tricô para os inúmeros netos. Da estante dela, tirava romance de Camilo, de Garret, de Alexandre Herculano. Agora verifico que ela dava preferência aos portugueses; lá um ou outro romance francês, que a gente tinha de ler em voz alta, traduzindo diretamente; um ou outro brasileiro. Mas o mais importante era o *Flos Santorum* ou *Coleção Vida dos Santos*. A neta do dia tinha que ler a vida do santo do dia não só para a avó mas para todo o mulherio da fazenda. E quando acontecia a história de um santo de vida mais inusitada, como Santa Maria Egipcíaca, que deu o corpo ao barqueiro em pagamento da passagem, ou uma outra santa que se vestiu de frade e foi acusada de seduzir uma donzela, fazendo-lhe um filho, minha avó observava com prudência: há santos que a gente deve venerar mas não deve imitar.

Lendo muito foi que você sentiu vontade de escrever? Quando se deu isso? Tentou imitar algum escritor ou...
Não me lembro de quando comecei a tentar escrever. Mesmo antes de entrar para o colégio – o primeiro colégio em que fui estudar, o das irmãs, que mais tarde retratei em *Três Marias* –, aos dez anos e meio, sem ter praticamente nenhuma vida escolar anterior. Lia o que queria e conversava com meu pai. E já fazia as minhas tentativas literárias, versinhos, longos bilhetes que entregava ao meu pai em segredo, com medo da zombaria dos irmãos. Claro que imitava tudo o que tinha lido no momento. Chegava ao completo pastiche. Agora, escrever propriamente, creio que comecei entre os quinze e os dezesseis anos. Aos dezesseis, já era jornalista profissional, tomava conta de uma página literária e ganhava cem mil-réis por mês. Nós não éramos ricos no sentido de dispor de dinheiro com facilidade. Família de fazendeiro – já nesse tempo meu pai era só fazendeiro – com seis filhos para educar... Fazendeiro tem muita terra, muito gado e muita despesa. De forma que os meus cem mil-réis me davam uma boa independência em relação aos irmãos, e eu gastava tudo em livros. Me lembro que tratei de fazer uma assinatura da *Plon*, que me mandava todos os *Vient de Paraître*. Muitos deles mamãe confiscava, por *impróprios*. Eu ficava danada porque ela e meu pai se regalavam à minha custa.

Mandacaru, uma possível reunião de poemas publicados em jornal, assim como Histórias de Um Nome, seu primeiro romance publicado em folhetim, nunca foram editados em livro. Por quê?
Mandacaru era uma coletânea das minhas veleidades poéticas – péssimo em tudo. Felizmente, muito pouca coisa saiu em jornal. O resto, manuscrito, se perdeu. *Histórias de Um Nome* foi uma espécie de folhetim, publicado em jornal diariamente, quando eu tinha uns dezessete anos. Também muito ruim. Claro que não mereciam publicação em livro.

Conte quando e por que resolveu escrever *O Quinze*?

Como o escrevi, já contei respondendo à primeira pergunta. Por que o escrevi? É difícil de pôr em palavras. O sertão era o meu ambiente natural. E a seca é quase sinônimo do sertão. A tradição oral, os problemas do dia a dia na fazenda, as lembranças de todos e aquele desesperado amor, que eu já tinha e ainda conservo, pela terra de lá, como que me impunham o assunto. O curioso é que ainda não tinha visto propriamente uma seca quando escrevi o livro. Na de 1915, eu estava com apenas quatro anos; na seguinte, a de 1919, morávamos em Belém do Pará. Assim, a seca para mim era mais uma ambiência do que uma lembrança, mas tão viva como se eu fosse testemunha de fato. É verdade que os verões sertanejos já são tão ásperos e tão secos que só divergem da seca, propriamente, por uma questão de duração e intensidade. Eram como miniaturas de seca me ensinando a realidade dela. Escrevi *O Quinze* com dezoito anos.

Qual era a tiragem da edição paga por seu pai? Você mesma enviou exemplares para a crítica brasileira? Quem a indicou para o Prêmio Graça Aranha?

Você sabe que essa primeira edição de *O Quinze* está completando cinquenta anos neste mês de agosto de 1980? Confesso que, na época, eu não tinha a menor noção de como se faziam livros em editoras. Só ocorreu a mim, e a nós lá em casa, encomendar a edição na tipografia e lançar o livro por conta própria. A encomenda se fez na Tipografia Urânia, e o impressor era o Mestre Camarão, um ruivo sardento antipático e exigente com as correções das provas, mas que de repente se tomou de amores pelo livro. E lhe deu toda a sua solicitude, caprichando nas vinhetas e nas capitulares, indo ele mesmo verificar palavras no dicionário, quando tinha alguma dúvida. Cobrou onze mil réis por página, o que deu ao todo dois contos de réis. A tiragem foi de mil exemplares. Gerson Faria, um pintor amigo, fez a capa, que eu detestei, mas não tive coragem de recusar, magoando o artista. O teatrólogo Renato Viana, que então morava em Fortaleza, e o escritor Beni Carvalho me deram a lista de nomes para mandar exemplares no Rio e em São Paulo. Outros, mandei por minha conta, para gente de letras com quem eu já mantinha correspondência. O livro andou sozinho. No Rio, foi descoberto por Augusto Frederico Schmidt, num artigo publicado em *Novidades Literárias*. Em São Paulo, o descobridor foi Arthur Motta, num artigo barulhento. O Prêmio Graça Aranha foi uma surpresa. Alguém o deu a ler ao velho Graça, que organizava a fundação com o seu nome, e ele mesmo indicou o livro para o prêmio. Voltando à minha inocência editorial, recordo o meu espanto ao receber lá na Pici um telegrama da Editora Nacional me propondo a segunda edição.

Se não fosse do Ceará, acredita que a sua literatura seria diferente?
Sua pergunta implica numa especulação meio transcendental. Se eu não fosse eu, quem seria? Se eu não fosse do Ceará, se não fosse o Ceará, o que seria de mim? Sei lá. Não posso me imaginar ou fazer projeções ante essa sugestão insólita. O Ceará está muito ligado a mim para que eu possa me imaginar fora dele. Ou pior, sem ele.

Tem um período da sua vida, o que vai entre os 22 e os 23 anos, e que se refere à morte de sua única filha, de que você não gosta de falar, não é?
É verdade. As experiências especialmente dolorosas eu, por mim, não sei aproveitar diretamente em literatura. Claro que a dor acaba saindo na matéria escrita. Mas depois de decantada, filtrada, transformada.

Em 1930, você foi para Maceió, onde conheceu Graciliano Ramos e José Lins do Rego. Fale dessas amizades e o que representaram para você do ponto de vista literário. De quem você gostava mais como ser humano, do Zé Lins ou do Gracliano?
Não só o Zé Lins como o Graciliano, mas outros queridos amigos que ainda conservo até hoje: Raul Lima, Waldemar Cavalcanti, Diegues Jr., Aurélio Buarque. Claro que, sendo Graciliano e Zé Lins escritores de muito mais força e importância do que eu, esse convívio deve ter deixado marcas. Como seres humanos, Graciliano era um amigo sério, levando a vida para o seu lado mais duro, talvez trágico; enquanto Zé Lins era o eterno meninão, o Menino do Engenho incorrigível, que a gente tinha como um caçula para

paparicar, nos fazer rir, para consolar quando ele se machucava – e se machucava fácil. Com Zé Lins estava-se sempre num plano meio adolescente, discutindo futebol, uma das suas paixões, e assistindo às brincadeiras que ele, incurável moleque, estava sempre a fazer com todo mundo. Muitas saudades do Zé Lins.

João Miguel **é considerado por muitos o seu melhor romance. Você concorda com isso?**
Bem, falando com a franqueza que combinamos, eu na verdade não gosto mesmo dos meus livros. Nesse ponto, Deus me preservou do amor coruja. *João Miguel*, contudo, embora faça anos e anos que não o releio, é dos que mais se aproxima do que eu quereria fazer, mais enxuto, mais seco, menos literato. Fora talvez o final, que é literário demais.

Por que você não gosta dos seus livros?
Talvez porque, na verdade, eu tenha bom gosto e seja exigente. Nunca reli uma página depois de escrita que me deixasse satisfeita. E os livros, depois de prontos, me parecem sempre tentativas frustradas e incompletas, e a prova disso é que hoje eu não os releio. O clássico lamber a cria, característica do nosso ofício, é atividade que eu não pratico.

Então, por que é que você publica?
Creio que publico, principalmente, porque eu sou uma profissional de escrever. E, incompletos, frustrados e irrealizados, o melhor que eu soube fazer no momento foi aquilo. Com tanto livro ruim no mundo, mais um ou dois não fazem diferença. Eu ganhei a minha vida.

Você conseguiu viver de direitos autorais?
Direito autoral de livro, não. Jornalismo, sim. E outro suporte paraliterário foi a tradução, que às vezes era literário mesmo, quando a obra me apaixonava, como o caso da Emily Brönte e seu *Morro dos Ventos Uivantes*. Aliás, eu gosto de traduzir. É um trabalho que realizo com amor, e se eu o deixei de lado atualmente foi mais por falta de tempo; assim mesmo, de vez em quando, cometo uma traduçãozinha para não perder a prática.

Balzac, Jane Austen, John Galsworthy, Remarque, tantos outros, foram traduzidos por você. E Dostoiévski, de que língua foi traduzido? Qual é a sua opinião sobre a tradução através de outra língua que não a original do autor?

Só o meu imoderado amor por Dostoiévski me fez empenhar-me no trabalho de traduzi-lo para o português sem saber russo. Usei todas as boas traduções das línguas que eu sabia. Francês, inglês, espanhol e italiano. Cotejava os textos, frase por frase, até obter a que me parecia a expressão comum de todos. Depois de pronto o meu trabalho, uma senhora russa, versada em literatura, fez o cotejo com o original e deu a sua aprovação definitiva. Outro fator que me abalançou a esse esforço foi a minha convicção de que, para o tradutor, é mais importante manejar bem a língua para a qual se traduz, do que a língua da qual se traduz. Você pode saber muito a língua estrangeira, mas mais importante é saber se exprimir literariamente no idioma para o qual está traduzindo.

Não seria mais importante entrar no espírito do autor?
Por isso que eu considero crucial o tradutor ser também escritor, é tanto melhor a tradução quanto mais ele amar e conhecer a obra traduzida. Estabelece-se uma comunicação de amor, digamos, entre autor e tradutor, mais essencial que o simples conhecimento da língua original.

Desculpe, Rachel, a impertinência, mas eu gostaria que você falasse na sua militância política, na sua prisão em Fortaleza, no que significou pertencer ao Partido Comunista em 1931, reações familiares etc.
Vamos começar de trás para diante. Agora que estou velha, verifico que na verdade nunca deixei de ser, hoje como antes, a anarcoide sentimental de que me acusavam os antigos companheiros do partido. Como me fiz comunista, criada que fui num ambiente de absoluta liberdade intelectual e religiosa, num tempo de incertezas políticas, era natural que, como todos os jovens intelectuais do tempo, me voltasse para a esquerda. Em 1930, a dicotomia política era ainda mais inexorável do que hoje. Você não tinha meios-caminhos, nem meias-posições. Ou era comunista ou

fascista. Porque a terceira posição, horror dos horrores, era o Getúlio e tudo o que ele representava. Minha carreira como comunista militante foi curtíssima. A convivência com o partido e sua gente mostrou-se inteiramente inviável; a estreiteza, o fanatismo obreirista, a mesquinharia das diretivas e das posições da chefia, a obediência jesuítica revelavam-se intoleráveis não só a mim como para a maioria dos intelectuais de minha geração, que tentaram a mesma experiência. Num dos meus romances, *Caminho de Pedra*, contei um pouco, sem ser autobiograficamente, dessa experiência.

O trotskismo com o qual eu convivi, após meu afastamento do partido, foi como uma porta aberta ao fim de um corredor escuro. Depois veio o assassinato de Trotski. E, passado o choque daquela tragédia brutal, fui descobrindo que o meu trotskismo era menos uma posição política e muito mais o *hero worship* pelo tremendo velho. Além do mais, a vida já me ensinara que o mundo não é tão simples, preto e branco, como fazem crer as teorias políticas. O mundo é difícil, complicado e perigoso. Os homens, de um em um, não são a massa. Cada criatura é uma unidade diferente, pede soluções diferentes. Sem ser uma liberal, caí na clássica posição democrática. Vi que, sob este ângulo realista e imediato, podia-se entender melhor e opinar sobre a realidade brasileira. É o que tenho tentado fazer desde então.

Quanto à posição de minha família, posso dizer que foi lá em casa que aprendi democracia. Cada um tinha suas posições, mas respeitava as posições dos outros. Além do mais, nem meu pai nem os demais levavam muito a sério os meus assomos revolucionários. Naquele tempo, as coisas não eram tão duras e perigosas como hoje. A gente ia preso, ia solto, ia preso de novo, era meio esportivo de parte a parte, principalmente quando se tratava de "moça de boa família" numa cidade pequena onde vale muito a gente ser filha do seu pai.

Por ocasião da grande repressão, aí para valer, de 1935, eu estava, desde 1933, afastada de qualquer militância política e fiquei de fora. Só em 1937, quando se preparava aqui o golpe do Estado Novo, o governo getulista fez por todo o país uma apanha preventiva dos intelectuais de esquerda mais notórios. Desde outubro, como se sabe, o golpe foi a 10 de novembro, eu já estava presa, incomunicável, no Quartel do Corpo de Bombeiros, onde fiquei até janeiro. Foi aliás um período divertido, a família do comandante me adotou, os bombeiros me faziam serenatas, eu passava cola para eles nos exames e, ainda hoje, de vez em quando, encontro senhores respeitáveis que foram jovens bombeiros, meus guardiães naquele tempo.

Vamos voltar à literatura. No prefácio de *Caminho de Pedra*, você diz que, depois de quatro anos de ausência, quando "andou por este mundo, navegando, trabalhando, lutando, amando e sofrendo", esqueceu o ofício, que tinha desaprendido "muito truquezinho do *métier*". Que truques eram esses?
Eu creio que me referia mais ao lado, digamos, artesanal do ofício. Cada um tem os seus truques. Nenhuma bordadeira enfia a agulha no pano igual a outra. Você, como eu, escritora, deve saber como é. Eu fiquei sem escrever durante esse período, até mesmo para jornal. E a volta à máquina e ao papel era quase como uma outra estreia. Os meus dissabores ideológicos e a liberação deles também devem ter contribuído para essa sensação de recomeço.

Você costuma trabalhar muito em cima de um texto depois de pronto? Faz várias versões? Em que consistem, em geral, as correções?
O texto jornalístico ou eu faço direto, ou um rápido rascunho que passo logo a limpo. No texto ficcional (romance), meu processo de trabalho é o seguinte: primeiro tomo notas, em geral à mão, num caderno, em pedaços de papel solto, que vou organizando. São meros apontamentos, quase taquigráficos. Aí, então, faço o primeiro texto diretamente à máquina, consultando aquelas notas e obedecendo a um plano da história mais ou menos fixado. Em cima desse primeiro texto datilografado é que eu faço as grandes correções. Mudo, inverto, corto – quase sempre corto, raramente acrescento. Tenho quase uma obsessão por limpar o texto, podar a língua de todos os excessos. Findo esse trabalho, inicio o segundo texto, que nem sempre obedece fielmente ao primeiro. Fica em geral mais suscinto e, tanto quanto posso conseguir, mais enxuto.

As modificações são apenas de linguagem ou você altera o conteúdo da história, alterando o desfecho ou capítulos?
Nesse segundo texto, as modificações são mais para o lado formal, quero dizer, da forma, melhora do texto – dos diálogos, principalmente –, corte de adjetivação, de adverbiação, de superlativos e exclamativos. Naquele primeiro texto é que as grandes transformações se operam. Corre entre os escritores um truísmo, que tem muito de verdade, segundo o qual, a uma certa altura do romance, o personagem adquire autonomia e passa a agir independente dos desígnios do autor. Essas brigas com o personagem, eu as travo ao escrever aquele primeiro texto. No segundo, já eles estão domados ou pelo menos chegamos a um acordo.

Essa autonomia não seria talvez coerência, quer dizer, um personagem que se desenvolve de um jeito tem que se comportar de uma certa maneira e não de outra?
Sua pergunta tem muito sentido. O personagem tem a sua própria coerência e não se pode fugir dela. Mas o que eu queria dizer, também, é que determinados personagens mostram de repente uma tendência a crescer, a assumir o primeiro lugar, sair da comparsaria para o estrelato. Isso aconteceu comigo, por exemplo, com o *Lampião*. A peça ia chamar-se *Maria Bonita*, e era principalmente a história dramatizada da companheira do bandido. Maria Bonita é que devia ser a estrela. Mas, de repente, o danado do cego foi crescendo, se apossando das cenas, diminuindo as oportunidades de Maria Déa, botando-a machistamente no seu lugar. E eu não pude resistir a ele.

Você quer dizer que descobriu o Lampião no ato de escrever a peça, não é?
Você sabe que, à medida que se lida com o personagem, a gente vai travando intimidade com ele, descobrindo-lhe a personalidade, amando ou detestando, é como se se tratasse de uma pessoa viva. Você não traça o personagem completo de antemão. Você faz uma silhueta, que ele vai enchendo aos poucos no decorrer da ação. É tão arbitrário e impossível fabricar um personagem ao seu gosto como fazer a mesma coisa com um filho. Ele é feito por nós,

mas tem lá os seus genes, muitas vezes surpreendentes. E alguns até detestáveis.

Você fez pesquisas sobre a vida de Lampião?

Sim. Peguei tudo que encontrei escrito e documentado. Colhi muitos depoimentos pessoais e, principalmente, tive a grande fortuna de obter as reminiscências ainda frescas. Não esqueçamos que Lampião é nosso contemporâneo, do coronel José Abílio, de Bom Conselho, padrinho, amigo e protetor de Lampião.

Além de Lampião, você escreveu ainda *A Beata Maria do Egito* e *A Sereia Voadora* que permanece inédita. Por que interrompeu sua carreira de dramaturga, se Lampião foi tão bem recebida pela crítica? Não aprecia escrever para teatro?

Escrever para teatro é fascinante. Mas escrever teatro para ser representado quer dizer um trabalho de equipe. Parece que o autor não pode se limitar a pôr a peça no papel e passar ao diretor. Creio que fazer teatro só deve ser satisfatório para o autor que se envolve com a produção, interfere, ajuda, modifica, de acordo com a nova realidade, ou seja, a realidade cênica. Eu nunca soube trabalhar em equipe. Sou a chamada loba solitária.

Então vamos mudar de assunto de novo. Falemos de suas maravilhosas personagens femininas. Tem predileção por alguma em particular? Qual a que lhe deu mais trabalho, ou se tornou mais difícil de abordar?

A minha personagem feminina mais complicada é a Dora. De modo geral, minhas personagens são lineares, sem muitas complexidades psicológicas, e provavelmente têm muito de mim. Gostar de alguma propriamente não sei se gosto; acho mais que não gosto. Principalmente depois que Mário de Andrade me disse que as minhas personagens femininas eram *mantis* devoradoras, e os masculinos, uns fracotes, manobrados por elas. Caçoava ele que de um dos meus galãs de *Três Marias* só aparecia um braço, abrindo a porta do automóvel. E eu então fiquei com medo das minhas mulheres.

A humilhação das suas personagens femininas... Acredita no movimento feminista?
Sabe, eu acredito principalmente em gênero humano. Claro que, em vários estágios de civilização, a posição da mulher é geralmente intolerável. Como, aliás, de todo ser mais fraco nesses tipos de cultura. Hoje em dia, neste nosso mundo, as reivindicações me parecem mais individuais do que sexuais, quero dizer, reivindicações do sexo feminino. Eu acredito muito no indivíduo.

A sua eleição para a Academia foi considerada uma vitória da mulher brasileira. O que pensa a respeito?
Eu acho que a admissão na Academia foi uma vitória dos antimachistas lá de dentro. Eles é que constituíram a maioria pró-mulher e alteraram a interpretação obsoleta do regulamento até então mantida. Eu mesma não lutei, e sempre me senti como usurpadora da vitória das amazonas que brigaram. Agora, com a Dinah na Academia, a justiça vai se estabelecendo. Que venham as outras.

Você sempre disse "eu sou um escritor". Por quê?
Escritor, pintor, poeta não têm sexo. Escrevendo, é aquela velha história, sou um ser humano. Escritor é um profissional que vive da pena ou da máquina. E uma coisa que eu sei que sou é um profissional. Mulher escrevendo, mulher que escreve, não pertence a uma comunidade à parte, nem, se ela se preza e ao seu ofício, pratica aquela subespécie artística chamada literatura feminina. Mulher que escreve é como mulher-soldado, luta de igual para igual, corre os mesmos riscos, enfrenta os mesmos obstáculos que o homem-escritor, que o homem-soldado. Você não diz mulher-soldada, então diga mulher-escritor, mulher-poeta. No caso, o gênero é neutro.

Alguma vez experimentou dificuldades na construção de personagens masculinos?
Eu sempre respondo, quando me perguntam se tal ou qual personagem é autobiográfico, que todos os personagens são autobiográficos. Isso quer dizer que, obrigatoriamente, o autor tem que vestir a pele do personagem e descobrir como ele se comportaria em determinada situação. Se eu ponho em cena um bispo, fazendo uma

homilia, eu tenho que pensar, se eu fosse um bispo, como é que me comportaria nessa circunstância? Então eu estou sendo o bispo e aquele bispo na verdade não é mais do que uma projeção minha.

E a observação de um bispo na vida real, dos detalhes, dos componentes do mundo que o cerca, não é importante?
A observação desses detalhes é importantíssima, mas tudo isso é acessório. A alma, ou a psique, ou a psicologia, é que fazem na verdade a essência do personagem. É isso eu tenho que supor, intuir com meus próprios recursos; e a minha maneira, nessa emergência, é encarnar no bispo.

Você tem preocupações religiosas, sempre teve?
Rigorosamente nunca fui religiosa. Durante um curto período, no colégio de freiras, adolescente, me imaginei religiosa e tirava disso grande orgulho, me colocando excepcionalmente no meio da minha família, onde ninguém praticava religião. Depressa, infelizmente, me desiludi. Mas, não tendo religião, sofro muito a falta disso e me dói o vácuo espiritual em que vivem os da minha espécie. Principalmente porque eu gosto de santos, de igreja, de anjos, de rezas, de latim. Um dos meus desgostos, contra os padres progressistas, é terem me privado do latim e demais pompas do ritual. Essa vinda do papa ao Brasil foi a glória. Embora ele pregasse em português, mas com sotaque latinizante, que consolava. Eu respeito e invejo os que têm fé.

A sua atuação como cronista afetou a sua carreira de romancista, levando-a a escrever apenas cinco romances?
Eu diria que sim, se, como você diz, a minha carreira de romancista tivesse para mim grande importância. Nunca levei a carreira muito a peito ou muito a sério. Faço uns livros, pronto. A vida é outra coisa, ou pelo menos, a vida não é só isso. Se não fiz mais romances, ou melhores romances, é porque não havia força de romancista mesmo aqui dentro. Depois, um livro, dez livros, que adianta? Se você for bom, um livro basta. Se for ruim, mil livros não chegam. Fico aí pelos cinco ou seis, que é um modesto meio-termo.

O que aconteceu com o *Maria Bárbara*, um romance anunciado? Desistiu dele?
O projeto de *Maria Bárbara* está todo dentro da Dora. Mudou só o nome. O personagem vinha de longe. Encontrei rabiscos de *Maria Bárbara*, que já era a Dora, diferente apenas no nome, datando de 1940.

O que você gosta de ler hoje?
Quem lê muitas horas por dia, todo dia, lê tudo. Em hora de escassez, num trem, num hotel, leio até anúncio de jornal, catálogo de telefone. Atualmente leio pouca ficção, me dedico mais à política e história contemporânea. Muito do período 39-50. Aqui em casa brincam comigo e dizem que eu me especializo em atrocidades nazistas. Na verdade, sofro de uma certa fascinação por aquela fauna monstruosa do período. Talvez consequência da minha extrema adesão ao drama judeu.

Você não lê ficção porque os livros não a interessam mais, porque a qualidade não é boa, ou...
Eu não disse que não leio mais ficção. Eu disse que não leio muita ficção. Com a idade, a gente vai perdendo a inocência e o entusiasmo pelo mero exercício literário. O real e o acontecido passam a interessar muito mais.

Já pensou em escrever um livro de memórias?
Jamais. Nunca escreverei memórias. Além de me ser profundamente desagradável expor em público a nudez mais funda que é a da alma, não gostaria também de praticar esse exercício ou de autoelogio ou de bater nos peitos e chorar pecados, que são geralmente as memórias. Os meus segredos são meus. Minhas lembranças e, pior que tudo, minhas dores. Isso não quer dizer que eu não adore ler memórias. Mas é justamente a curiosidade meio perversa com que a gente se afunda nas memórias alheias que não quero ver exercida contra mim. Você poderia dizer que nas crônicas eu, de certa forma, fiz memórias. Mas, a própria ligeireza do gênero permite que você só conte o que quer contar, trace memórias dos outros, sem se comprometer com a narração direta.

Aos quase setenta anos, poderia dizer que valeu a pena a profissão de jornalista-escritor?
O que vale a pena é a tarefa concluída, as prestações pagas. Um honesto operário que trabalhou conscienciosamente no seu artesanato. Mas, com todas as dores, o que valeu a pena mesmo foi a vida.

Vinicius de Moraes*

Como é que você escreve, Vinicius?
Eu prefiro escrever à máquina. O fato do tipo aparecer bem caracterizado me concentra mais. Eu gosto de ver a coisa bonitinha na página. Não sou um escritor de forma fácil, que vai escrevendo emocionalmente. Por exemplo: mil poemas saem todos os dias, mas eu não anoto nada. Se for importante, o poema volta. A poesia é fruto da vida de cada um. Meu pensamento não é abstrato, está sempre relacionado à minha experiência de vida.

Normalmente, os poemas brotam de uma frase ou...
Tem acontecido de tudo, sabe. Às vezes me vem uma frase e eu vou buscar a melhor forma dela se exprimir. Eu sempre trabalhei muito com formas mais ou menos estabelecidas, como o soneto e a balada. Quando brota um poema, ele nunca vem feito. É elaborado na hora da criação. Por isso eu prefiro escrever à máquina.

Você se importaria de falar na infância?
Não, claro. Fui um menino muito complicado. Embora eu tivesse uma família de artistas, muito boa do ponto de vista do amor, nunca tive problemas com os pais, mas fui educado dentro de princípios errados, colégio católico, jesuíta... Tive a formação típica do menino burguês de classe média alta.

O que você lia na infância?
Primeiro, o *Tesouro da Juventude*, onde descobri o verso, a forma do verso. Copiando poetas, fazendo pastiches, comecei a escrever. Desde menino descobri que queria ser poeta. Com cinco ou seis anos já fazia poeminhas para as namoradinhas. No show que eu fiz no Canecão, com o Tom, o Toquinho e a Miúcha, tive uma emoção

---

* Vinicius de Moraes (1913-1980) nasceu na cidade do Rio de Janeiro. Poeta, cronista, compositor, crítico de cinema.

tremenda. Chegou no meu camarim uma senhora que disse assim: "Quem sou eu?" Olhei a senhora, bonita ainda, como se fosse uma câmera em *zoom*, no tempo. Eu disse: "Cassy Clodovil". Tinha sido minha primeira namorada. Escola Afrânio Peixoto. Um fato tão importante na minha vida. Olhei para aquela menina da minha idade: sete anos. Uma coisa tão bonita. Ela trouxe meu primeiro poema para ela, um poema manuscrito, assinado assim: Com amor, do poeta Vinicius. Fiquei de joelhos trêmulos.

Quais eram os poetas que você imitava?
Castro Alves, Casimiro de Abreu, Gonçalves Dias. Eu lia e ficava querendo fazer um poema parecido com os deles. Tanto assim, que eu botava tudo num caderno de capa preta. Uma espécie de ladainha de Nossa Senhora, em versos de ladainha. Em algum momento eu fui bastante místico, cantava, inclusive, no coro. Meus amigos também tinham pendores místicos. O que me salvou é que, felizmente, me tornei logo um grande pecador. Contava com a confissão de sábado para pecar na segunda-feira. Sempre tive vocação para ser vadio, para tocar violão. Aos quinze anos, já participava de um conjuntinho, fazia umas musiquinhas.

E o primeiro livro? Foi fácil editar?
Caminho para a Distância saiu quando eu tinha dezenove anos. Paguei a edição para a Livraria Schmidt Editora, do poeta Augusto Frederico Schmidt. Quando a gente abre o primeiro livro impresso dá uma emoção danada, fiquei num entusiasmo tremendo, descobri que era escritor.

A crítica recebeu bem a sua estreia?
A crítica foi maravilhosa. João Ribeiro, Alceu Amoroso Lima. Todo mundo. Na Faculdade de Direito eu fiz um grande amigo, o Octávio de Faria, que me orientou nas leituras, incentivou em mim a curiosidade literária, a investigação.

E o segundo livro, *Forma e Exegese*?
Saiu quando eu tinha 22 anos. Um livro mais organizado mentalmente, porque eu já conhecia Rimbaud, que exerceu uma enorme influência em mim. Aliás, li todos os poetas franceses como

Baudelaire, Verlaine, Mallarmé, os portugueses, e muito livro de filosofia: Nietzsche, Kierkegaard, Schopenhauer, Bergson, além de escritores brasileiros, é claro. Nessa época a gente fazia ponto na Livraria José Olympio. Todas as tardes passávamos na livraria para encontrar o velho Graciliano Ramos, o Zé Lins do Rego, o Osório Borba, o Amando Fontes – autor de um livro só, mas que fazia um sucesso imenso, *Os Corumbas* –, o Agrippino Grieco, o Octávio Tarquínio, a Lúcia Miguel Pereira. Eu estava me achando um gênio, nem mais nem menos. Foi o Octávio Tarquínio que me pôs no devido lugar, no rodapé literário que ele assinava. Ele disse: "Olha, menino, vá com calma, você tem tempo ainda. Você tem talento, mas a poesia é mais vasta, é preciso saber manejar o instrumento de trabalho", assim por diante. O Manuel Bandeira também me escreveu uma carta muito simpática, dizendo que eu precisava praticar mais a forma. Esse segundo livro foi escrito quase todo em versos livres, ao contrário do que a minha poesia seria depois.

Ariana, a Mulher seria então uma volta ao romantismo do primeiro livro?
Foi, digamos assim, uma espécie de ponto mais alto da minha tendência meio primitiva, mística, voltada para os problemas religiosos, metafísicos, de Deus, de mulher, sempre ligados à noção católico-burguesa de pecado. Com o conhecimento de outras pessoas, fui pouco a pouco me afastando dessas tendências... E o primeiro homem que me auxiliou nesse particular foi o Manuel Bandeira. Eu o conheci em 1936, depois de publicar *Forma e Exegese*. O Bandeira foi para mim um pai, um irmão mais velho. Eu achava admirável, um menino de 22 anos poder conviver com aquele poeta consagrado, que me lia os originais de *Estrela Solitária*. No meu novo livro tem um poema, "A Lapa de Bandeira", que eu fiz pensando nele, com saudades dele.

Ainda há pouco você falou que escreveu "em versos livres, ao contrário do que a minha poesia seria depois"...
É. À medida que eu ia sintetizando meu pensamento, aprendendo coisas, a poesia ia se simplificando, buscando formas mais estabelecidas, sobretudo o soneto e a balada.

E a sua paixão pelo cinema, apareceu quando?
Isso é muito antigo. A gente vivia de cinema o tempo todo. Octávio de Faria me orientou muito. Às vezes eu assistia a três filmes por dia e depois discutia. A gente vinha da Cinelândia até a Gávea a pé, conversando. Um período de grande intensidade, discutindo filosofia, literatura, tudo. Ler um artigo de Álvaro Lins, do Tristão de Athayde era um prazer. Tinha-se o que discutir e pensar a semana toda. Como a minha poesia teve tanto sucesso inicial, eu me tornei amigo dos maiores escritores brasileiros: Oswald e Mário de Andrade, Guilherme de Almeida, Sérgio Buarque de Hollanda, Gilberto Freyre, Pedro Nava, Augusto Meyer.

E a vida pessoal, as namoradas?
Ah, eu levava uma vida dupla: de um lado tinha os amigos literários, de outro – que eu ocultava cuidadosamente – as namoradas, as putas, as transas de Copacabana, de moleque de praia. Por isso dou a maior importância ao *Ariana, a Mulher*, ponto máximo dessa fase, e de minha obra. Daí, bom, caí de amores por uma menina paulista chamada Antônia. Pegava um avião remendado, daqueles da Panair, e vinha para São Paulo namorar. E publiquei *Novos Poemas.*

Quais eram os seus amigos paulistas?
O Francisco Luiz de Almeida Salles, o Paulo Emílio Salles Gomes, o Clóvis Graciano, o Aldemir Martins, o Rebolo, o Roland Corbisier. A Livraria do Alfredo Mesquita era ponto obrigatório nos fins de tarde. O conhecimento desses homens mais com o pé na terra, quer dizer, mais preocupados com a terra do que com o céu, me afastou pouco a pouco do outro grupo, o carioca, preocupado com o céu.

E a sua ida para a Inglaterra?
Eu ganhei a primeira bolsa de estudos para a Inglaterra, dada pelo Conselho Britânico. Eu e o Marcelo Damy de Souza Santos, que é um físico muito importante. Fui para Oxford e ele para Cambridge. E descobri os poetas ingleses. Shakespeare ia ser minha tese de doutorado, que eu não pude fazer porque estourou a guerra. Casei com a Tati (Beatriz de Azevedo Melo) por procuração. Acontece

que eu estava quase noivo da Antônia, quando conheci a Tati, que era noiva de outro cara. E foi aquela paixão desenfreada. As leis da universidade não permitiam mulher morando junto, a não ser casada ou maior de 25 anos. Então casei por procuração, porque eu tinha 23 para 24 anos, ainda. Assim ela podia morar comigo.

Chegou a escrever poemas em inglês, Vinicius?
Vários. Mas só publiquei um, "A Última Elegia", que é bilíngue. Este poema, inclusive, foi gravado no *Poetry Room*, de Harvard, anos depois.

O que aconteceu quando estourou a guerra?
Eu estava de férias em Paris. As tropas alemãs avançavam de todo lado. Telegrafei para o Conselho Britânico pedindo orientação. A resposta foi: vá para onde puder, que a barra está pesada. Peguei minha mulher e fui para Portugal. Uma viagem dramática, atravessar a Espanha naquele ambiente de guerra, pessoas assaltando trens, sem comida, sem nada. Dois dias para ir de Paris a Lisboa. Um sufoco. Lá, encontrei o Oswald de Andrade, que estava casado com a Julieta Bárbara, professora de Pindamonhangaba, uma mulata muito bonita. Tinha acabado de sair o *Serafim Ponte Grande*. Em Portugal, no Estoril, escrevi o "Soneto da Fidelidade". A viagem de volta foi outro sufoco, num navio chamado *Angola* e que fazia a primeira viagem para o Brasil. Um navio novo em folha. Duas semanas de viagem, num *blackout* total, a Tati grávida... Cheguei ao Rio com uma crise de apendicite terrível, saí do navio direto para o hospital, o médico-assistente foi o Pedro Nava.

E o jornalismo?
Meu primeiro artigo em prosa – "Encontros" – saiu exatamente nessa época, 1940, data em que comecei a trabalhar em jornalismo, em *A Manhã*, que o Cassiano Ricardo dirigia. A equipe de colaboradores era fantástica: Cecília Meireles, Ribeiro Couto, Manuel Bandeira, Afonso Arinos de Melo Franco. Um dos melhores suplementos literários do Brasil até hoje, dirigido pelo Múcio Leão. Comecei fazendo crítica de cinema.

Os famosos artigos sobre Orson Welles...
É, eu tinha ficado no maior entusiasmo pelo *Cidadão Kane* e escrevi uma série de artigos sobre o filme. Em 1941, quando ele esteve aqui, ficamos amigos. Tanto que, quando eu fui servir em Los Angeles, em 46, como diplomata, o Orson Welles me ensinou realmente tudo o que eu sei de cinema.

***Cinco Elegias* saiu publicado em...**
1943. A primeira edição foi paga por Aníbal Machado, Octávio de Faria e Manuel Bandeira. Eu já estava casado, numa dureza danada... Então eles se cotizaram, cada um deu quinhentos mil-réis. O desenho da capa foi feito pelo Bandeira e a edição teve quinhentos exemplares.

Eram poemas escritos na Inglaterra?
Também. A fase inglesa foi muito produtiva para mim: eu amava e fazia poesia o tempo todo. Aí eu montei um outro livro – *Poemas, Sonetos e Baladas* –, que saiu pela Editora Gaveta, do Clóvis Graciano. Na livraria do Alfredo Mesquita havia uma gaveta onde eles guardavam originais... O livro foi ilustrado pelo Carlos Leão, arquiteto e desenhista maravilhoso, primo da Tati. Não era uma edição luxuosa, e foi paga por subscritores. Alcançou logo sucesso.

A crítica continuou recebendo sua poesia com entusiasmo?
Fui um poeta bem aceito, desde o princípio. O pessoal do modernismo tinha uns certos preconceitos com a minha primeira fase, mas depois... Um dos melhores ensaios sobre meu trabalho foi escrito pela Renata Pallottini, aqui de São Paulo.

Nunca tentou o romance, Vinicius?
Tentei, sim. Escrevi *Antônia*, quando eu estava apaixonado por aquela moça de São Paulo. Contava a história do nosso amor. Ficou anos jogado nos meus papéis. Uns quinze anos. Daí eu reli, um dia, achei tão ruim que rasguei. Agora ando pensando em fazer uma nova tentativa... Não sei.

E a diplomacia, Vinicius?
Fiquei em *A Manhã* três anos. Até que fui expulso por um militar. A época ruim do Getúlio, sabe, de franco namoro com o fascismo

internacional, de DIP – Departamento de Imprensa e Propaganda. A Tati gostava de viajar e me sugeriu entrar para a carreira diplomática. Eu não tinha a menor vocação para aquilo. O concurso era difícil, provas escritas e orais, tive de rever todo o meu curso de Direito. No fim, fiz aquilo que segui fazendo o resto da minha vida em matéria de distrações. Assinei a prova, o que era proibido. Perdi um ano e repeti os exames. Meu primeiro posto foi Los Angeles. Nessa época ainda, acompanhei Waldo Frank, o romancista e ensaísta norte-americano, por todo o Brasil. Essa viagem me mudou muito por dentro, sabe? Conheci, de perto, a miséria. Mas deixa esse assunto pra lá.

Quer falar de suas experiências em Los Angeles, seus amigos, o aprendizado de cinema?
Não. Já falei tanto disso. Não tem novidade. Assisti às filmagens do Orson Welles, fiquei amigo do Armstrong, do Zutty Singleton, do Tuck Murphy, essa maravilhosa gente de jazz. Convivi com o Norman Mailer, com tanta gente boa... Outro dia me lembrei de uma mulher tão bonita que eu tive lá. Vinha de San Diego, três horas de automóvel, para me encontrar. Três vezes por semana. O marido era um Tyrone Power, dono de fábrica, riquíssimo. Um ano eu comi essa mulher. A gente se encontrava num hotelzinho na periferia de Los Angeles e tal. Um dia o marido desconfiou e o negócio teve de parar. Mas você sabe que eu não me lembro do nome dessa mulher? Tenho tanta vergonha de mim mesmo!

Você me contou, uma vez, na casa do Aparício Basílio da Silva, uma história de uma edição especial do *Pátria Minha*, que não lembro bem...
Ah, sei. Eu mandei o poema para o João Cabral, que estava em Barcelona. A gente se correspondia bastante nesse tempo. Um mês depois eu recebo um embrulho grande, do Consulado Geral de Barcelona. Abri o pacote e... Que coisa linda. O João tinha uma prensa manual e fez cinquenta exemplares do *Pátria Minha*. Uma feitura, um troço artesanal incrível. Eu fiquei tão contente, realmente foi um negócio lindo que ele fez.

Você mencionou que se correspondia com o João Cabral. Tem algum arquivo da sua correspondência?
Não. Só das cartas mais importantes. As cartas de uma escritora argentina, Maria Rosa Oliver, uma grande escritora, morreu há pouco, coitadinha, essa mulher eu amei, mas amei mesmo, e ela era aleijada das pernas, teve paralisia infantil. Cartas da Gabriela Mistral, do Fernando Sabino – a gente se escrevia muito quando ele estava em Nova York eu em Los Angeles –, do João Cabral, do Otto Lara Resende, mineiro escreve à beça, né?, do Manuel Bandeira, com quem eu mais me correspondia... Tanta gente, nem sei. Nessa fase de Los Angeles eu escrevia cartas, mas depois fui achando chato, diminuindo... Eliminei esse troço da minha vida. O que eu uso mesmo é telefone. Minhas contas são astronômicas. Não dá nem pra contar.

E o tal livro que você perdeu, Vinicius?
Foram poemas escritos para o Pedrinho, meu filho. Dez poemas em prosa. Só restou um que, aliás, é o poema que termina *Para Viver um Grande Amor*.

Você tem muitos poemas inéditos?
Tenho. Dá para montar pelo menos mais um livro além desse que a Marilda Pedroso montou. Eu não sei cuidar da minha obra literária, me chateia, compreende? É preciso que alguém me leve, me envolva, fique ao meu lado, como a Marilda fez. A gente sentava, tomava um uisquinho, conversava, escolhia os poemas... Só assim o livro sai. A edição da Aguillar, por exemplo, tão bonita, tem vários erros. Até hoje não consegui pegar o livro e corrigir, pedir uma prova para o editor e fazer uma revisão cuidadosa.

Acredita na responsabilidade do poeta para com a sua época?
Claro. Sobretudo com relação aos jovens. Não sei se perfeita ou imperfeitamente, acho que deixei minha contribuição à literatura do meu tempo, do meu país. Um poema como "O Operário em Construção", por exemplo, é uma contribuição. Não sou um ser particularmente político, porque não tenho vocação. Sou um cara de esquerda e devo carregar o ônus de ser um cara de esquerda num mundo de direita. Um mundo tão injusto... Vamos mudar de pergunta?

Está bem. Então vamos falar na sua experiência teatral. Quando você escreveu o *Orfeu da Conceição*?
Eu estava sentado no sofá, na casa do meu ex-cunhado, no Saco de São Francisco, em Niterói (ele tinha uma casa lindíssima lá), e lia a história de Orfeu, da velha mitologia, uma história que sempre me fascinou, do poeta-músico, né, para mim o poeta integral, a paixão dele pela Eurídice, aquele negócio que conduz à morte, à destruição total... Bom, eu estava lendo precisamente isso quando, no Morro do Cavalão, os crioulos começaram a bater uma batucada: tententententem. De repente, eu digo: "Poxa, isso é o Orfeu do Morro. Um poeta popular, cheio de beleza, ajudando a comunidade". Nessa mesma noite escrevi o primeiro ato inteiro, acabei de manhã, madrugada raiando, um espetáculo lindíssimo. Fiquei no maior entusiasmo. Eu queria uma similitude para a ideia de fazer Orfeu descer aos infernos em busca de Eurídice, sem fugir, efetivamente, da realidade. E não encontrei. Parti para Los Angeles e em 47 me ocorreu o dia de carnaval. Um ambiente infernal, mágico, de gafieira. Existe até, no Rio, uma gafieira chamada Tenente do Diabo. Quando descobri isso, a peça estava feita. Mas perdi o terceiro ato numa viagem. Como a peça é toda em versos, desanimei. Reencontrar todas aquelas palavras... Daí, aconteceu o Concurso do 4º Centenário de São Paulo. João Cabral me disse para apresentar a peça. Foi até ele quem deu o nome: *Orfeu da Conceição*. Eu argumentei que não tinha tempo para compor o terceiro ato e faltavam dois ou três dias para fechar a inscrição. Ele tanto me chateou que eu peguei o trem, botei a máquina na cama e mandei bala no terceiro ato. As palavras básicas voltaram, sabe. Cheguei no guichê cinco minutos antes da hora de fecharem as inscrições. Fomos três os premiados: eu, um rapaz do Rio, o Edgar da Rocha Miranda, e um terceiro que não me lembro mais quem era.

O filme saiu antes que a peça tivesse sido montada, não é?
Foi. Eu conheci o Sacha Gordini num jantar. Ele procurava uma história para um filme. Fiz uma sinopse. Ele gostou. Vendi o argumento para ele. Andei inclusive fichando os castelos da realeza brasileira, cujo dono era o Assis Chateaubriand e cuja castelã era minha amiga Maria Luiza Saraiva, irmã do Clementino Fraga. Ela

me trancou num, passei uns vinte dias com a minha secretária e fiz a primeira *découpage*, o roteiro com continuidade.

Você vendeu caro o argumento? Teve participação no filme?
Não. Fui muito mal aconselhado, na época. O Gordini queria me dar interesse no filme e eu acabei vendendo por dois milhões de francos antigos, que não são nada hoje. O filme já rendeu quarenta milhões de dólares. E eu podia ter 3% da renda, imagine. Não precisava nem mais olhar para o trabalho na minha vida.

O que você achou do filme?
Eu tive uma decepção terrível. Todo mundo falava no filme, o maior clima de agitação, mas eu não tinha visto ainda. O Juscelino me chamou ao palácio, para uma sessão especial. Eu estava casado com a Maria Lúcia Proença – dessa eu posso citar o nome porque ela não se casou mais –, e fomos nós dois assistir ao filme com a família Kubitschek, e os produtores franceses. Meu desaponto foi horrível. Eu esperava uma obra de arte. Comercialmente bem feito, com aquela mania de francês pelo *exotique*, né, o filme ganhou a Palma de Ouro, no Festival de Cannes, e o Oscar, em Hollywood.

Você prefere a montagem da peça?
Prefiro. A peça estreou a 5 de setembro de 1956, no Teatro Municipal do Rio. O diretor foi o Léo Jusi, os cenários do Oscar Niemeyer. Ficou linda a montagem. O Tom e eu fizemos as músicas. Pintou o nosso primeiro sucesso: "Se Todos Fossem Iguais a Você". Historicamente, o primeiro samba da bossa-nova é "Chega de Saudade", cantado pela Elizete Cardoso com acompanhamento de violão do João Gilberto. Era a primeira vez que se ouvia João Gilberto tocar. Aí eu comecei a fazer música para valer. Em 1961, apareceram os outros parceiros, o Carlinhos Lira e o Baden Powel. Em 62, o Pixinguinha. E assim por diante.

E Montevidéu?
Um posto maravilhoso. Adorei. *Para Viver um Grande Amor* foi escrito lá.

Você lê muito, Vinicius?
Cada dia leio menos. O Rubem Braga é um cara que eu leio sempre, o Pedro Nava, que eu gosto de abrir ao acaso, e que me dá um grande prazer estético. Mas não leio com a garra que eu tinha antes, um livro atrás do outro.

Nem poesia?
Os poetas entraram em decadência. Eu não digo a poesia moderna, não, estou falando nos ingleses, no Leopardi, no Ungaretti, no Dante Alighieri. Nesse sentido é que a poesia decaiu.

Você acha que a poesia moderna perdeu o fôlego?
Eu diria mais que na poesia que se está fazendo no momento falta tesão. Não só na poesia, na prosa também. Na verdade, a vida me interessa mais do que a literatura. Infinitamente mais. Eu troco qualquer livro do mundo para estar com uma pessoa que me desperte algum sentimento nobre, amor ou amizade, sei lá. Eu sou o maior namorador do Brasil. Deus me abençoe.

Namorar, para você, significa tanto?
Significa tudo. Eu sou muito mais sensual do que sexual. O namoro é mais importante do que a trepada. Todo o envolvimento, a beleza da coisa... Trepar é ótimo, mas é uma espécie de ponto final, né? Namorar é que é bom. Sou vidrado em erotismo, sabe?

Você já fez psicanálise?
Teve uma época aí que eu andava bebendo muito e o Pedro Nava e o Marcelo Garcia me arranjaram uma analista. Não era análise de ficar deitado no divã, não. Era de bate-papo. Ela me disse: "Vamos limpar essa cabecinha um pouco, tirar essa angústia de sexo, de morte, de tempo". Eu estava disposto a ir ao fundo das coisas. Mas ela era uma mulher interessante, tinha umas pernas lindas. Constatei aquilo sem nenhuma sacanagem, sem nenhuma ideia de paquerar a mulher. Um dia, ela virou pra mim de repente e disse: "O que o senhor está pensando?" Respondi: "Que você tem pernas lindas". Ela ficou vermelha, subiu-lhe um fogaréu na cara... Aí não voltei mais ao consultório. Se voltasse, era para paquerar mesmo.

E a angústia, como ficou?
Continuo com as mesmas angústias. Aquela mulher queria me pasteurizar, tirar minhas teias de aranha. O que ia ser de mim, depois?

Se você pudesse passar a vida a limpo, que fase você aboliria?
Nenhuma, de fato. Mas aboliria o ano de 68, sentimental e politicamente. Ano do único casamento errado que eu fiz e do Ato Institucional nº 5. Eu nunca tive amargura de viver e sim de não haver justiça social. Ninguém pode ser feliz neste mundo, portanto.

O que é ser feliz?
A coisa mais importante do ser humano é a busca da felicidade. Eu não sei bem o que é felicidade, mas deve ser um sentimento que brota dentro da gente em relação às coisas e às pessoas. Um sentimento bom.